KB251584

남가일몽
南柯一夢

남가일몽 4
원도연 新무협 판타지 소설

초판 1쇄 찍은 날 § 2003년 1월 10일
초판 1쇄 펴낸 날 § 2003년 1월 20일

지은이 § 원도연
펴낸이 § 서경석

편집장 § 문혜영
편집책임 § 박영주
편집 § 장상수 · 김희정
마케팅 § 정필 · 강양원 · 이선구 · 김규진

펴낸곳 § 도서출판 청어람
등록번호 § 제1081-1-89호
등록일자 § 1999. 5. 31
어람번호 § 제2-0167호

주소 § 경기도 부천시 원미구 심곡1동 350-1 남성B/D 3F (우) 420-011
전화 § 032-656-4452 팩스 § 032-656-4453
http://www.chungeoram.com
E-mail § eoram99@chollian.net

ⓒ 원도연, 2002

값 7,500원

ISBN 89-5505-453-X (SET)
ISBN 89-5505-574-9 04810

※ 파본은 본사나 구입하신 서점에서 교환하여 드립니다.
※ 저자와 협의하여 인지를 붙이지 않습니다.

원도연 新무협 판타지 소설

남가일몽

南柯一夢

4

폭풍 전야 (暴風前夜)

도서출판
청어람

목

차

④ 폭풍 전야(暴風前夜)

제28장

변화는 날개를 달아주고

변화는 날개를 달아주고

'에휴.'

단정명은 밀려드는 한숨을 속으로 삼키며 좌중의 대화를 듣고 있었다.

'오늘도 조회는 길어지겠군. 역시 형님께서 가주로 있으실 때가 좋았어. 무슨 조회가 이리도 긴지.'

단정명의 눈앞에는 대청에 모인 사람들이 들어왔다.

아직도 열변을 토하고 있는 현천참마대주 마각과 그 옆에서 그의 말에 동의라도 하듯 연신 고개를 끄덕이고 있는 원로들, 대청 안의 상황을 냉정히 보고 있는 황 총관, 그리고 그 옆에서 오늘도 역시 한마디 말도 없이 묵묵히 자리를 지키고 있는 단정명의 동생 단순명.

그 중앙에는 매일같이 조회를 열어 끊임없는 대화와 토론을 갈구해 고통을 만들어준 장본인이며 그의 조카인 현 가주 진현이 있었다.

'형님께서 저 녀석에게 가주 직을 물려준다고 하실 때 극구 말렸어야 했어. 그때 잠시 소홀했던 것이 이토록 천추의 한이 될 줄이야.'

맺힌 한이 그토록 억울한 것일까.

단정명의 눈에 이슬이 맺히며 당시의 상황이 그의 머리 속에서 다시 한 번 재생되었다.

"형님, 그게 무슨 말씀이십니까?"

단순명이 돌아온 지 얼마 되지 않아 여독을 다 풀지 못한 탓일까? 조금은 피로한 기색을 보이며 단후명의 말에 반박하고 있었다.

"운아에게 가주 직을 물려주려 하네."

"형님!"

환청인 줄 알았던 단후명의 말을 다시 한 번 확인함으로써 사태의 심각성을 파악한 단정명은 그답지 않게 진지한 얼굴로 단후명을 불렀다.

"그게 무슨 말씀이십니까? 갑작스럽게 운아에게 가주 직을 물려주시다니요?"

"전에 말한 적이 있지 않은가. 이제 운아에게 무거운 짐을 물려주고 좀 편히 쉬어야지."

쓸쓸한 말투로 말하는 단후명의 말을 들으며 단정명과 단순명은 말도 안 되는 소리라고 생각했다.

언제나 하나의 주제를 보더라도 동상이몽을 꿈꿨던 두 형제는 이번 만큼은 단합된 모습을 보여주었다.

"형님, 아직 운아는 나이가 어립니다. 그리고 형님 나이가 얼마인데 벌써 물러나신다는 겁니까?"

"아니네. 예전에 말한 적이 있지 않은가. 이제 나는 운아의 시대를 지켜볼 입장이 된 거야."

"음."

들으면 들을수록 어이없음을 느끼는 단정명과 단순명은 자신들의 말이 단후명에게 설득이라는 이름으로 전혀 다가가지 않았음을 느꼈다.

단후명의 말은 많은 억지성과 부자연스럽다란 생각을 들게 만들지만, 그의 말을 액면 그대로 받아들이자면 그리 틀린 말도 아니다.

세가의 지난 백 년간 큰 짐이기도 했던 신검을 찾은 공로뿐만 아니라, 단후명조차 익히지 못한 천하제일가의 제일신공을 익혔다는 것만으로도 진현은 충분히 가주가 될 조건에 부합된다 할 수 있다.

"어차피 무인이란 자신이 지닌 무공으로 말해 주는 것일세. 아무리 세가의 규모가 거대한 사업과 같다고 하나 그 또한 운아라면 잘해 나갈 것이라 생각하네."

단순명과 단정명은 무공만으로 세가를 이끌어 나간다는 말이 어불성설이라고 생각했다.

그의 말대로 무공이 높으면 장땡(?)이라는 말은 현 강호에서는 전혀 통하지 않는 말이다. 사람을 대함에 있어 무공의 고하가 전부 통할 수 있는 것은 아니기 때문이다.

하지만 그 뒤를 잇는 말은 진현을 믿고 있다는 말을 의미하기 때문에 단순명이나 단정명 또한 인정하지 않을 수 없었다.

하지만 그들이 걱정하는 것은 따로 있었으며, 단후명 또한 모르는 것은 아니었다.

"그래, 자네들의 마음을 아네. 운아는 화련이의 일로 봐서라도 지극히 감정적으로 일을 해결할지도 모르네. 하지만 경륜이 지극한 여러 사람이 나를 대하듯 운아를 대해줄 것이 아닌가. 게다가 운아를 보면 그 믿음이 절로 가게 된다네."

이 말로 인해 단후명의 결심은 확고하다 걸 알 수 있었다. 게다가 진현이 세가를 떠난 지 햇수로 사 년째이며 세가로 돌아온 지 반 년이라는 시간이 지났다.

그동안 단순명은 말할 것도 없거니와 단정명까지 진현의 능력에 여러 번 감탄한 적이 있었던 터였다.

그렇기에 진현의 능력에 믿음이 가지 않는다는 말이 아니다. 다만 단후명이 물러나기엔 그의 나이가 아직 젊다는 것이며, 뭔가 석연치 않은 문제가 있다는 것이다.

하지만 세가에서 가주의 말은 곧 법이나 마찬가지였다.

이것으로 인해 길게 왈가왈부할 것이 아니라는 것을 아는 단정명과 단순명은 자신의 큰형이자 현 가주인 단후명의 말에 일단 승복하기로 했다.

그리고 세가의 전체 회의에서 정식으로 제기를 한다면 단후명의 말이 통하지 않을 것이라 생각하며 지금은 한 발짝 물러서기로 했다.

"그때 기필코 말렸어야 했어."

단정명은 기억을 더듬으며 회한의 한숨을 쉬었다.

마치 양가의 반대에 항의하며 끝내 결혼하고만 두 남녀를 보듯, 단후명은 진현에게 주위의 반대를 무릅쓰고 가주의 위를 물려주었다.

그리고 일 년.

진현의 나이 스물셋.

어리게만 보였던 자신의 조카로 인해 늘그막에 이토록 고생할 줄 단정명은 전혀 몰랐다. 그리고 세가의 분위기가 이렇게 바뀔 줄은 그 또한 짐작하지 못했던 일이다.

'이제 언제 한번 홍루가(紅樓街)를 걸어보겠나.'

지난 몇 년 동안 단골로 입지전적인 기록을 세운 기억이 있는 단정명은 지난 즐거운 기억을 그리워하며 살며시 눈을 감았다.

하지만 대청의 열띤 회의는 그의 상념을 방해하기에 충분한 것이었다.

"가주, 그것은 안 됩니다!"

요즘 들어 회의에서 자주 큰 소리로 말하는 마각이다.

마각은 자신도 모르게 큰 소리를 질렀음을, 실수했음을 느꼈지만 자신의 생각이 틀리다고 생각지는 않았다.

아니, 할 수 없었다.

"마 숙부, 그렇게 해야 합니다."

이제는 소년이 아닌 대장부가 되어 있는 진현이다.

한때 절세미녀라고 칭송이 자자했던 단목빙의 외모를 닮지 못한 불우한 그이지만, 지금의 모습은 크지 않은 몸에서 알 수 없는 기운이 뻗어 나와 그를 신비롭게 만들기에 충분했다.

게다가 지난날의 어딘가 모르게 유약해 보이던 모습들은 온데간데없으며 오히려 대청의 중앙에서 주위를 좌시(坐視)하는 모습이 매우 어울리는 그였다.

한데 이상한 것은 현재 진현이 천하제일가의 소가주라는 신분으로 태홍왕부의 비무대회에 참관하였다는 사실이다. 그런 그가 어찌 이곳에 있는 것인가.

"가주, 전대 가주께서 아신다면 호령을 치실 일입니다."

"마 숙부, 지금의 가주는 저입니다. 그리고 그들의 출신이 뭐 그리 상관있습니까?"

직업의 귀천이 없듯 출신이 뭐가 그리 중요하냐는 듯 진현의 설교는 설득력있게 마각에게 다가가려 하였다.

그러나 마각은 이미 부동의 정신력을 가지고 있는 몸. 결코 넘어가지 않았다.

"가주, 강호의 동도들이 세가와 수적(水賊), 산적들이 힘을 합친다고 하면 모두가 비웃을 겁니다. 이것은 곧 천하제일가라는 세가의 명성에 금이 가는 것을 의미합니다."

마각의 말 또한 설득력이 풍부했다.

"세가의 명성에 금이 가면 어떻습니까? 그 명성이 세가를 지켜주는 것은 아닙니다. 문제는 지금 현재 세가가 왕부의 힘을 제외하고는 외톨박이나 마찬가지라는 점입니다."

"하나 저희는 무인입니다. 무인은 무엇보다 명예를 중요시합니다. 그런 저희들이 어찌 한낱 도적들과 손을 잡을 수 있다는 말입니까?"

"마 숙부, 다시 한 번 말씀드리지만 도움도 되지 않는 명예보다는 실제적인 힘이 세가엔 더 필요합니다. 아시겠습니까?"

진현은 도대체 명예만을 고집하는 마각과 그 옆에서 마각의 의견에 전적인 동의를 표하고 있는 단순명과 보천각의 원로들을 보며 이해가 가지 않는다는 표정으로 열변을 토하고 있었다.

하지만 입장을 바꾸어 진현을 제외한 여기 있는 사람들은 전부 하나같이 진현이 이해되지 않는다는 표정을 하고 있었다.

"그리고 장강수로채(長江水路寨)와 녹림(綠林)의 힘이라면 대단한 힘입니다. 현재 강호에서 그들을 가만 놔두었다는 것이 이상할 정도로 그들의 잠재력은 가공할 정도입니다."

"가주, 타 문파들이 그들과 손을 잡지 않는 것은 전부 지금의 이유와 같습니다. 그런 하오문의 무리들과 어찌 길을 같이하려 하십니까? 지금이라도 그 생각을 거두어주십시오. 더구나 천마사천회의 마도(魔道) 잔당들도 그들을 거부하고 있습니다."

마각은 자신이 시작하였기에 계속해서 의견을 피력하고 있지만 다른 이 역시 마각과 같은 생각이라는 것을 표정으로 시위하고 있었다.

가히 대단한 설전(舌戰)이었다.

하지만 아무리 말을 잘해도 결국 힘있는 사람이 이기는 법.

"이 이야기는 내일 조회에서 다시 말하도록 합시다. 황 총관."

"예."

진현의 부름에 황 노공은 예전과 다름없이 자상한 표정으로 그의 말을 기다렸다.

"사천에서의 일은 어떻게 되어가고 있습니까?"

진현의 물음에 황 노공은 과연 세가의 총관이자 천룡각의 주인답게 한 치의 망설임도 없이 대답했다.

"예. 운남, 그리고 귀주와는 달리 사천은 이미 당문(唐門)을 비롯한 여러 문파의 집합체이다 보니 어려운 점이 많습니다."

"음… 하긴 사파의 하나인 아미파 또한 있지 않습니까."

"예, 그렇습니다."

걱정스럽게 말하는 내용과 달리 묻는 진현이나 답하는 황 노공이나 별반 어려워하지 않는 표정이었다.

"하지만 대파산맥(大巴山脈)을 위주로 한 종남파(終南派)를 제외하고는 기타 중소문파는 기실 흡수한 상태입니다."

"아!"

황 노공의 말에 진현은 감탄성을 내질렀다. 언제나 느끼는 것이지만 황 노공이 손댄 일은 뜻대로 안 된 일이 없었다.

"다들 아시겠지만 다시 한 번 전체적인 설명을 하겠소."

진현은 주위를 돌아보며 자리에서 일어나 천천히 대청 한쪽에 걸려 있는 지도를 향해 걸어갔다. 지도라고 해봐야 정확하다라고 말하기보다는 대략적이라고 표현해야 옳을 것이다. 현대 사회에서 이미 중국의 전도를 본 적이 있는 진현이 보기엔 최소한 그러했다.

하지만 지금 자신이 설명하고자 하는 것에 부합하기에 모자람이 없는 것이었다.

"이미 세간에도 알려진 대로 지난 일 년간, 아니, 많은 세월 동안 세가는 대외적으로 활동하지 않았소. 오직 세가의 기반을 마련하는 것에 그 목표를 두었다고 해도 과언이 아니오."

반쯤 하대를 하며 당당히 말하는 진현의 모습에서 지난날 사마화련으로 인해 마음 아파하던 그의 모습은 찾아볼 수 없었다.

"그것은 아마 호천맹이나 사천회에서도 알고 있을 것이며 이상하게 생각할지도 모르오. 그리고 조만간 장강수로맹, 녹림과의 일이 알려지게 된다면 더 이상하게 생각할 것이오. 기존의 천하제일가와 다를 것이니."

진현의 말에 다들 동의하는 표정이었다. 특히 마각의 경우 그가 내세우고자 하는 주장의 근본적인 이유였으니 더욱 그러했다.

"하지만 천하제일가라는 현판은 그냥 지킬 수가 없는 것이오. 비록 세간에는 상관세가야말로 진정한 천하제일가라는 말이 떠돌고 있지만. 하나 본 가주의 생각은 이러하오. 말로만 떠드는 천하제일가가 아닌 실제로 힘이 있는 천하제일가가 되고 싶다는 것이오."

말을 마친 진현은 잠시 대청에 모인 사람들의 얼굴을 한 번씩 둘러보았다.

　"지난날 사마세가의 여식과의 일로 인해 본 가주가 어떤 상황이었는지 다들 아실 것이오. 그때 본 가주는 결심했소. 천하제일이라는 칭호를 받았다면 응당 그에 걸맞는 영향력과 힘이 있어야 한다고 말이오. 누구도 무시 못하는 그 힘을 본 가주가 만들어 보이겠소. 그리고 여러분에게 부탁하는 바이오. 그때까지는 어떤 일을 겪게 되더라도 참아주시기 바라오."

　진현의 말은 호연지기(浩然之氣)가 되어 사람들에게 전달되었다.

　"가주의 명, 설사 지옥에 가라 하시더라도 따르겠나이다!"

　갑자기 절을 올리며 하는 마각의 말이었다.

　"마 숙부, 왜 이러십니까? 그저 부족한 저를 도와주십사 하고 드린 말씀인데."

　진현은 순식간에 마각의 곁으로 다가가 그를 부축하였다.

　하지만 대청의 사람들은 모두 마각과 같은 생각에 빠져 있었다. 진현의 말이 그들에게 웅대한 힘을 심어준 것이다.

　비록 마각과 같이 절을 하지는 않았지만 진현의 생각에 적극적인 동의를 하는 듯한 표정이었다.

　이때 진현의 말이 또 한 번 이어졌다.

　"지금부터 세가가 하는 행동이 정도가 될지 사도가 될지는 모릅니다. 하지만 중요한 것은 본 세가가 진정한 천하제일가로 올라선다면 세가가 하는 일이 정의이며 모든 사람 또한 그렇게 생각할 것이라는 겁니다."

"운아, 너의 생각이 그러한 줄 이제야 알게 되었구나. 참으로 부끄럽다."

단순명은 진현을 보며 감탄한 기색으로 말했다.

"아닙니다, 숙부님께서 지난날 천산으로 향할 때 해주신 말씀이 이와 같았습니다. 이 어찌 숙부님의 생각이 아니라고 말하겠습니까?"

그러했다.

"무림은 힘이 지배하는 곳이다. 도의나 정의는 힘이 있고 난 다음에 할 소리야."

진현은 단순명의 이 말을 아직도 기억하고 있었으며, 그 말이 틀리다고 한 번도 생각하지 않았다. 오히려 그 말을 기반 삼아 그 위에 자신의 생각을 덧붙였다.

"그건 그렇고 세가를 침범하려는 금성의 무리는 어찌하려 하느냐?"

타 세력의 세작(細作)처럼 단씨세가에도 비화수(秘花手)라는 것이 있었다. 바로 호천사정맹의 기왕 제갈화영이 운영하는 비영각(飛影閣)의 대륙안과 비슷한 세가의 무영각을 말하는 것이다.

이미 운남과 귀주에서 비밀스런 움직임이 있다는 것은 비화수들이 아니더라도 곳곳에 설치된 단씨세가의 사업장으로부터 어렵지 않게 알 수 있었다.

"일단 지켜만 보려 합니다. 어차피 그들의 목표는 세가입니다. 그런 이상 굳이 찾아가지 않아도 알아서 오겠죠."

진현은 무엇을 믿고 있는지 남의 일처럼 말하는 듯했다. 하지만 지켜보는 단순명은 그렇지 않았다.

"그들은 어두운 곳에 숨어 있으나 세가는 밝은 곳에 위치하고 있다. 어찌 조심해야 하지 않겠느냐?"

"조심은 해야겠지요. 하지만 중요한 것은 그들이 아닙니다."

"중요한 것은 그들이 아니라니? 그럼 배후에 누가 또 있다는 말이냐?"

단순명은 진현의 말이 적지 않은 충격으로 다가왔는지 계속해서 물어보았다.

"그럴 수도 있다는 거지요. 비록 이름만 천하제일이라고 하나 금성의 무리들이 감히 겁도 없이 올 곳은 아니라는 겁니다. 그건 뭔가 믿는 구석이 있다는 것을 말하는 겁니다."

"음."

듣고 보니 단순명 또한 그리 생각이 되었다. 아주 간단한 논리였지만 금성이라는 단어와 함께 들려온 소식은 그에게 이렇게 생각할 여유를 주지 못했었던 것이다.

"이제 보니 너에게 대처할 방법이 있나 보구나."

문득 단순명은 지금까지 심각하게 고민하지 않은 진현을 보며 그에게 좋은 대처 방안이 있다고 추측했다.

하지만 진현은 그에 대한 답변보다는 잠시 미소를 짓다 다른 화제를 꺼냈다.

"그런데 그녀를 어떻게 해야 할지 모르겠습니다."

"누구? 아!"

단순명은 금세 진현이 말하는 그녀가 누구인지 깨닫고는 그 역시 아무 말도 못하였다. 하지만 이렇게 손 놓고 있을 일은 아니라고 생각했다. 이들이 말하는 그녀가 장래 천하제일가의 안주인이 될 사람이라면.

"군주마마께서 이곳에 오신 지도 벌써 이틀이 지났다. 아무리 세가의 일이 바쁘다고 하지만 장래 너의 내자가 될 분이시다. 어찌 이토록 소홀하게 대접하려 하느냐?"

진현의 아픈 마음을 알고 있는 그인지라 다그치는 말보다는 원망하는 듯한 말투로 말했다.

"저도 알고 있습니다. 하지만 이제껏 얼굴 한 번 보지 못한 여인과 혼인을 해야 한다는 것이 군주마마에게나 저에게나 모두 부담이 가는 것 같습니다. 게다가 이번 일로 인해 군주마마를 뵙는다면 혼인에 대한 저의 생각이나 의견이 모두 부질없게 될까 봐 두렵습니다."

"음."

단순명은 비록 여인을 가까이하지 않고 평생을 무도에 바쳤기 때문에 진현의 속마음을 전부 이해할 수는 없었다. 하지만 지난 세월 동안 자신의 조카가 아파하며 그리워하는 것을 보고 겪었는지라 대충이나마 진현의 마음을 알 것도 같았다.

"운아, 하지만 지금 이 시간에도 너와 군주마마의 혼인을 기념하기 위해 열리는 비무대회는 계속되고 있다. 게다가 너의 화신(化身)이 그 자리에 지키고 있지 않느냐. 이미 세상은 너와 군주마마의 혼인을 기정사실화하고 있는 터인데, 지금 와서 딴소리를 한다면 이것이야말로 강호의 웃음거리가 아니고 무엇이겠느냐."

"저도 알고 있습니다. 휴우……."

진현은 대답과 동시에 참을 수 없는 한숨을 내뱉었다.

아무리 설명하고 이해시키려 한들 무엇 하겠는가. 당사자가 아닌 이상 누가 진현의 마음을 알겠는가.

"더욱 중요한 것은 이것이 황실과의 약속이라는 것이다. 이것을 지키지 못한다면 세가는 네가 바라는 이상을 피워보기도 전에 무너질 수 있는 것이야."

"음."

단순명의 말을 누구보다 진현이 더 잘 알고 있다. 황실을 모욕하는 행위는 곧 반역이며, 반역죄에 해당된 이상 상대가 무림인이라는 점도 아무 상관이 없다. 대명(大明)에 속해 있는 이상 황실에 충성해야 함은 당연한 사실이기 때문이다.

"알겠습니다. 내일 군주마마를 찾아뵙겠습니다."

"그래, 잘 생각했다. 어차피 해야 할 일이야. 만약 후일 화련이를 찾게 된다면 그 아이 또한 너의 배필로 맞이하면 되지 않느냐. 영웅에게 삼처사첩(三妻四妾)이 뭐가 흉이겠느냐. 그렇지 않느냐? 하하하."

진현의 힘없는 말에 단순명은 일부러 그답지 않게 대소하며 진현의 어깨를 두드려 주었다.

"그래, 자네가 보기엔 어떠하던가?"

"예, 자질도 자질이겠지만 무엇보다도 하려고 하는 노력이 너무도 뛰어납니다."

"하하, 그렇겠지. 나도 그렇게 생각하고 있었으니까."

축시(丑時)가 다 되어가는 한밤에 두 명의 사내, 아니, 한 명의 노인과 한 명의 장한이 마주하고 있었다.

"그런데 본성이 이곳으로 침범한다는 것인지? 그리고 가주가 말한 장강수로채와 녹림은 계획에도 없던 일 아닙니까?"

"음. 그건 걱정하지 말거라, 나도 생각이 있느니. 우선은 우리의 계확대로 되어야 한다."

말을 마친 노인은 입을 굳게 다물었다.

그 속에는 변하지 않을 그의 결심이 들어 있었다. 하지만 마주 앉은 장한은 마음이 심란한지 계속해서 무슨 말을 하려 하였다. 하지만 노인의 표정을 보며 아무 말도 하지 못하고 한숨만 내쉬었다.

이때 영원히 닫혀 있을 것 같았던 노인의 입이 떨어졌다.

"그건 그렇고 요즘 회(會)의 형세는 어떠하더냐?"

노인의 말에 장한은 더욱 얼굴을 굳혔다.

"아직도 천마부(天魔部)와 사천부(邪天部)의 대립이 그대로입니다. 하지만 천마부의 사마(四魔)가 사천부와 손을 잡았으니 아무리 천지쌍마(天地雙魔)라 하더라도 견디지 못할 것입니다."

"음, 하지만 천하십오대고수 중 삼마를 차지하는 그들이다. 비록 무위가 같은 삼마 내의 혈마에 못 미친다 하나 그들의 합격술은 경천동지의 위력을 자아낸다."

노인은 그들을 겪은 경험이 있는지 잘 알고 있다는 투로 말했다.

"그 밖의 소식으로 사천부의 사대빈객(四大賓客)은 이미 회주의 명을 받고 강호에 나간 후이며 이대호법(二大護法)과 칠웅(七雄)만이 남아 있는 형편입니다. 하지만 이대호법 중 독왕께서는 번천계(翻天計)를 준비하고 계신다 들었습니다."

장한이 말하는 독왕이란 지난날 호천맹에서 복면인들이 말했던 독왕이 틀림없었다. 그렇다면 이들 또한 그 세력과 관련이 있다는 것을 의미하는 것이다.

"음… 성(城)에는 전서(傳書)를 보내주었느냐?"

"예, 그렇습니다."

"그런데 네가 보기에 전 가주는 어디로 간 것 같더냐?"

노인은 머리를 짚으며 말했다. 그도 적지 않은 세월을 전 가주, 즉 단후명과 함께 생활했기 때문에 그가 갈 만한 곳은 거의 다 알고 있는 실정이다. 한데 현재의 가주에게 가주 직을 물려주고는 온데간데없이 사라졌다는 것이다.

"그것은 저도 잘 모르겠습니다. 하지만 가주께서는 그 문제에 관해서 태평하신 것 같으니 연락은 닿을 것이라 생각됩니다."

그의 말처럼 노인이 생각하기에도 과연 현 가주는 그 문제에 관해서 일체 언급하지 않고 있었다. 하지만 달리 생각할 수도 있는 문제라고 생각했다.

"아니다. 나는 아무래도 전 가주가 특별한 이유 없이 현 가주에게 가주 직을 물려줬다는 것이 의심쩍어. 혹시 우리의 존재를 눈치 채고 타초경사(打草驚蛇)의 우를 범하지 않으려고 한 가주의 행동이라면 계획이 틀어질지도 모르는 일이다. 음… 앞으로 모든 일과 계획에 더욱 신중을 기하여라."

"예, 알겠습니다."

장한은 머리를 숙여 노인의 명을 받들었다. 하지만 의문이 있는지 부복한 채로 노인을 향해 말을 했다.

"사 노야, 현 가주는 어찌하려고 하십니까? 계획대로 왕부와 인연을 맺으려 하십니까?"

"음……."

사 노야라고 불리는 노인 역시 이 문제만큼은 난감한지 고개를 저었다.

"화련, 그 아이는 아직도 못 찾았느냐?"

"예, 사마세가의 멸문 이후로 그 종적이 사라졌습니다. 그때의 상황으로는 고인이 나타나 거두어갔다고 전해지는데 그것이 정확한 것인지 확인되지 않았습니다. 하지만 그녀가 살아 있다 하더라도 사마추현(司馬秋賢)이 우리 손에 있는 이상 허튼짓은 못할 겁니다."

노인은 장한의 말에 자신의 앞에 놓인 차를 입으로 가져갔다.

잠시 목을 축인 그는 결심한 듯한 강경한 목소리로 장한에게 외쳤다.

"그래, 그 녀석도 단지운의 소식을 들으면 마음을 접을 것이다. 그리고 화련이는 사마세가의 부흥을 위해서 온 것이기 때문에 세가가 멸문당한 이상 딴 것에는 신경 쓰지 못할 것이다. 그리고 현재 우리의 계획에 군부의, 아니, 금의위(金衣衛)의 힘이 필요한 것은 사실이니 계획대로 진행하도록 하거라. 그리고 다시 한 번 구마(九魔)를 불러들여라. 조만간 있을 행차에 일이 있을 것이니, 그때 다시 구마의 쓰임새를 활용해야지 않겠느냐."

그 말을 끝으로 사 노야는 자신의 목을 축여준 차가 담긴 찻잔에 힘을 주었다. 그러자 찻잔에 담겨진 차는 모두 수증기로 변하여 증발하였고 찻잔은 가루가 되었다.

달빛이 비춘 곳에는 천룡각(天龍閣)이라는 현판이 달려 있었으며 천하제일가의 실질적인 안주인인 총관 황 노공의 집무실이 있는 전각이 있었다.

"휴우……."

진현은 눈앞에 보이는 전각을 보며 옆에 있는 단정명 모르게 한숨을 쉬었다. 별원 안에서 자신을 기다리고 있을 상대를 생각하니 그의 마음에 작은 파문이 일어났다. 그리고 얼마 가지 않아 그 파문은 크기를 더하여 번민으로 자리 잡았다.

단정명은 이런 진현을 잠시 쳐다보더니 곧 아무 일 없었다는 듯 자신이 앞장서 별원으로 발걸음을 옮겼다.

세가의 중요한 손님만이 발을 들여놓을 수 있는 별원이라 그 주위의 경관 또한 새삼 말하지 않아도 될 정도였다. 그리고 그 속에 빼어난 미모를 자랑하는 여인들이 있음에야 더 말할 가치가 없었다.

하지만 진현의 미간은 더욱 좁혀져 갔다. 유독 시선을 끄는 면사를 한 여인 때문이다.

홍색의 대수삼, 심청색의 배자, 채색의 수를 놓은 피자, 주옥금봉관, 금수화문리 등을 착용한 여인인데 채색구름과 바닷물, 붉은 태양을 수놓은 것을 보니 자신의 높은 신분을 타인에게 경고라도 하는 것처럼 보였다.

바로 이것이 진현의 심기를 불편하게 만든 것이다.

'첫인상부터 참으로 좋구만.'

속마음 때문일까. 한결 부담된 마음이 편해지는 진현이었다.

하지만 속마음이 이렇다고 해서 겉으로 표현하기에는 태홍왕부라는 힘이 너무도 거대했다.

"삼가 군주마마를 뵈옵니다."

진현과 단정명은 황실의 사람에 대한 예를 올리며 그녀의 대답을 기다렸다. 아무리 천하제일가라고 하나 황실의 사람을 이틀이나 기다리게 한 점은 때에 따라 죄가 될 수도 있기 때문이다.

하지만 들려오는 것은 그들의 심려와 달리 맑고 청명한 목소리였다.

"어서 오세요. 이곳이 참으로 마음에 드는군요."

말과 함께 고개를 돌리는 그녀의 모습은 면사에 가려 아쉽게도 확인할 도리가 없었다. 그것은 진현 또한 마찬가지였다. 그의 높은 공부로도 면사를 꿰뚫기가 어려웠다.

"날씨가 찬데 어이 나와 계십니까? 안으로 드시지요."

단정명은 타고난 처세술이라 평하던 자신의 실력을 유감없이 드러냈다. 장차 시어른이 된다는 마음가짐은 이미 오래전에 사라진 터였다.

그가 말한 타고난 처세술이 통하였을까?

순순히 그의 말에 따라 모두가 전각 안으로 들어갔다. 문인군주 뒤에서 공손한 태도로 따라가는 그녀의 시종과 시녀들은 한눈에 보기에도 만만치 않은 무공을 익힌 것 같았다.

"아소(兒素), 차를 내오겠니?"

누가 세가의 손님이고 누가 세가의 주인인지 모를 상황에서 방 안에는 잠시 침묵이 흘렀다. 어색하고 불편하기는 두 쪽 다 마찬가지였나 보다.

하지만 걱정할 것이 뭐가 있는가.

타고난 처세술과 천하를 상대로 펼친 사교성을 가지고 있는 단정명으로서는 이런 답답한 분위기는 감히 눈 뜨고 못 볼 상황이었다.

"하하하."

이미 웃음으로 시작한 그의 행동은 거침이 없었다.

"황실에서 당대의 무림사화에 버금가는 미인이 있다 하여 줄곧 그 이야기만 듣고 있었는데 실제로 확인하니 그 소문에 부족함이 있습니다. 하하하."

웃음으로 시작하여 웃음으로 마무리하는 그의 말에 문인군주는 잠시 눈을 빛내며 그에게 질문을 하였다.

"감히 감당하기 힘든 말씀을 하시는군요. 어찌 제가 그런 미인들에 비교가 되겠습니까? 그리고 장차 시숙이 되실 분에게 존대어를 받는 것은 예의가 아니라 생각됩니다."

몸가짐 하나마다 예의를 차리는 그녀의 모습에 진현은 빈틈을 찾을 수 없었다. 다시 불편해지는 그의 심기였다.

그러나 단정명은 뭐가 좋은지 입이 귀에 걸려 함박웃음을 짓고 있었다.

"오발선빈(烏髮蟬鬢), 운계무환(雲髻霧鬟), 아미청대(蛾眉靑黛), 명모유반(明眸流盼), 주순호치(朱脣皓齒), 옥지소완(玉指素腕), 세요설부(細腰雪膚)라 하였습니다. 어험. 아니, 하였다. 이중 면사에 가려 붉은 입술과 흰 이를 확인하지 못했을 뿐, 이 중 해당되지 않는 것이 어디 있느냐?"

도중에 작은 기침과 함께 바로 하대를 시작한 그는 청산유수처럼 말하기 시작하였고, 이에 문인군주 역시 간간이 조그만 웃음소리를 내었다.

하지만 이 중 갈수록 표정이 굳어가고 있는 이가 있으니 바로 진현이었다.

이런 진현의 심중을 헤아릴 수 없으나 그의 표정에서 탐탁지 않음을 느낀 문인군주는 잠시 그를 응시하였다. 그러나 장차 자신의 반려자가 된다고 생각해서인지 다시 고개를 숙였다. 하지만 그녀로서는 천군만마와 같은 단정명이 있었으니 또 한 번 그의 능력이 발휘되었다.

"운아, 왜 그렇게 인상을 찌푸리고 있느냐? 세가의 일이 걱정되어 그러하느냐?"

이미 진현의 마음을 꿰뚫고 있는 그이지만 이유를 다른 곳에서 찾았다. 그것은 말하는 도중 문인군주를 곁눈질하는 것으로 증명이 되었다.

"아, 아닙니다. 그저 마음이 편치 않아서요. 귀한 분을 모셔서 이런 모습을 보이니 저의 불찰입니다. 용서하십시오."

마지막 말은 문인군주를 향해 하는 말이었다.

"그렇게 말씀하시니 꼭 남에게 말씀하시는 것 같군요. 그리고 대장부가 바깥일에 신경을 쓰는 것은 당연한 일이 아닌가요? 오히려 바쁘신 시간을 뺏은 제가 용서를 구해야지요."

아마 면사를 벗고 있었다면 그녀의 미소를 보았을 것이다.

"음."

진현은 그녀의 말에 여러 생각을 할 수 있었다.

첫인상과는 달리 매우 매력적으로 다가오는 그녀였다. 소탈하면서도 자유스러운 모습에서는 무림인의 모습을, 그리고 때에 맞춰 예의를 한순간도 잊어버리지 않는 모습은 영락없이 왕부에서 귀하게 자란 여인의 모습이었다.

두 가지 모습이 매우 잘 어우러져 진현에게 다가온 것이다.

이러니 더욱 심중이 편치 않았다. 그녀에게 빠지지는 않을까 하는 우려 때문이다.

한데 그녀의 지금 한 말은 못을 박는 듯한 느낌이었다. 그녀의 말로 더욱 입을 벌리고 있는 단정명을 봐도 알 수 있었다.

계속해서 처음 자신이 의도했던 계획과 달리 엉뚱하게 흘러가는 것을 느끼며 진현은 자포자기와도 같은 심정이었다.

이제 결정적인 발언을 하고 있는 이가 있으니 바로 단정명이었다.

"이미 대외적으로 두 사람의 혼사를 밝혔으니 단둘이 있다 하여 흉이 되지는 않을 것이다. 운아야, 오늘만은 세가의 일을 잊고 여기에서 식사를 하며 오붓한 시간을 가지거라. 하지만 지킬 건 지켜야 한다. 알겠지? 하하하!"

대소하는 단정명을 보며 진현은 머리를 움켜잡고 싶은 마음이었고 문인군주는 수줍은 듯 고개를 숙였다.

"좀 전부터 계속 안색이 좋지 않으시군요. 혹시 저와 있는 자리가 불편하신가요?"

식사하는 내내 굳은 표정을 풀지 못했던 진현을 보며 던진 문인군주의 말이다.

"아, 아닙니다. 속이 편하지 않아서요."

당황한 듯 궁색한 변명을 늘어놓은 진현은 다시 한 번 들려오는 문인군주의 말로 인해 놀라지 않을 수 없었다.

"무림사화 중 해어화란 별호를 가지고 있는 사마세가의 소저에 관한 이야기라면 저도 어느 정도 알고 있어요."

"음."

진현은 마치 발가벗겨진 듯한 느낌이었다.

"하지만 그 소저와의 인연이 이것이라면 이것 또한 좋은 추억으로 가져야 하지 않을까요?"

듣기에 따라서 냉정한 말이었지만 또 한편 생각하면 현명한 생각이었다.

"예, 저도 알고 있습니다."

이미 어느 정도 인정하는 진현이다. 이런 속마음은 단정명이나 단순

명에게도 밝히지 않았던 부분이다. 하지만 지금은 웬일인지 누구에게
도 말하지 않은 자신의 솔직한 마음이 자연스럽게 풀어져 나왔다.

"남녀 사이의 일이 이렇게 말처럼 간단하진 않다고 했어요. 운랑의
심정을 소녀가 어찌 헤아릴 수 있겠어요? 하지만 이렇게 흘러온 지금
에서 행방도 모르는 그녀로 인해 번민을 한다면 사마 동생도 바라지
않을 거예요."

"음."

그녀의 말에 진현의 표정은 더욱 굳어갔다. 하지만 조금씩 떨고 있
던 손가락은 어느새 장단을 맞추듯 탁자를 두드리고 있었다.

자신에게 '운랑'이라고 부른 사람은 여태껏 사마화련 단 한 사람뿐
이었고 앞으로도 그렇다고 생각했다. 그런데 갑작스럽게 들리는 그녀
의 자신에 대한 호칭은 진현으로 하여금 당황하게 만들었고, 그리 거부
감이 들지 않는 자신에게 배신감이, 매번 운랑이라 부르던 사마화련에
대한 그리움이 복합되었다.

하지만 이 모든 것은 사마화련을 동생이라 부른 그녀의 말에 의해
순식간에 소멸되었다. 저절로 두 눈이 크게 떠졌고 허리가 경직되었
다.

동생이란 단어가 이 순간에 어떤 의미로 쓰여지는지 충분히 알고 있
기 때문이다.

"운랑, 지난 일이긴 하지만 사마 동생도 그대의 여인이에요. 만약 그
녀가 우리와 함께 같은 하늘 아래 숨 쉬고 있다면 그녀를 찾아서 저의
동생으로 삼을 거예요. 그리고 우리 자매는 함께 상공을 모셔야겠지
요. 이렇게 말하면 저의 욕심인가요?"

진현은 자신도 모르게 고개가 저어졌다.

최소한 그가 보기에 자신의 앞에 있는 문인군주가 성인군자처럼 느껴졌다. 그렇지 않고서야 여인으로서의 질투심과 시기심을 억누르고 저런 포용력을 가질 리가 없다고 생각했다.

"물론 저도 처음 동생에 대한 소식을 들었을 땐 많이 시기했어요. 하지만 한편으로는 이런 생각이 들었지요. 사람이 사람을 좋아하는 것이 죄인가 하는 생각을요. 태중혼약이라는 명분을 가진 우리이지만 오늘 전까지는 한 번도 보지 못했어요. 그리고 운랑에게 저보다 먼저 다가간 동생에게 인연이 있었다면 그 또한 저의 인연이 아니겠어요?"

말을 마친 문인군주는 진현을 깊은 눈으로 쳐다보았다. 이제 진현은 아찔함을 느끼며 살며시 시선을 피해야만 했다. 마치 결정난 듯한 분위기가 어색했기 때문이다.

"음, 평소에 하지 않아서인지 답답하군요."

문인군주는 살며시 옥수(玉手)를 들어 얼굴에 가져갔다. 그리고 천천히 얼굴을 가리고 있는 면사를 거둬갔다.

"음."

십전완미(十全完美)라는 말이 있다. 그리고 그것을 수식하는 말은 너무도 많지만 몇 가지는 이미 단정명이 말한 바 있었다. 하나 얼굴을 공개한 상황에서 그 말들은 또 다른 의미로 진현에게 다가왔다.

피부와 눈자위, 이가 하얀 것을 삼백(三白)이라 하였고, 머리카락과 눈동자, 눈썹이 검은 것을 삼흑(三黑)이라고 했던가. 그뿐 아니라 이미 확인한 삼소삼대삼세(三小三大三細) 또한 다시 보였다.

하지만 진현이 놀란 이유는 다른 곳에 있었다. 그녀의 얼굴에서 지난 기억 속에서 한 자리를 차지하던 한 여인, 아니, 한 소녀를 보았기 때문이다.

"다시 한 번 인사를 드릴게요. 주설란(朱雪蘭)이라고 해요. 앞으로 편하게 불러주세요."

주설란(朱雪蘭).

아니, 주설란(周雪蘭). 성이 주(周)가 아니고 주(朱)였던 것이었다.

문인군주는 황실 사람일 뿐 아니라 또 여인인지라 함부로 여인의 이름으로 불려지지 않는다. 무림의 여인이야 그 독특한 세계로 인하여 방명이 멀리까지 퍼질 수도 있지만 황실의 예법이 통하는 황가에서는 주설란이라는 이름보다는 문인군주라는 이름이 더 퍼져 있는 것이었다.

그렇기에 주설란이 성을 바꾸고 세상을 나가도 의심하는 사람이 없었던 것이다.

주설란은 어렸을 때 기연(奇緣)으로 인해 아미파(峨嵋派)의 청목 신니(淸穆神尼)의 수발을 전수받을 수 있었다.

그것은 태홍왕이 아무리 황실의 여인이라고 해도 이름 높은 무림기인의 지도를 받을 수 있다는 생각과 개방적인 사고방식으로 허락했기에 가능한 일이었다.

이런 이유로 청목 신니의 제자가 된 주설란은 비구니는 되지 않았지만 무림 특유의 매력에 푹 빠질 수 있었고 심심치 않게 강호행을 하였다.

그것 역시 태홍왕의 암묵적인 승인이 있었던 것이다.

결혼하면 이제 바깥출입이 극도로 제한될 자신의 막내딸에 대한 배려이기도 했다. 그렇게 강호행을 하던 그녀에게 붙여진 별호가 구중성화였고 그녀를 무림사화(武林四花)로 꼽기에 주저하지 않았다.

진현은 한눈에 알아볼 수 있었다. 잊을 수가 없는 얼굴이었다. 아름다움에 성숙미가 더해졌다고 하나 못 알아볼 외모가 아니였다.

"후후후."

진현은 자조적인 웃음을 날리며 그녀의 얼굴을 똑바로 쳐다보았다. 이에 주설란은 고개를 숙이며 부끄러워하였다.

그 모습을 보는 진현은 더욱 화가 치밀어 올랐다.

다름 아닌 배신감 때문이며 그녀의 가식적인 행동 때문이다. 그 당시에도 저렇게 철저하리만치 무서운 가식에 속아 목숨을 내놓을 뻔했다.

방금 전 그렇게도 감탄했던 그녀의 포근함과 포용이 전부 가식적인 행동이라 생각하니 더욱 한(恨)이 떠올라 입술이 저절로 깨물어졌다.

'그래, 어쩌면 이것이 더욱 좋은 기회가 될 것이야. 오히려 잘됐군. 정말 잘됐어.'

진현은 잘됐다라는 말만 반복하며 앞으로의 계획을 생각했다. 그리고 이런 그를 보는 주설란은 또 그녀만의 생각에 빠진 듯했다.

이것이 그들의 운명이라면 운명이다. 필연이든 우연이든 이렇게 그들의 인연은 만들어져 갔다.

제29장

모여드는 군웅

모여드는 군웅

둥둥둥.

대회를 시작하는 북소리가 들리고 다시 비무대회는 시작되었다.

"자, 출전하고 싶은 사람은 어서 나오시오!"

그 소리가 끝나기가 무섭게 한 사람이 올라왔다.

"혈전귀(血戰鬼) 마전(馬甸)!"

그를 본 관중의 어딘가에서 경악성이 울리며 소리를 질렀다. 그리고 그 말을 들은 주위의 사람은 경악을 금치 못했다. 바로 비무대에 올라온 사람이 누구인지 알았기 때문이었다.

혈전귀 마전.

그가 강호에서 모습을 감춘 지 십 년이 다 되어가지만 아직도 사파(邪派)에서는 그를 영웅으로 생각하고 있었다. 바로 그로 인한 피의 전설 때문이다.

오죽하면 혈전귀, 즉 피의 싸움귀신이라는 소리를 듣겠는가. 특히 그와의 접근전에서 살아난 사람이 없다는 것은 주목할 만한 것이었다.

이런 마전인지라 쉽게 도전자가 나오지 않았다. 하지만 사람들 중에는 만용인 줄 알면서도 그것을 행하려 하는 자가 있기 마련이다. 그것이 용기라고 생각하면서 말이다.

"나 사천당가의 당호, 그대에게 도전하겠소."

바로 팔방비호(八方飛虎) 당호(唐虎)였다.

지난날 소천성탑의 쌍쌍무도회(雙雙舞蹈會)에서 검성지회(劍聖之會)를 통해 진현에게 격파당한 당호였다. 하지만 그 뒤로 절치부심하여 이제는 당문의 역사를 새로이 쓸 인재란 평을 듣는 그였다.

하지만 마전에게는 이런 당호가 어린아이로 보일 뿐이었다.

"얘야, 오늘은 정말 손에 피를 묻히기 싫구나. 그냥 내려갈 수는 없겠느냐?"

만약 다른 곳에서 마전의 이런 소리를 들었다면 마전이 미쳤다라고 할 것이다. 평소 살인을 밥 먹듯이 하고 마음 내키는 대로 행동하는 그였기에 당호에게 하는 말은 그에게 어울리지 않는 것이었다.

그런 그가 당호에게 이런 말을 하게 된 것은 정말 손에 피를 묻히기 싫은 것이 아니라 당문의 사람을 건드린다는 것이 마음에 걸리는 일이기 때문이었다.

그도 그럴 것이 당호의 암기도 그렇지만 당문의 규율 자체가 은원에 대하여 확실하기 때문에 잘못해서 당호를 죽이는 날에는 그의 목숨 또한 내놓아야 했다. 그래서 말한 것인데 상황이 마전의 뜻대로 되지 않았다.

"그렇게는 안 되오. 부디 당 모에게 가르침을 베풀어주시기를 바라겠소."

마전은 할 수 없음을 느끼고 서서히 손에 내공을 모아갔다. 그러자 그의 손이 붉게 타올랐다. 강력한 열양수(熱陽手)였다.

바로 그의 성명절기인 단천열화권(斷天熱火拳)이다. 지난날 마전은 이것 덕분에 두 주먹을 가지고 천하를 횡행할 수 있었던 거였다.

이에 당호는 두 손에 가죽 장갑을 끼고는 손가락을 풀어주었다. 여차하면 바로 가죽 주머니에서 암기를 꺼낼 것이 분명한 일이다.

접근전의 달인과 접근전을 허용할 수 없는 암기 고수의 대결은 그야말로 신경전이었다. 어느 누구도 잠시라도 틈을 보인다면 당할 수 있기 때문이다. 그래서 두 사람은 짧은 시간이지만 막대한 심력(心力)을 고갈시켜야만 했다. 어쩔 수 없는 일이었다.

그렇게 언제까지고 노려볼 것만 같던 두 사람 사이로 선선한 미풍이 흘렀고 그 바람을 타고 먼지가 날리기 시작했다. 그리고 운이 나쁘게도 마전의 눈으로 먼지가 들어가려 하였다. 평소 같으면 눈 하나 깜빡하지 않았을 그이지만 지금같이 긴장감이 흘러 조그만 충격에도 심력이 소비되는 상황에서는 신경 쓰이지 않을 수가 없었다.

그때였다.

미약하지만 마전의 틈을 알아챈 당호는 바로 그를 향해 암기를 날렸다.

"구환살(九幻殺)."

이것은 지난날 그가 진현에게 펼쳐 보였던 삼재종인(三才從人)이라는 암기 수법과는 차원이 다른 것이었다. 단순히 천지인(天地人) 삼재의 원리가 담긴 삼재종인과 달리 구환살은 그야말로 허허실실(虛虛實實)의 무리를 첨가한 것이었다.

아홉 개의 암기 모두 진짜이면서도 환영과 같은 모습을 하여 상대방은 그야말로 그중에서 진짜를 찾으려고만 하는 것이다. 사실 모두가 진짜인데 말이다. 그러니 진짜라고 생각한 것만 막으려 한 상대방은 언제나 영문도 모르고 나머지 암기에 당하는 것이다.

하지만 산전수전 다 겪은 마전이기에 그쯤의 예상은 하고 있었다. 그 안의 속사정까지야 모르지만 당호의 암기가 단순히 진가를 가리는 것은 아닐 걸 그의 경험상 눈치 챌 수 있었다.

펑! 펑! 펑!

암기에 담긴 당호의 내력과 마전의 주먹에 담긴 내력이 부딪쳐 폭음을 내었다. 하지만 아홉 개 모두 격파하지 못한 마전은 왼쪽 어깨에 그만 암기를 맞고 말았다.

바로 자모정(子母釘)이다. 이미 박히는 순간 어미 못에서 아들 못이 빠져나가 살에 박혀들기 때문에 그 환부가 엄청난 타격을 받는 암기였다.

"윽, 역시 한 수가 있었구나. 그렇다면 이번에는 내 것을 받아보거라!"

마전은 고함을 지르며 당호에게 권을 날렸다.

"단천열화권(斷天熱火拳)."

강력한 열기와 함께 마전의 주먹이 당호에게 날아들었다. 하지만 암기를 익힘에 있어 수법만큼이나 중히 여겼던 신법에 대한 노력이 지금 이 순간 발휘되고 있었다.

"비서무운(飛絮霧雲)."

당호는 마전의 주먹을 피하기는커녕 오히려 마전의 주먹 속으로 뛰어들었다. 그러더니 이번에는 암기가 아닌 수법을 펼치기 시작했다.

"회타연환십삼식(廻打連環十三式)."

퍼퍼퍼퍼퍼퍽!

엄청난 속도로 마전의 가슴을 강타했다. 모르는 사람이 보았다면 당호의 모습이 오히려 접근전의 달인이라고 할 만한 것이었다.

그야말로 나무랄 데 없는 당호의 수법이었다.

사실 이것은 마전의 방심이나 마찬가지였다.

그는 자신만이 접근전에 강하다고 생각하고 당호가 암기를 빼고는 별다른 재주가 없을 것이라 생각했었다. 그렇기 때문에 단천열화권(斷天熱火拳)을 펼칠 당시 그는 자신의 권에 당호가 쓰러질 것이라 여긴 것이다. 그리고 그것이 방심을 불러 지금의 결과를 낳은 것이다.

그것을 알기에 마전은 순순히 자신의 패배를 인정해야 했다.

사실 아무리 당호의 연환참이 강하다 하더라도 그것보다 배는 강한 공격에도 살아남았던 그이기에 대결은 계속될 수 있었다. 하지만 지금 이것만으로도 그는 충분히 망신을 당한 것이었고 부끄러운 일이기 때문이다.

게다가 자칫 잘못하면 더 추해질 수도 있기 때문에 오히려 이렇게 승패를 인정하고 물러설 때 물러서는 것이 더 좋게 보일 것이라 생각했다.

"마 노선배님, 가르침 고맙습니다. 다음에 정식으로 가르침을 부탁드리겠습니다."

그야말로 마전은 끝까지 당호에게 진 것이다.

그것이 무공이든 다른 것이든 말이다. 그것을 아는 마전이기에 한숨을 쉬며 비무대를 내려가야만 했고 그를 보는 관중들은 새로운 영웅 탄생을 보려는 듯 한껏 기대에 부풀었다. 그리고 당호의 새로운 상대를 기다렸다.

　자신들에게 어떤 즐거움을 줄지 모르는 일이다. 하지만 혈전귀까지 이긴 당호를 상대로 도전하려는 자가 보이지 않았다. 이미 도전할 수 있는 기회를 알리는 북소리가 이제 마지막 한 번을 남기고 있을 때였다.

　"제가 하죠."

　아름다운 목소리와 함께 비무대 한쪽에는 사람들이 길을 비켜주었다. 그리고 곧 그 사이로 젊은 도사와 면사를 한 여인이 있었다. 목소리의 주인공은 여인이라 생각하니 너무도 여려 보였다.

　백의(白衣)가 너무도 잘 어울리는 그녀는 비무와는 전혀 어울리지 않는, 그 모습 그대로 화폭에 담겨 있어야 할 외모였다.

　하지만 사람들은 그녀보다 그 옆에 존재한 젊은 도사를 보며 하나둘씩 웅성대기 시작했다. 바로 그의 정체를 알았기 때문이다.

　"청운 도장이 아닌가!"

　"뭐라고?"

　"태극운검이다!"

　젊은 도사는 다름 아닌 구대신성 중 한 자리를 차지하는 태극운검 청운 도장이었다. 마른 몸매를 가진 그는 도호를 알려주듯 청의(靑衣)에 구름 문양을 새겨 있어서 한눈에도 알아볼 수 있었다.

　주위의 시선을 한 몸에 끌고 있는 청운 도장은 소란스러움을 무시하며 옆의 여인에게 다정하게 말을 걸었다.

　"사매, 괜찮겠어?"

　"그럼요. 계수(癸水)의 힘을 무시하는 건가요?"

　"아니지, 아니야. 누가 사매를 무시하겠어? 누구도 그렇게 못하지, 암."

청운 도장은 수양이 깊다는 그답지 않게 호들갑을 떨며 그녀의 말에 적극적인 반대를 하였다.

이렇게 다정한 분위기를 조성하던 두 사람은 곧 현실로 깨어났다.

"저분께서 저를 기다리시네요. 잠시 다녀와야겠어요."

말이 끝나기 무섭게 자리를 박차고 비연(飛燕)처럼 비무대 위로 올랐다.

청운 도장 귀로 수많은 인파의 환호성이 들려왔다. 청운 도장과 함께 나타난 신비로운 백의녀와 혈전귀를 물리친 당호의 결전은 새로운 강자를 바라는 좌중의 바람이었다.

하지만 청운 도장의 눈에는 자신의 사매만이 들어올 뿐이다. 그녀의 과거를 알고 있는 몇 안 되는 사람 중 한 명이기 때문에 겉으로는 쾌활한 척하지만 안쓰럽기 그지없었다.

그렇기에 그의 눈에는 비무대에서 자신의 특기인 암기를 날리며 고군분투하는 당호의 모습은커녕 비무대 주위에서 마음껏 환호성을 지르며 열광하는 관중들조차 보이지 않았다. 오로지 그의 시선은 한곳에 고정이 되어 있었다.

"사매……."

오랜 수양으로 평정심이 남다른 그이지만 자신의 비무보다 흥분이 되고 몸이 들썩거렸다.

지금 그에겐 비무라는 것도, 대결 중이라는 것도 신경이 쓰이지 않았다.

사실 일신의 무공 고하로 따지는 비무라면 걱정할 필요가 없다라고 그는 생각했다. 하지만 그가 걱정하는 것은 비무로 인해 그녀가 다친다는 것이 아니라 적지 않은 세월로 인해 수그러들었던 그녀의 한(恨)과 살심이 떠오를까 하는 우려였다.

그렇기에 당장이라도 그녀를 다시 본산(本山)으로 데리고 가고 싶은 것이다. 하지만 청운 도장의 팔을 잡는 이가 있었다.

"청운아, 두고 보자꾸나. 이것은 청심(靑心), 저 아이가 감당해야 하는 과업이란다."

바로 청운 도장 못지않게 굳은 얼굴로 비무를 지켜보고 있는 현무자였다. 여러 가지 일로 인해 이곳에 공증인 자격으로 서게 된 현무자이지만 그 역시 청심이라 불리는 백의녀에 대해 모든 것을 알고 있기에 걱정되는 것은 마찬가지였다.

청운 도장은 현무자의 전음을 듣자 그제야 사태가 파악되며 마음이 진정되었다.

그랬다. 지금은 아무리 자신의 사매가 걱정이 되더라도 경거망동을 해서는 안 되는 자리였다. 하지만 쉽지 않은 일이었다.

이런 그의 마음과는 상관없이 현재 비무대의 일은 청심의 우세로 일관하였다. 하지만 그녀의 우세 속에서도 한 번씩 터져 나오는 당호의 절기를 볼 때마다 그의 두 주먹에 힘이 들어갔다.

현재 청심과 당호의 대결은 막바지에 이르렀다.

이미 당호의 몸에서는 청심의 검으로 인해 여기저기 상처가 보였다. 이미 신형이 위태로운 당호는 자신의 마지막 공격을 하기 위해 두 손에 다시 한 번 내공을 주입하였다.

하지만 이미 비무의 결과는 난 듯했고 그로서는 마지막까지 당문의 사람으로서 자존심을 보여주려 하고 있었다.

그걸 아는지 모르는지 청심의 아름다운 두 눈은 그저 무심하기만 하였다. 이때 당호의 얼굴에서는 결연의 눈빛이 떠올랐고 일성(一聲)을 지르며 두 손을 내질렀다.

그와 함께 두 손을 출발점으로 해서 갖가지의 암기들이 청심의 하늘 위로 뿌려졌다.

바로 폭우만화(暴雨萬花)라는 초식이다.

그야말로 폭풍우에 떨어지는 꽃들처럼 당호의 손을 떠난 암기들은 청심의 머리 위로 떨어져 내렸다. 그리고 그 암기들은 그녀의 육방(六方)을 점하고 있어서 그에게는 회심의 일격이었다.

그러나 이것까지도 그녀의 무심한 두 눈을 깨뜨리기에는 부족함이 있었다.

자신의 머리 위로 쏟아지는 암기들에 자신의 몸을 맡겨 버린 듯하던 청심의 손이 서서히 움직였다. 그녀의 빙령옥녀심공(氷靈玉女心功)으로 운용된 그녀의 검은 한기(寒氣)가 서려 있었다.

"빙화개천(氷花開天)."

그녀의 낭랑한 외마디가 비무대에 울려 퍼지고 그녀의 손에서는 얼음꽃이 피어올랐다. 그리고 피어오른 얼음꽃들은 그녀의 주위에서 폭발할 듯 활짝 꽃잎을 열어 수많았던 암기를 모두 제거해 버렸다.

그리고 그 여력을 담아 당호의 가슴을 쓸어갔다.

암기를 뿌리고 그것이 청심의 머리 위에서 놀 때부터 그녀의 검이 당호의 가슴을 쓸어가기까지의 시간은 그야말로 찰나였다.

폭우만화라는 절초를 펼치고 아직 동작을 채 바로 하지 못한 당호는 다급히 신법을 펼쳐 피하려고 했으나 결국 그녀의 검을 피하지는 못하였다.

이미 예견된 승리였지만 청심은 행동으로써 그 예정을 확정 지었다.

"당 소협, 이제 그만 하는 것이 어떨까요?"

청심은 숨 가쁘게 혈전을 펼친 사람이라고 믿을 수 없을 정도의 차분한 목소리로 물었다. 이와는 반대로 당호는 가쁜 숨을 몰아쉬며 비록 더듬거리는 목소리였지만 전혀 비굴하지 않은 목소리로 말하였다.

"휴우~ 제 화후가 아직 부족하여 소저의 가르침을 감히 감당하지 못하겠군요."

그의 말은 즉, 그의 화후가 부족해서이지 절대 사천당문의 무공이 못하다라는 것은 아니라는 의미였다.

그에겐 마지막 남은 자존심이었다.

그것은 청심 또한 잘 알고 있는 사실이다. 무인에게 있어 가장 중요한 것은 자신의 명예이지만 그것보다 더욱 중요한 것은 바로 자신이 속한 단체에 불명예를 주지 않는 것이다.

이윽고 비무를 종결하는 북이 울리고 당호는 씁쓸한 뒷모습을 보이며 비무대를 내려가야만 했다.

하지만 그의 앞으로의 길은 이번 비무로 인해 어떤 변화를 가질지 모르는 일이었다.

청심은 담담하게 앞쪽을 바라보며 시선을 고정시켰다.

한데 그녀는 의식해서인지, 아니면 우연인지 몰라도 천하제일가의 소가주가 있는 방향으로 잠시 시선이 지나쳤다.

어느덧 북이 세 차례 울리며 다음 출전자를 받아들이고 있었다.

하지만 누구도 쉽게 나서려 하지 않았다. 혈전귀를 물리친 당호를 격파한 그녀였기 때문일까? 아무리 절정의 고수라 하여도 여자와 손속을 나누기가 어색해서인지 나서려는 사람이 없었다.

하지만 그녀가 당호에게 했던 것처럼 그녀의 앞에 나타난 인물이 있었다.

그녀는 청심으로서도 아주 잘 알고 있는 여자였다. 잘 알고 있을 뿐
아니라 그녀에게 아주 특별한 감정까지 가지고 있는 터였다.

바로 아미파(峨嵋派)의 난화선녀(蘭花仙女) 추선혜(秋善慧)였다.

"안녕하세요? 아미의 추선혜라고 합니다. 잘 부탁드립니다."

"예, 청심이라고 해요."

"아, 같이 온 청운 도장님을 보고 어느 정도 짐작은 했지만 무당의
사람이셨군요. 같은 동도로서 다시 한 번 인사를 드려요. 반가워요."

마치 상견례를 하는 것 같은 말을 내뱉는 추선혜를 보며 청심은 겉
으로야 어떻든 속마음은 편치 않았다.

만약 추선혜가 다른 인물이었으면 이토록 당황하지는 않을 것이다.
같은 사파(四派)의 일원이라고 반가워하는 그녀는 지난날 그녀의 아픈
기억 속에서 그녀 자신과 반대의 입장에 섰던 사람이었다.

하지만 속마음이야 어떻든 두 사람의 대결은 시작되었다.

두 사람 모두 검의 고수로, 한쪽은 오래전부터 아미파의 여협으로
모든 이들의 관심을 한 몸에 받는 이였고 또 한쪽은 비록 무림에 잘 알
려지지 않는 입장이지만 청운 도장과 함께 나타나 이미 당호를 물리친
신예였다.

한 치도 빈틈이 없는 그녀들은 서로에 대한 탐색전에 돌입하였다.

이미 두 사람은 알게 모르게 서로의 암중의 내력을 시험하였기 때문
에 더욱 신중한 모습을 보여주고 있었다.

그런 그녀들의 모습은 순간 차 오르듯 날아오는 추선혜의 검으로 인
해 팽팽한 두 사람의 기 대결은 끝이 나고 말았다.

하지만 지금 이 순간부터야말로 많은 사람들이 더 원했던 것이다.

추선혜는 살아 있는 뱀을 가지고 초식을 펼치듯 난피풍검법(亂披風劍法)이 두 사람 사이를 수놓을 때 어느새 다른 한 손으로 탄금지(彈琴指)를 펼쳐 청심의 관원혈(關元穴)을 제압하려 하였다.

관원혈은 내공과 많은 관련이 있을 뿐 아니라 직접적인 타격을 줄 수 있는 단전(丹田)과 연관이 있는 혈이었다.

그것을 알고 있는 청심이기 때문에 완벽하지 않는 양의신공(兩儀神功)을 운용해 오른손의 검을 들어 사상류(四象流)를 펼쳤다. 그리고 왼손으로는 건원지(乾元指)로써 추선혜의 공격에 맞서갔다.

무당파의 절학은 크게 태청(太淸)과 소청(小淸)으로 구분되어 있다. 하지만 그것은 큰 의미를 두는 것이 아니라 선천적으로 음과 양의 비율이 다를 수밖에 없는 남자와 여자의 수련 구별을 위해 창안된 그들만의 독특한 무공이었다.

그래서 소청과 태청을 바탕으로 하여 그 위에 수많은 무당의 절학을 쌓아 나가던 터였다. 그리고 궁극적인 목적은 태극을 향한 조화라 할 수 있다.

이 중 소청의 특징이라고 한다면 음의 기운을 수십 배로 활용할 수 있게 해줄 수 있다는 것이다.

이미 기연을 통해 음기가 남들보다 훨씬 강해져 있는 청심인지라 소청을 바탕으로 한 신공과 검법은 그 위력을 더하고 있었으며 탁월한 선택이었다.

하지만 그것만으로는 추선혜가 펼치는 아미의 수많은 절학들을 제압할 수는 없었다. 신행미종보(神行迷踪步)를 펼치며 청심의 주위를 맴도는 그녀의 손에서는 유명한 아미의 권법인 항룡복호권(降龍伏虎拳)이 펼쳐졌고 어느새 다시 검으로 소양검(少陽劍)을 전개하는 그녀였다.

구중성화 주설란과 함께 아미의 힘을 이어받은 그녀이기에 그녀의 손에서 뿜어져 나오는 가공할 무공들은 그야말로 청심을 추풍낙엽으로 만들 것 같았다.

하지만 청심이라고 가만히 당하고 있을 수 없었다. 돌연 그녀의 눈이 빛나기 시작하면서 그녀의 검에서 순간 모든 것을 얼려 버릴 것 같은 한기(寒氣)가 뿜어져 나왔다. 그것은 그녀의 검기(劍氣)와 함께 어우러져 신비한 자태를 뽐내고 있었다.

그것은 곧 이미 한번 선보인 적 있는 무시무시한 검법으로 추선혜를 몰아갔다.

바로 당호의 마지막 일수를 막아가던 한빙광혼검(寒氷廣魂劍)이었다.

무당의 검과는 다른 길을 지향하는 그녀의 검은 추선혜로 하여금 순간 전신을 조여오는 한기로 인해 마치 얼음의 그물이라 느껴지도록 했다. 그로 인해 그토록 청심을 조여가기 위해 무공을 펼치던 손과 발의 행동 반경이 서서히 좁혀갔다.

이것은 청심이 계수(癸水)라 일컫는 신공의 하나인 한빙광혼검의 광한빙망(廣寒氷網)이라는 초식이다. 하지만 초식의 기(技)라기보다는 내공을 이용한 검기(劍氣)라고 할 수 있었다.

청심의 검에서 나온 그녀만의 독특한 검기는 추선혜를 막다른 골목으로 이끌어가기에 충분하였다. 이것으로 본다면 그녀 역시 당호와 같은 결과를 낼 것 같았다.

청심의 반격에 추선혜는 기이한 눈빛을 발했다. 그러면서 이제껏 자신의 몸에서 운용하던 대정신공(大靜神功) 대신 서서히 금정신공(金頂神功)을 운용하기 시작했다.

그러자 청심으로 인해 만들어진 빙망(氷網) 사이로 금색 빛들이 새어 나왔다. 그것은 금정신공으로 인해 그녀의 한기로 만들어진 그물에 틈이 생겼다는 것이었다.

과연 항마복룡신공(降魔伏龍神功)과 함께 아미 이대절학으로 불릴 만한 것이었다.

추선혜는 그녀의 신공으로 인해 생긴 틈으로 희대의 절학을 선보였다. 아직 화후가 높지 못하고 성취도가 낮아 꺼려지는 무공이었지만 이것이야말로 아미의 본 절학이었다.

"일자수미(一字須彌)!"

그녀의 낭랑한 목소리와 함께 대라수미혜검(大羅須彌慧劍)이 펼쳐졌다.

무당에 태극혜검(太極慧劍)이 있다면 아미에는 대라수미혜검(大羅須彌慧劍)이 있었다. 그만큼 뛰어난 검공(劍功)이다.

펑!

한빙광혼검과 대라수미혜검의 두 검기가 공중에서 엄청난 폭음과 함께 충돌하였다. 마치 흰 구름과 금빛 구름이 합쳐지는 것 같아 보였다.

"윽!"

두 사람은 동시에 신음을 날리며 두 발자국씩 물러섰다. 하지만 부상의 정도는 추선혜가 더하였나 보다. 가슴을 움켜쥐며 검을 지팡이 삼아 몸을 지탱하는 그녀는 이번 충돌로 인해 손해를 입은 것이다.

본래 청심의 무공은 무당의 것이 아니었다. 어린 시절 지병을 전화위복으로 넘긴 그녀는 복연이 있어 상고의 무공에다 무당의 절학이 더해진 것이다. 그뿐 아니라 천연(天緣)이 있었는지 칠대무서 중 오행(五

行) 중 수(水)의 무공을 얻은 것이다.

그녀가 계수라 일컫는 신공은 바로 수의 본질을 의미하는 것이다.

"과연 지난날 복마대의 난화검이군요."

청심은 자신의 신공을 견딘 추선혜를 칭찬하며 다시 한 번 자세를 가다듬었다. 여차하면 다시 한 번 신공을 보여주겠다는 의지였다.

이때 두 사람의 대결을 관전하고 있던 청운 도장이 청심을 향해 전음을 날렸다. 자칫하면 그가 우려하는 상황이 벌어질 것 같았기 때문이다.

"사매, 이제 그쯤 해둬. 그 정도면 됐어."

청운 도장의 전음을 들은 청심은 억지로 몸 안의 기운을 거두며 추선혜를 바라보았다. 추선혜 역시 그녀의 눈을 통해 이미 자신이 졌음을 알게 되었다. 아니, 벌써 전의를 잃고 있었다는 것이 솔직한 것이다.

게다가 그녀가 자신의 금정신공에 대항한 무공에 대해 아는 것이 없었다. 강력한 빙한기공(氷寒奇功)이라는 것만 알 뿐 다른 것은 일체 모르는 상태였다.

그리고 상대방은 이미 검을 내렸지 않은가. 그것은 이미 상대방도 추선혜가 생각하고 있는 것을 암묵적으로 인정하고 있다는 것이다.

추선혜는 서서히 검끝을 내렸다.

"제가 졌어요."

그녀의 힘없는 말에 청심은 고저가 없는 목소리로 무심하게 대꾸하였다.

"추 소저께서 양보하신 덕분이죠."

비무대를 내려가는 추선혜를 보며 청심은 내기(內氣)를 다스렸다.

비무가 끝나자 모두가 손을 들어 청심을 환호하였다. 그녀 역시 겉으로 보이는 담담함과는 달리 솔직히 들뜬 심정이었다.

하지만 이것은 시작일 뿐 끝이 아니었다.

'이건 시작일 뿐이야. 아직도 내가 가야 할 길은 너무도 멀어.'

그렇게 다짐하는 청심의 두 눈에는 굳은 결심이 담겨 있었다. 그리고 결국 그 결심대로 그녀는 또 다른 출전자를 맞이하였지만 어렵지 않게 본선에 올라갈 수 있었고, 가벼운 발걸음으로 비무대를 내려올 수 있었다.

태홍왕부에서 주최되는 비무대회가 이틀째 행사를 마치고 모두가 비무대회에서 이어진 여흥을 즐기고 있었다. 무림에서 드물게 열리는 규모가 큰 행사답게 비무장 주위에는 불야성을 이루고 있었다.

아무리 그 권위가 하늘과 같다는 영락제의 친왕(親王)인 태홍왕이라고 할지라도 오늘 같은 날만은 눈감아주는 것 같았다. 그렇지 않고서야 나는 새도 떨어뜨린다는 왕부의 주위에서 이럴 수는 없을 것이다.

하지만 모두가 향락에 빠져 있는 것은 아니다. 아니, 즐기고 있다 하더라도 속마음은 그렇지 않은 사람들이 있었다. 바로 본선에 진출한 무인과 내일의 마지막 본선 진출 기회를 노리는 사람들이다.

이미 비무대회에 관련이 있는 무림인들은 이번 비무대회로 인해 급조한 왕부의 외곽에 위치한 등용소(騰龍沼)에서 머무르고 있었다. 천지현황(天地玄黃)의 네 자로 등급을 나눠 추구하는 바가 다른 무림인들의 시비를 사전에 막을 수 있게끔 만들어져 있었다.

천자방 같은 경우는 소위 정도라 명하는 정파의 무림인들이 거주하고 있었으며 강호의 명숙과 호천사정맹의 사람들이 거의 독점하다시피

하고 있었다.

그와 반대로 지자방 같은 경우는 정파와 앙숙이라 할 수 있는 사파의 무림인이 독점하고 있었다. 당연히 천마사천회의 사람들이 온 것은 말할 나위도 없는 것이다. 하나 사천회의 실세보다는 분타급의 인물들이 와 있기 때문에 실질적으로 형식만 갖추고 있는 실정이다.

그리고 현자방과 황자방은 이들을 제외한 무림의 무인들이 각각 기준에 맞게 기거를 하고 있었다. 그렇기에 천자와 지자급 대우와 현자와 황자급 대우는 수준이 다를 수밖에 없었다.

이 중 천자방에서는 호탕한 웃음소리와 함께 몇몇의 인물들이 담소를 나누고 있었다.

"하하하, 어찌 그렇지 않겠습니까? 상인(上人)의 말씀대로 사필귀정(事必歸正)이지요."

"팽(彭) 시주의 말이 옳습니다."

무원 상인은 자신의 생각에 동의하는 호천사정맹의 삼대봉공(三大奉供)인 건천삼존(乾天三尊) 중 맏이인 금검천존(金劍天尊) 팽풍악(彭豊岳)을 보며 미소 지었다.

"어찌 사천회나 금성 나부랭이들이 정도무림을 넘볼 수 있겠소. 어림도 없는 소리지."

평소에도 불 같은 성격으로 성정이 급한 적화천존(赤火天尊) 장부득(張不得)은 해룡천존(海龍天尊) 모홍(毛洪)과 함께 건천삼존이다.

"그리고 그깟 금성이 온다고 해도 뭐가 두렵소? 힘 한번 쓰면 없어질 것들이. 그렇지 않습니까?"

장부득은 조용히 앉아 있는 현무자를 향해 말했으나 현무자 역시 무원 상인과 마찬가지로 미소만 지을 뿐 가타부타 말이 없었다.

이에 현무자 대신 모홍이 장부득의 말에 흥을 돋우어주었다.

"흐흐흐. 암, 그렇지. 이십 년 전의 금성이 무서웠던 이유는 바로 도저히 정파의 무공이라고 볼 수 없었던 잔인하고 악랄한 마공 때문이네. 아직도 그때 서문박(西門博)이 보여주었던 그 마공을 생각하면 몸서리쳐진다네."

"서문 노괴!"

반정지란 당시 서문세가의 노가주이자 금성의 괴수였던 서문박은 일찍이 세상에 선보이지 않은 마공으로써 천하의 무림인들에게 공포의 대상으로 군림하였다. 게다가 그 위력은 상상을 초월하는 것이어서 수많은 고수들을 희생시켰다.

"하지만 걱정할 것 없네. 이미 칠대무서 중 절반이 세상에 그 모습을 나타냈네. 게다가 그중 칠성(七星)의 무학은 그 위력이 서문 노괴의 마공에 필적할 걸세. 그러니 다시 그 마공이 나타났다 하여도 두려워할 필요는 없다 이걸세."

장부득에게 향한 모홍의 말이지만 사실 이곳에 모인 중인들에게 모두 향한 소리였다. 그만큼 그의 목소리에는 확신이 차 있었다.

그래서일까?

서문 노괴라는 말에 잠시 어두웠던 사람들의 표정이 하나둘씩 풀리기 시작했다.

이미 칠대무서 중 '태극'과 '천장', '오행', '칠성'이 나타났다. 남은 것은 '신검'과 '묵도'일 뿐, 진경 내의 심오함으로 인해 완성할 수가 없다는 '역근'마저 이미 소림의 숨겨진 기재가 비밀리에 수련하고 있다는 소문이 파다했다.

"여기 단 소가주가 있으니 한번 물어봅시다. 천하제일가에서는 어떻게 생각하시오?"

모홍은 처음부터 계속 침묵을 하고 있는 단지운을 향해 말을 걸었다.

사실 호천맹과 천하제일가의 경우 그 관계가 매우 미묘하여 모홍의 물음처럼 단도직입적인 질문은 어색한 감이 많았다. 이미 기울어져 가는 해와 같은 천하제일가와 갈수록 그 세력을 떨쳐 가는 호천맹은 이번 칠대무서의 확보로 인해 그 승부가 확실해졌다.

다만 이번 단지운과 문인군주의 혼사로 인한 태흥왕부의 개입으로 다시 그 균형이 어느 정도 맞춰진 것뿐이다.

"모공봉의 말씀이 어찌 틀리겠습니까. 비록 세가의 진전(眞傳)이 유실되었다고 하나 정도의 세가로서 어찌 그들을 가만히 보고만 있겠습니까?"

자고로 '아' 다르고 '어' 다르다고 하였다. 고개를 숙이고 들어가는 듯한 단지운의 말은 모홍으로 하여금 매우 유쾌하게 만들었다.

이것은 맹과 단씨세가의 입장을 고려한다면 매우 의미있는 말이기 때문이다.

"하하하. 그래, 영존께서도 소가주의 말과 같기를 바라겠소."

"예, 아버님께서도 저와 같은 생각이십니다. 비록 이십 년 전과는 달리 금성의 세력이 약하기 그지없고, 예전의 치밀함이 전만 못하다 하지만 비상시국임에는 틀림이 없지요. 이런 상황에 어찌 뜻을 같이하지 않겠습니까."

"하하하, 그 말 한번 시원하게 잘하는구만."

마지막 웃음과 함께 말하는 이는 팽풍악이다. 들으면 들을수록 맹의 입지가 높아지기 때문에 저절로 웃음이 나왔다.

그가 상상하고 있는 대로라면 머지않아 호천맹의 세상이 올 것이기 때문이다.

"내가 듣기로는 운남의 사정이 심상치 않다 들었는데……."

단지운을 보고 말하는 것은 아니지만 팽풍악은 슬쩍 말꼬리를 흐리며 운을 띄웠다. 그러나 단지운은 그저 미소만 지을 뿐 팽풍악의 말에 말려들지 않았다.

"누가 감히 천하제일가가 있는 운남에서 허튼짓을 할 수 있습니까? 더구나 태홍왕까지 뒤에서 버티고 있는 천하제일가를 말입니다."

팽풍악의 말에 장부득은 소리 높여 말했다. 하지만 말의 어감이 이상해 듣기에 따라서 비꼬는 듯한 느낌을 가질 수도 있었다.

이것은 안하무인의 장부득이 심중에 천하제일가와 태홍왕부의 결합을 못마땅하게 생각하고 있었기 때문이다.

이때 방 안의 분위기가 이상하게 돌아감을 느낀 무원 상인은 급히 화제를 돌렸다.

"한데 오늘 낮에 보인 그 여협은 누구시오?"

현무자를 향한 무원 상인은 청운 도장과 함께 등장해 놀랄 만한 무공을 보여준 청심에 대하여 물은 것이다. 이에 현무자는 이런 질문을 예상하고 있었는지 너털웃음을 지으며 대답했다.

"허허허, 그 아이는 청운과 함께 청 자 항렬의 청심이라 하오. 몇 해 전에 구양 사제가 거둔 아이라오."

"헛!"

무원 상인은 그답지 않게 평정심을 잃어버렸다. 현무자가 말한 구양 사제란 호천맹의 맹주인 구양 상인을 의미하는 것이며 그가 거둔 아이라고 함은 곧 그의 제자라는 말이다.

무당의 속가제자인 구양 상인은 한평생 여인을 가까이하지 않아 아직 후대도 없을 뿐더러 제자도 없는 터였다. 그런 그에게 갑작스런 제자가 생겼다는 말은 매우 놀랄 일이다. 더구나 여자라면.

"아니! 맹주께 숨겨둔 제자가 있었단 말이오? 아니, 왜 이제껏 그런 말씀을 하지 않으셨을까?"

놀라기는 팽풍악 역시 마찬가지였다.

"그 안에는 사정이 있소. 그리고 지금까지 그 아이는 본 산에서 수련을 하였소."

"아!"

현무자의 말에 무원 상인은 무엇인가 깨닫는 바가 있었다. 하지만 그것을 겉으로 꺼내지는 않았다.

이것은 단지운 역시 마찬가지였다. 그 역시 무원 상인과 같은 생각은 아닐지라도 무언가 눈치를 챌 수 있었다. 하지만 그는 미소만 지을 뿐이다.

그러나 건천삼존은 저마다 할 말이 많은지 여전히 커다란 목소리로 자신의 생각을 피력하기 바빴다.

그렇게 다들 자신만의 생각을 꿈꾸며 밤은 깊어갔고 얼마 가지 않아 제각기 자신의 방으로 돌아갔다.

태흥왕부 한쪽에 마련된 별원에는 천하제일가의 별원에 문인군주가 기거하는 것처럼 이번 비무대회 동안 단지운이 머무르고 있었다.

만월(彎月)이 밤하늘에 주위의 반짝이는 별들과 함께 수놓고 있었다. 때를 달리하여 운치있는 곳에서 보고 있었다면 저절로 시 한 수가 떠오를 장관이다.

하지만 지금 그 경관을 보고 있는 단지운은 전혀 그렇지 못했다. 오히려 마음이 타 들어갈 것 같은 초조한 기색이었다.

별원 근처에 자라고 있는 대나무 틈으로 보인 불야성의 불빛은 단지운의 마음과는 달리 더욱 빛을 발하고 있지만 그쪽으로 돌린 고개가 돌려지지 않았다. 바로 그 불야성에서 자신이 기다리는 사람이 오기 때문이다.

단지운이 삼죽림(三竹林)이라고 불리는 별원에 온 것이 해시 초(亥時初)였고 지금이 자시 초(子時初)이니 한 시진이 다 되어갔다. 하지만 그 한 시진이 어떻게 지났는지도 모를 정도로 그는 자신에게 올 서찰을 기다렸다.

이때 삼죽림의 대나무 잎들이 바람에 날리며 조용하던 이곳에 파문을 일으켰다.

하지만 그것이 전부 그렇지 않은지 다른 한쪽의 대나무는 변함없이 달빛에 자신의 몸을 맡기고 있었다.

단지운은 이 현상에서 마침내 자신이 기다리던 사람이 왔다고 생각했다. 한쪽에서만 이는 대나무의 흔들림이 자연에 의한 것이 아니라 기의 파동으로 인한 것임을 알았기 때문이다.

그랬다.

그것은 바로 무공을 지닌 이가 경공을 펼치면서 자연히 옷깃에 스쳐서 일어난 현상이다.

드디어 단지운이 기다리던 이가 그의 앞에 나타났다.

"군사, 비화일수(秘花一手) 대령했사옵니다."

검은 천으로 온몸을 두른 그는 오직 빛나는 두 눈만을 보여주고 있었다. 하나 단지운은 이에 익숙한 듯 아무 거리낌 없이 받아들이고 있었다. 그도 그럴 것이 비화수라면 단씨세가의 비영각에 속한 암중의 인물들이다.

하지만 문제는 비화일수라고 불리는 복면인이 단지운을 향해 부른 호칭이다.

군사라니?

단지운이 천하제일가의 소가주이며 비밀리에 가주 직에 오른 것이 분명하거늘.

"어서 오시오. 주군의 서찰은 어디에 있소?"

단지운은 급히 비화수로부터 서찰을 받아 읽어보았다. 그 서찰에는 그가 생각하고 있던 대로 적혀 있었다.

"하하하, 역시 주군이십니다."

단지운은 아무도 없는 허공에 대고 웃음을 지었다. 그러더니 별채 안으로 들어가 붓을 들었다.

"음, 녹림과 장강수로채는 어차피 일전(一戰)이 있고 난 후면 소모성 역할이 될 것이다. 그러나 중요한 것은 그들을 어떻게 활용하느냐이지."

단지운은 들었던 붓을 놓고 잠시 창문 틈으로 바람에 흔들리는 대나무를 보았다.

"어차피 강호에는 일진광풍(一陣狂風)이 몰아칠 것이다. 그리고 아비규환이 되어 서로의 생명줄을 잡기 바쁘겠지. 그렇게 된다면 적아의 구별이나 정사의 구별도 모호해질 것이다."

이때 단지운은 무슨 생각인지 두 주먹을 불끈 쥐었다.

"지난날 정의라 내세우는 무리들에 의해 혁가장의 많은 식솔들이 억울하게 죽어야만 했다. 그 수모와 한을 어떻게 잊는다 말인가."

그랬다.

지금 이곳에 있는 단지운은 진현이 아니라 그를 대신하여 이곳에 온 혁천운이었다. 그의 존재를 아는 사람은 세가의 수뇌부에 불과했지만 그의 명석한 두뇌로 많은 계책을 쏟아내 실질적으로 진현의 행동에 깊은 영향력을 행사했다.

하나 그의 신분은 어디까지나 진현과의 관계로 보자면 주종 간이기 때문에 세가 내에서도 그의 존재를 그리 중하게 여기지 않았다.

다만 진현과 단순명만이 그의 뛰어남을 알고 있을 뿐이다. 그래서 세가의 대부분이 진현을 대신하여 비무대회에 참가한 그를 진현의 화신(化身) 정도로 생각할 뿐 특별한 의미를 두지 않았다.

"비화수들에 의하면 왕부에도 심상치 않은 움직임이 있다고 했다. 그렇다면 금성의 무리들이 이미 여기에도 손을 뻗쳤다는 말이다. 사천으로 향한 세가의 영향력에도 이상한 낌새가 있었다고 하니 조만간 그들의 움직임이 있을 것이다. 그렇다면 세가로 향한 그들의 공세는 눈가림용일 것이고 실질적인 행동은 따로 이루어지겠지."

혁천운은 식은 차이지만 한 모금 마시며 잠시 복잡한 생각들을 가다듬었다.

"그래, 분명 그럴 것이야. 그렇지 않다면 지금까지 치밀하게 움직였던 그들이 갑자기 어설프게 세가로 화살을 돌릴 리가 없어. 있다고 해도 지금처럼 소문을 내며 다닐 리는 없겠지."

혁천운은 생각을 하면서 자신의 예감에 확신을 더해갔다.

"과연 그들이 이번 세가로 향한 발걸음으로 어떤 목적을 이루려고 하는지 의문스럽군. 그것을 알아내어야 해!"

혁천운은 생각을 마치자 다시 붓을 들어 작은 밀봉된 통을 꺼내 그

속에서 양피지를 꺼냈다. 그리고 기이한 문자로 자신의 생각을 적고는 금세 통 안으로 집어넣었다.

"이들은 적지 않은 세월 동안 준비했을 것이다. 그리고 지금까지 그 모습을 보이지 않을 수 있었던 것은 분명 조직의 구성이 특별하기 때문일 거야. 이런 경우는 점조직밖에 없어. 분명해. 점조직이 아니고서는 그들의 활동은 금세 호천맹의 대륙안이나 사천회의 비영마에 포착되었을 것이다."

혁천운은 그렇게 확신하자 오히려 그들의 행동들이 무서워졌다. 오랜 세월만큼이나 그들의 저력은 무서울 것이고, 천하를 향한 그들의 움직임은 예사롭지 않을 것이기 때문이다.

"하지만 그들이 이대로 목적을 이룰 수 있게 쉽게 두지는 않겠다. 비록 부모님을 죽인 원수는 따로 있지만 결국은 그들에게 원인이 있다. 모함으로 돌아가신 아버님, 어머님, 지켜봐 주십시오. 소자가 어떻게 복수를 하는지 말입니다."

혁천운은 다시 한 번 두 주먹을 불끈 쥐며 결의를 다졌다.

제30장

모습을 드러내며 움직이다

모습을 드러내며 움직이다

오늘도 변함없이 태흥왕부에서 열리는 비무대회는 그 열기를 이어가고 있었다.

특히 예선 마지막 날이라서 그런지 이제껏 눈치를 보던 무림인과 체면을 차리던 유명 인사의 대거 출현으로 인해 그 열기는 더해만 갔다.

이미 지난날 장보삭과 대화를 하던 정육이 말한 신성(新星)들 중 매화신검과 광마(狂魔)는 그 모습을 드러내었다.

화산파의 자랑은 화산오수에 있다고 해도 과언이 아니다. 그리고 그중 화산의 매화검존(梅花劍尊)의 절학을 이은 매화신검(梅花神劍) 한서린(邯瑞麟)의 무공은 대회 시작 이래 가장 뛰어난 것이다. 그리고 화산오수 중 한서린과 함께 참가한 화홍검 서문의 무공 역시 그 화려함으로 많은 사람들에게 그의 능력을 각인시켰다.

하지만 이 두 사람 모두 자신의 존재를 사람들에게 절대적으로 인식시키기에는 다른 한 사람보다 역부족이었다.

바로 천마사천회의 금검령주이자 총순찰인 묵운편 사도천세의 활약 때문이다. 그의 단 한 수가 지나간 자리에 퍼지는 혈화(血花)는 많은 사람들에게 그의 잔인성과 광포함으로 다가갔고, 왜 그가 적은 나이에 높은 자리에 앉을 수 있었는지 그 이유를 알게 해주었다.

이리하여 좌중의 관심은 단 한 곳으로 모였다.

바로 남은 신성들의 참가 여부였다.

비록 그들이 비무를 하여 명예와 부귀를 얻지 못하지만 대리 만족으로 함께 즐거워하는 그들이었기에 이왕이면 구대신성(九大新星)의 격돌을 보고 싶어했다.

그렇기에 본선 참가 자격을 주는 마지막 날인 오늘은 어느 때보다 더욱 많은 인원들이 붐비고 있었다.

대회가 시작하고 나서 언제나 그랬듯 소림과 무당의 고인들과 함께 혁천운은 자신의 자리에 앉아 비무대를 지켜보았다. 냉정한 그의 두 눈은 타인으로 하여금 무슨 생각을 하는지 모르게 했다.

그때였다.

엄청난 환호로 인해 그의 눈에서 이채가 띤 것은.

그 환호의 주인공을 보고 난 그의 눈빛은 조금 전과 다르게 놀람을 가지고 있었다. 그 이유는 주위의 좌중이 말해 주고 있었다.

"혈! 성!"

"우와~ 혈성이다!"

"아~"

바로 촉산혈성 독고자인이다.

이름난 세가나 문파의 제자는 아니지만 그 누구보다 뛰어난 무공과 유명세를 타는 무인 중 한 사람이다.

그가 비록 구대신성의 두 번째 서열을 가지고 있지만 그것은 아직까지 입증된 사실이 아니었다. 다만 신주일룡 상관영의 유명세가 용봉쟁투지회로 인해 독고자인을 넘어섰기 때문이다.

게다가 입담을 즐기는 만담가들은 벌써부터 이번 비무대회에서 그들의 격돌이 사실상 결승전이 될 것이라고 말하고 있었다.

일인비전(一人秘傳)으로 내려오는 당대의 촉산혈성이라는 명호를 얻은 그가 이토록 사람들에게 환호를 받는 것은 거칠 것 없는 자유 분방함과 그가 생각하는 정사의 기준이 남들과 다르기 때문이다.

정파라고 해서 모두 정도를 걷고 있는 것이 아니고 사파라 하여 모두 사도를 걷는 것이 아니다라고 말하는 그의 모습은 천하의 무림인들에게 새로운 모습으로 다가가고 있었다.

그리고 그 신념을 바탕으로 한 그의 실행은 통쾌함을 주기 마땅한 것이었다

독고자인은 자신의 상대가 나오길 기다렸다.

그러나 누가 그의 상대로 나서려 하겠는가? 천하가 인정하는 혈성은 같은 구대신성인 광마의 출현 전까지는 살아 있는 신화였다.

그 일례로써 대막(大漠)에서 흉명이 자자했던 광풍사(狂風社)가 독고자인을 만나 전멸당한 것은 아직도 술자리에서 입에 오르는 것이었다. 그러니 독고자인의 상대로 나오려 하지 않는 것은 어찌 보면 당연한 것일지도 몰랐다. 이에 독고자인의 본선 진출을 알리는 북을 치려는 대회 관계자의 손이 내려가려 하였다.

"네가 당대의 촉산혈성이라는 말이지?"

상대는 보이지 않고 사방에서 들려오는 목소리는 육합전성(六合傳

聲)이라는 고도의 수법이 확실했다. 이를 안 몇몇의 무림인들은 그의 공력에 놀라워했다.

모두가 목소리의 주인공을 찾아 사방을 쳐다보았다. 그러나 독고자인은 처음부터 알고 있었다는 듯 오직 한곳을 주시하고 있었다.

과연 그의 눈이 향한 곳에서 괴인의 신형이 튀어나왔다.

"흐흐흐."

그의 신체는 그의 웃음처럼 괴이했다. 오 척도 되지 않는 작은 키에 설상가상으로 꼽추라는 장애를 겪고 있었다. 게다가 도저히 웃음이라고는 시각적으로 해석되지 않는 그의 외모는 키만 작을 뿐이지 가히 살아 있는 아수라의 모습이었다.

하지만 아무도 그의 모습을 보며 비웃지 않았다. 아니, 그럴 수가 없었다. 그의 모습에서 하나의 이름을 떠올렸기 때문이다.

독수마타(毒手魔駝).

그는 추한 외모로 인해 갖은 고생을 하던 중 우연히 찾아온 기연으로 인해 복수의 길을 걸을 수 있었고, 또한 희대의 살성이 될 수 있었다. 그리고 자연히 한 갑자가 넘어가는 세월 동안 수많은 피를 뿌리며 강호를 질타할 수 있었다.

그러나 그도 뼈아픈 패배의 쓴맛을 봐야 했으니 바로 전대의 촉산혈성에 의해서였다. 그의 생애에 있어 단 한 번의 패배였으나 그는 강호에서 자취를 감출 수밖에 없었다.

하지만 결국 그는 자신의 마지막 절기를 익히고 다시 강호로 출사표를 던진 것이다. 그리고 지금 이 자리에서 자신의 빚을 받아야 할 상대를 찾게 되었다.

독수마타는 비록 자신에게 좌절의 맛을 느끼게 한 장본인은 아니지만 독고자인에게서 충분히 살심(殺心)을 끌어올릴 수 있었다.

이렇게 독고자인의 본선 진출을 위한 비무 아닌 비무가 시작되었다.

독수마타는 자신의 성명절기인 마라독심조(魔羅毒心爪)를 운용하기 위해 자세를 잡았다. 자신이 보기에는 아직 애송이라고 생각되는 독고자인의 몸에서 심상치 않은 기도를 느낄 수 있었기 때문이다.

이에 독고자인은 두 주먹을 쥐며 공력을 집중시켰다. 그러자 그의 두 손은 금방이라도 피를 흘릴 것 같은 혈수(血手)가 되었다.

"삭혈수(鑠血手)?"

"그렇소."

"혈월검(血月劍)이 아니라 삭혈수라… 흐흐흐, 광오하구나. 아이야, 미리 말하는데 너희 사부도 나의 이 두 손을 검으로 받아야만 했다. 흐흐흐."

"길고 짧은 것은 대봐야 아는 법."

당당하게 말하는 독고자인이었으나 긴장하지 않을 수 없었다.

전대의 살성인 독수마타는 지극히 위험한 인물이었기 때문이다. 이 것은 그를 지켜보는 좌중의 마음 또한 그랬다. 소문으로만 알려진 독고자인의 실력보다는 살기를 내뿜는 독수마타의 모습에 내심 걱정되었다.

팟.

짧지만 두 사람의 기 싸움에서 독고자인이 먼저 신형을 날렸다. 시뻘건 두 손을 교차하며 독수마타의 등을 노렸다.

하지만 독수마타에게 한을 가져준 자신의 곱사등을 쉽게 내어줄 리 만무했다.

퍼퍼펑!

두 사람의 손이 격돌하며 순식간에 회오리치는 기류를 만들어냈다. 짧은 격돌이 끝나고 다시 한 번 두 사람은 치열한 공방전을 펼쳤다.

독수마타의 끊임없이 내뿜는 내공에 밀리는 듯한 독고자인이었지만 수많은 실전에서 얻을 수 있었던 재치있는 임기응변으로 위기를 넘겨갔다. 그러자 독수마타는 조금만 더, 하는 아쉬움으로 쉴 새 없이 몰아쳐 갔다.

"마라멸멸(魔羅滅滅)."

마공의 정수이기도 한 마라독심조의 절초가 독고자인의 옆구리를 훔치듯 뻗어갔다. 자신과 거의 두 배분이나 차이가 날 법한 독고자인에게 독초를 써야 한다는 것이 마음에 걸렸지만 상대가 상대인지라 이를 악물고 공력을 계속해서 주입시켰다.

가공할 마공에 순간 독고자인은 혈월검을 쓰지 않은 것을 처음으로 후회했다.

처음부터 혈월검을 썼더라면 보다 수월하게 상대했을 것이라는 생각이 들었다. 하지만 이미 엎질러진 물이었다.

허리에 차여진 검을 빼어내기에는 늦은 시간이었기에 할 수 없이 삭혈수의 마지막 초식을 전개해야만 했다. 그러자 그의 두 손은 더욱 붉어져 마치 녹아내리는 것 같아 보였다.

퍼퍼펑!

처음의 격돌보다 배는 큰 굉음이 터지며 두 사람은 자신이 신형을 날린 반대 방향으로 각각 튕겨져 나갔다. 하지만 이내 신형을 바로잡으며 다음을 대비하였다.

그러나 이미 공력의 차이가 나타났다.

아무리 후기지수 중 신성이라 하지만 한 갑자가 넘은 세월 동안 무공을 수련한 독수마타의 내공을 감당하기는 힘든 것이다.

독고자인은 입가에 흐르는 피를 소매로 훔치며 끓어오르는 내기를 다스렸다. 하지만 이미 모든 것을 알고 있는 독수마타가 시간을 줄 리 만무했다.

이 모습에 대부분의 사람들이 안타까워했다. 비록 정도의 인물이기보다는 정사지간이라 해야 옳겠지만 이대로 무너지기에는 아까운 인물이라고 다들 생각했다.

이런 사람들의 마음이 통했는지 마지막 공격을 하는 듯 엄청난 위력과 함께 다가오는 독수마타의 마수(魔手)를 보며 독고자인은 결심을 하듯 이를 악물었다.

펑!

독수마타는 자신의 손이 독고자인의 왼쪽 어깨에 박히자 회심의 미소를 지었다. 그의 별호에서 보면 알 수 있듯이 독수가 괜히 독수가 아니기 때문이다. 아마도 얼마 되지 않아 그의 손에서 뻗어 나오는 마공지독(魔功之毒)이 독고자인의 어깨를 통해 심장으로 흘러들어 갈 것이라 여기는 듯했다.

스르륵.

독고자인의 오른손에 어느새 검이 쥐어져 있었다. 그리고 조그만 목소리로 말했다.

"혈월잔상(血月殘像)."

언제나 끝없는 외로움 속에서 말벗이 되어주었던 혈월검은 항상 그래 왔듯 독고자인의 기대를 저버리지 않았다.

파파팟.

독수마타에게 느린 그림으로 독고자인의 검이 다가와 자신의 복부를 가르고 어깨를 지나 팔을 자르며 두 손을 갈라놓는 환상을 보았다. 그리고 그것이 그의 마지막 의식이었고 독고자인에게는 고육지계를 쓴 보답이다.

희대의 마두이자 살성치고는 허무한 결말이었다. 아마 독수마타의 이성이 조금만 냉정했더라도 누워 있는 것은 그가 아니라 독고자인이었을 것이다.

하지만 독고자인이라고 성한 것은 아니었다. 크고 작은 상처가 있지만 제일 화급을 다투는 것은 독고자인의 어깨로부터 퍼지는 마공지독이다.

그러나 독고자인은 그런 내색을 하지 않으며 다음 상대를 기다렸다.

상대는 나오지 않았다.

고요한 산속같이 좌중은 침묵했고 경악할 뿐 감히 독고자인의 앞으로 나서지 못했다. 방금 전 경천동지할 그들의 결투는 그들의 조그마한 의욕조차 꺾어버리기에 충분했다.

본선에 오르기 위한 처음이자 마지막이 된 독수마타의 비무 아닌 비무가 끝나고 독고자인은 비무대에 올라왔던 그 길로 자신의 신형을 감추었다.

그가 사라지고 난 후에도 얼마간 비무대에는 침묵이 흘렀다. 그러나 무명기서를 향한 무인들의 욕망은 끝나지 않았고 또다시 비무대에 열기가 찾아왔으며 그들이 그토록 기다리던 용봉쟁투지회의 우승자이자 구대신성의 첫 번째 서열에 올라 있는 신주일룡 상관영이 나타나자 비무대에는 터질 듯한 환호성이 울렸다.

그리고 상관영은 그들의 환호에 실망을 주지 않았으며 당당히 본선의 한자리를 차지하였다.

하지만 그들은 결국 또 다른 구대신성의 모습을 볼 수 없었고, 그나마 모습을 비취었던 청운 도장의 무위(武威) 또한 구경할 수 없었다.

그렇게 본선을 향한 치열한 예선은 끝이 났고 각 열 명의 본선 진출자가 가려졌다.

예선 첫날의 만근정(萬斤程) 관대망(關大茫)과 청심.

예선 둘째 날의 탈명마환(奪命魔環) 혁요광(赫曜光)과 칠절신검(七絶神劍) 공손하청(公孫賀靑), 활극태세(活戟太歲) 고양기(高梁忌).

예선 셋째 날의 매화신검 한서린과 화홍검 서문, 묵운편 사도천세.

예선 마지막 날의 촉산혈성 독고자인과 신주일룡 상관영.

이제 이틀이 지나면 모든 이가 열망하는 더욱 치열한 본선이 열릴 것이다.

"음, 일이 그렇게 되었군."

진현은 자신의 손에 있는 비합전서를 보며 작게 중얼거렸다.

혁천운의 보고에 의해 태흥왕부에서 일어나는 일련의 상황들을 빠짐없이 알 수 있었던 그는 혁천운의 말대로 또다시 혈겁을 가져올 금성의 의도가 무엇인지 궁금해졌다.

"하지만 이미 계획대로 잘 풀려가고 있으니 그리 문제될 것은 없다. 다만 중요한 것은 사천회의 움직임인데……."

예전 진현은 혁천운과 함께 천마사천회의 움직임을 세밀히 연구하며 모종의 계획을 세웠다. 만약 일이 그들의 계획대로 된다면 반은 성공한 것이나 다름없기 때문에 진현에게는 무엇보다 중요한 것이다.

그 순간이었다.

진현은 대청 밖에서 작은 기척을 느끼고는 금세 전서를 품속에 넣어

두었다. 그리고 잠시 후, 과연 누군가가 대청 안으로 들어왔다.

"숙부님, 어쩐 일이십니까?

단순명이다.

평생을 조상의 자취를 따라 신공을 찾아 헤맨 그는 근래에 들어 급변하는 강호의 정세를 살펴보느라 머리가 아플 지경이었다.

"숙부가 조카를 보러오는 데 꼭 이유가 있어야 하느냐?"

미소를 머금고 말하는 그의 목소리는 진현을 향한 따뜻한 애정이 묻어 있었다.

하지만 진현이 아는 단순명은 이유없이 움직일 사람이 아니다. 게다가 근래에 들어 말수가 늘긴 하였지만 이렇게 농담할 이가 아니라는 것은 분명한 사실이었다.

하지만 진현은 단순명이 먼저 입을 열 수 있도록 가만히 있었다.

"음……."

여느 때처럼 일상적인 대화를 하다 잠시 목이 타던 단순명은 입 안에 차를 머금으며 잠시 여운을 즐겼다.

단순명의 입에서 향기롭게 퍼져 나가던 차는 이내 식도를 통해 사라지고 말았다. 그리고 다시 한 번 단순명의 입이 열렸다. 하지만 이번은 차를 마시기 위한 목적이 아니었다.

"운아, 듣기로는 운남의 하늘에 심상치 않은 구름이 몰려들어 바람이 많이 분다 하더구나."

드디어 운을 띄우는 단순명이다.

"예, 구름이 있으니 자연 바람이 불겠지요."

"한데 그 바람들이 거목뿐만 아니라 묘목에게도 불고 있으니 꺾이지 않을까 걱정이 된단다."

"음……."

진현 또한 생각하고 있던 문제다. 운남의 심상치 않은 동태로 인하여 중소문파들이 동요를 하고 있기 때문이다.

진현은 세가의 진실된 힘으로써 금성의 무리를 수월하게 막아낸다면, 세가를 향한 운남의 믿음을 자연적으로 얻을 수 있으리라 생각했다. 하지만 그 힘을 보지 못한 이들에게는 작금의 상황이 풍전등화였다.

"하나 지금 세가로서는 그들의 선택을 기다릴 수밖에 없습니다. 그리고 바람이 지나고 나면 그들의 진심 또한 가려질 것이지요."

"그렇기야 하겠지만, 우선 급한 불은 끄고 보자는 문파도 많을 것이다."

그건 이미 짐작하고 있던 상황이다.

특히 현대 사회의 교활함과 이중성을 잘 알고 있는 진현인지라 그런 이치는 이미 계산해 두었다.

"그건 걱정은 하실 필요 없습니다. 그리고 그걸 가리지 못한 금성이 아닐 겁니다."

진현이 생각하는 상대는 이미 오랜 세월을 준비하는 치밀함을 보여주었다. 그런 그들이 중소문파의 시비 하나 못 가린다면 말이 안 되는 것이다.

"한데 더욱 문제인 것은 우리의 터전인 운남이 이럴진대 사천은 오죽하겠냐 이것이다."

"그렇겠지요. 사천이야 사업장이 뻗어갈 시기에도 동요가 많았고 그만큼 힘이 많이 들어간 곳인데."

아무리 생각해도 사천 또한 운남과 사정이 같았다. 즉, 일이 터지고 나야 확실하게 기반이 마련될 곳이라는 것이다.

"하지만 사천은 어차피 세가의 힘이 되어줄 곳입니다."

"그게 무슨 말이냐?"

확실한 복안이라도 있다는 듯 말하는 진현을 보며 단순명은 자연스럽게 몸이 진현에게 다가갔다.

"전에도 말씀드린 바 있지만 사천은 아미와 당문의 세력권입니다. 문제는 당문인데 그곳 역시 세가로서는 여러 가지로 쓸모가 있으니 자극할 필요가 없지요. 하지만 두 곳 중 한곳은 세가의 힘이 되어줄 겁니다."

"두 곳 중 한 곳? 지금 아미파를 말하는 것이냐? 아니, 그렇다면?!"

진현은 고개를 끄덕였다.

단순명은 진현의 말에 조금 전보다 더 많이 놀란 듯했다. 갑자기 팔을 들어 진현의 양 어깨를 잡는 것이 그것을 증명하고 있었다.

"그게 정말이냐? 진심이냐 이 말이다."

"예, 그렇습니다. 진심입니다."

진현의 두 눈은 전혀 흔들림이 없었다.

"정녕 화련 그 아이를 잊고 문인군주와 혼사를 치르겠다는 것이냐?"

단순명은 그동안 진현이 어떻게 행동했는지 알기에, 그리고 왜 이렇게 세가의 힘을 키우려고 하는지 알기에 더욱 진현의 진심이 무엇인지 알 수 없었다.

"지금 세가에게는 왕부의 힘이 절대적으로 필요할 때입니다. 더구나 천하가 다 알게 된 일을 저 하나로 번복하게 된다면 웃음거리가 되는 것은 물론 살아남지 못하겠지요."

진현은 자신의 감정이 어떻든 철저히 숨기며 말했.

"그럼 화련 그 아이를 포기할 수 있겠느냐?"

포기라는 단어가 뜻하는 바가 너무도 크고 아련하기에 진현은 감히 대답할 수 없었다. 하지만 누구도 들을 수 없는 대답은 하고 있었다.

'포기가 아닙니다. 비록 멀고 험한 길이긴 하지만 돌고 돌아서 정인의 곁으로 갈 것입니다.'

"정말 대단하구려. 어찌 사람의 몸에서 저런 무공이 나온단 말이오?"

정육은 감탄을 하며 계속해서 비무대를 쳐다보았다.

이미 본선의 시작을 알리는 북소리는 남경 전체에 널리 퍼진 지 오래이며, 본선 첫 비무부터 탈명마환 혁요광과 신주일룡 상관영의 대결로 화려한 막을 올리고 있었다.

장보삭 또한 정육의 말에 동의했다.

"하하하, 정말 그렇소. 혁요광 역시 만만치 않은 고수인데 저리도 쉽게 그의 공격을 피하고 있소. 과연 신주일룡이오."

그의 말대로 상관영은 자신의 주특기인 운산보(雲散步)를 펼치며 혁요광의 마환을 피하고 있었다.

슈우웅―

공기를 찢으며 날아오는 마환은 언뜻 상관영의 신형을 꿰뚫는 것같이 보였으나 흩어지는 구름처럼 퍼져 가는 상관영에 의하여 마환의 주인인 혁요광의 무공만 무색해졌다.

이에 혁요광은 입술을 깨물며 자신의 모든 힘을 모아 이번 한 수에 걸었다.

"탈명환(奪命環)."

자신의 별호를 만들어줬을 뿐 아니라 많은 결투에서 자신에게 힘이 되어준 절초에 혁요광은 기대를 걸었다.

혁요광의 손을 떠난 마환들은 상관영의 목을 향해 돌진하였다. 마환의 표면에 뚫어진 구멍과 그 크기 때문에 출발은 같았으나 각기 그 속도가 달랐다. 그것이 더욱 무서운 점이었다.

그 회전력에 의하여 서로 다른 방향에서 날아오는 마환은 속도마저 달랐기 때문에 일순간에 방비하기엔 어려운 것이었다. 하나를 막으면 다른 곳에서 날아온 마환으로 인해 목이 잘리는 경우가 허다하여 혁요광을 두려워하는 사람들이 많았다.

상관영 역시 이번 경우는 힘이 들겠다고 생각했다. 자신의 앞과 좌우, 그리고 뒤쪽에서까지 날아오는 마환은 그의 사방을 포위하고 있었다.

상관영은 할 수 없이 비무가 시작되고 난 뒤 처음으로 자신의 허리에 매어진 검을 잡았다.

우우웅.

상관영의 손에 잡힌 검은 반갑다는 듯 검명을 토했다. 주인의 손길을 느끼며 울음을 토하던 검은 살아 있는 생물처럼 자신의 키를 늘여갔다.

그리고 자신의 색깔까지 우윳빛으로 변화시켰다.

"검강이다!"

"검강!"

"헛!"

상관영의 검을 보며 다들 외쳤다. 그리고 몇몇의 사람들은 헛바람까지 삼켰다.

백일도(百日刀), 천일창(千日槍), 만일검(萬日劍)이라는 말답게 경지에 오르기 힘든 것이 검이며 익힐수록 그 심오한 묘리를 얻지 못하는 것이 검이다.

그러나 검이라는 무기의 중요성과 활용성을 알기에 이름 높은 문파일수록 비전절학 중 검법이 하나씩은 있다. 하물며 선장이나 계도를 이용한 무공 말고는 모든 것이 몸을 이용한 절학을 가진 소림 역시 달마검이라는 신묘한 검법을 가지고 있다.

하지만 이 중에 과연 누가 검을 이용하여 강기를 만들어낸단 말인가.

호신강기(護身剛氣)라는 말이 있다.

몸 안에 감도는 기를 밖으로 배출해 외형을 만드는 것이다. 몸 안의 것을 밖으로 배출하여 몸을 감싸니 어지간한 내공이 없이는 불가능한 것이 바로 이 경지였다.

이런 호신강기를 뛰어넘는 것이 바로 검강이다.

자신의 몸이 아닌 외물(外物)에 자신의 기를 주입하는 것은 많은 검도의 고수들 또한 검기(劍氣)라는 방식으로 사용하고 있다. 하지만 검강은 무형의 검기를 외형으로 만드는 것이다.

일견에는 공력이 높을수록, 강기의 화후가 높을수록 검강의 크기 역시 커진다고 했다.

상관영의 검강은 한 자나 커진 것이었다. 그의 나이를 생각한다면 엄청난 공력이었다.

"과연 상관영이군. 지난 용봉쟁투지회 때는 검강을 보이지 않았는데."

정육이 생각하기에도 현재의 상황은 상관영의 실력을 미루어볼 때

검강을 사용하지 않아도 되는 상황이었다. 그럼에도 검강을 선보이는 것은 무언의 시위였다.

정욱의 말을 듣는 장보삭의 얼굴에 슬며시 미소가 피어올랐다. 하지만 아무 말 없이 비무대에 집중하였다.

쉬이익.

마환은 마치 순서를 지키듯 하면서도 무질서하게 상관영에게 달려들었다.

첫 번째 마환이 중도에 떨어졌다. 상관영의 검강에 의해 두 조각이 나버렸다. 두 번째 역시 마찬가지였다. 이미 좌우에서 날아오는 마환은 자신의 목표를 잃은 채 바닥에 누워 있었고 남은 두 방향에서 오는 마환들 역시 운명을 같이하고 있었다.

많은 사람들을 죽음으로 몰고 간 탈명환이라고 생각되지 않는 결과였다.

그때였다.

슈우욱.

이제껏 보이지 않았던 마환이 상관영의 머리로 떨어지고 있었다. 이거야말로 혁요광이 기대를 건 방법이며 회심의 일격이었다.

이미 사방의 마환을 처리하느라 자세가 흐트러진 상관영으로서는 막기가 힘든 한 수였다.

혁요광으로서는 상관영이 자신의 마환에 쓰러지는 것이 불가능같이 생각되지 않는 순간이었다.

팟.

갑자기 상관영의 모습이 사라지고 그 자리에 애꿎은 마환이 박혀 있었다.

"이형… 환위(移形換位)…….."

혁요광 역시 상관영의 무위에 탄식하고 말았다. 자신과 상관영과의 차이를 실감한 것이었다.

"졌소."

혁요광은 고개를 떨굴 수밖에 없었다.

상관영의 무위를 보니 자신이 마지막 삼 초식을 완벽하게 익힌다 하더라도 그 결과를 알 수 없을 것 같았다. 이제는 감히 천하십오대고수와 비견한 자신이 부끄러울 지경이었다.

"와아아!"

비무대를 흔들 만한 환호성이 터져 나오며 모두가 상관영을 부르고 있었다.

"신주일룡!"

"신주일룡!"

비무를 처음부터 지켜본 혁천운 역시 감탄할 수밖에 없었다. 자신이 섬기는 주군과 대결한다면 과연 이길 수 있을지 자신하지 못할 지경이었다.

"정말 대단하지 않소? 저 나이에 저런 무공이 나오다니. 지난날의 일은(一隱)을 보는 것 같구려."

정육이 말한 일은이라 함은 천외천룡 단후명을 말하는 것이었다.

사실상 십오대고수 중 서열 일 위에 있는 천하제일인이라 해도 손색이 없는 그였다. 이런 그와 비견한다는 그 자체가 상관영의 무위가 얼마나 사람들 뇌리에 각인되었는지를 말하고 있었다.

"그렇구려. 아니, 일은도 저 나이에 저런 실력을 가지고 있었는지 모르겠소."

장보삭은 미소를 지으며 그의 말에 동의했다.

"그나저나 오늘 일정은 끝이 났으니 술 한잔 어떻소? 이럴 때는 모태주가 제일 아니오?"

술을 빚던 마을의 이름이 모태진(茅苔鎭)이어서 그 이름을 딴 귀주의 명물인 모태주(茅苔酒)는 분주(分酒)만큼이나 유명하여 즐겨 찾는 술이다.

이미 십여 일 동안 함께 행동하였던 그들이라 마음이 통하는 것 같았다. 정육의 말에 장보삭 또한 술이 동하였다.

상관영으로 인하여 자신의 처지를 느낀 혁요광은 머리를 식힐 겸 주루에 와서 술을 마시고 있었다. 일부러 사람들이 드문 곳을 찾아온다고 한 곳 역시 낮에 있었던 비무대회로 인해 시끌벅적하였다.

그러나 이미 자신에 대한 생각에 많은 변화가 온 그인지라 별 무리 없이 그들 틈에 동화되어 술을 마실 수 있었다. 그에게 백의인이 다가온 것도 이때였다.

비무의 경기를 보았다며 다가온 그는 어느 틈에 합석하여 혁요광과 함께 이런저런 대화를 나누었다. 지극히 자연스러운 만남이었고 혁요광 역시 부담스럽지 않은 대화였기에 금세 그의 화술에 빠져들었다.

그런 그에게 백의인이 갑작스런 제안을 한 것은 주루를 나와 밤길을 걸을 때였다.

"태극천(太極天)이라고 들어보셨소?"

"태극천? 그런 문파도 있었소?"

백의인의 말에 혁요광은 잠시 생각하는 듯하다 못 들어봤다는 듯 고개를 저었다.

"흔히 세상 사람들은 본 천을 일컫기를 제이의 금성이라고들 하오."

"헉!"

혁요광은 백의인의 말에 깜짝 놀랐다.

"금… 성!"

"하하하, 뭘 그리 놀라시오. 자, 이제 어떻소?"

"뭐가 말이오?"

혁요광은 자신을 향해 말을 던지는 백의인의 말에 반문을 하였다.

"귀하의 능력이면 본 천(天)에서 능히 인정을 받을 것이오."

"허허, 그럼 나보고 제이의 반정지란의 주역이 되라는 말이오?"

혁요광은 어이가 없어 웃음이 나왔다. 아니, 지금 자신의 눈앞에 있는 백의인이 미친 것이 아닌가 하는 의문이 들었다.

자신에게 당당하게 말하는 눈앞의 인간이 자신을 얼마나 우습게 여겼으면 이런 말을 할까 하고 생각하니 돌연 화가 치밀었다.

하지만 그는 백의인이 자신에게 당당하게 밝히는 모습에서 세 가지 정도를 유추할 수 있었다.

첫째, 천하의 무림인들에게 숨겨도 마땅할 사실을 이렇게 버젓이 말한다는 것은 그만큼 자신감이 있다는 것이다. 혁요광이 비밀을 안다고 하여도 살인멸구할 수 있는 자신감.

둘째, 이제까지 철저하게 숨겨왔던 이들이 모습을 드러낸다는 것은 때가 이르렀다는 것을 의미한다.

마지막으로 이미 이들이 몸을 드러낸 이상 자신의 선택이 어떨지라도 그들의 목표는 이룰 것이다.

하나 이대로 물러서기엔 혁요광의 무인으로서 자존심이 만만치 않았다. 이것은 그가 절세의 고수가 아니더라도 마찬가지일 것이다.

"그대가 어떤 집단의 소속이든 누구도 나를 구속할 수는 없다. 설사 내 목숨이 사라진다 하여도."

이미 혁요광은 자신의 목숨을 내버린 지 오래다.

"음, 굳이 벌주를 자처하는지 모르겠군. 어차피 의지를 상실한 독인(毒人)이 될 것이니 상관은 없지만 말이야."

백의인은 음흉한 웃음을 지으며 천천히 다가갔다.

"이런 찢어 죽일 놈, 어찌 사람으로서 그런 만행을 한다는 말이냐! 내 기필코 이 사실을 온 천하에 알려야겠다!"

"아, 아, 너무 흥분하지 마시오. 어차피 그대가 오기만을 기다리는 독인들이 많소. 아마 한 번쯤 보셨을 것이외다."

즉, 혁요광보다 먼저 납치를 당해 독인이 된 자들이 있다는 소리였다.

"그렇다면 나처럼 비무대회에서 탈락한 자들을 이런 식으로 납치했느냐?"

"오호~ 말귀가 빠르시군요. 그렇다면 더 이상 기다릴 것 없지요."

백의인은 순간 신법을 펼쳐 전광석화와 같은 솜씨로 혁요광의 대맥(大脈)을 잡으려 하였다. 하지만 혁요광 역시 만만치 않은 무공을 지녔기 때문에 서 있는 그 상태에서 무릎을 구부리지 않고 뒤로 한 장(丈) 거리를 물러섰다. 순간의 기지였다.

하나 혁요광은 등 뒤로 식은땀이 흐르는 것을 느낄 수 있었다. 백의인의 조공(爪功)은 한 번도 보지 못한 것이었다.

"후후후, 역시 본선에 진출한 자격이 있군요. 하지만 이제부터는 어려울 겁니다."

웃으며 백의인은 다시 한 번 다가왔다. 하지만 혁요광 역시 이번에는 전처럼 기습을 당하지 않았다.

"탈명환!"

백의인의 솜씨를 본 그이기에 초반부터 필살의 절초를 펼쳤다.

혁요광의 마환들은 상관영에게 그러했듯 백의인에게도 위협적으로 날아갔다. 하지만 과연 혁요광이 짐작한 것처럼 그의 무위는 상상을 초월했다.

"마지막 발악이군."

백의인은 낮게 중얼거린 후 혁요광의 가슴을 서늘하게 한 조공을 다시 한 번 펼쳤다.

그러자 백의인은 적수공권(赤手空拳)으로 혁요광의 마환들을 잡아가려 하였다. 그때였다. 순간 백의인의 손에서 빛이 나더니 손에 잡힌 마환들이 하나둘씩 깨져 갔다.

"헉!"

혁요광은 눈앞에서 벌어지는 상황을 믿을 수가 없었다. 맨손으로 마환을 잡은 것도 모자라 부숴 버리다니.

'오늘은 아무래도 쉽지 않은 하루가 되겠구나.'

마환마저 없어진 이상 혁요광은 별 도리가 없었다. 아무리 공부가 뛰어나다 하더라도 자신의 장기가 아닌 것으로 타인과 겨룬다는 것은 어려운 일이기 때문이다.

하지만 혁요광은 이미 산전수전 다 겪은 무인이다.

"합!"

기합성과 함께 혁요광의 몸이 번개처럼 치솟아올랐다. 그의 주먹에는 어느새 작은 돌멩이들이 쥐어져 있었고, 그것으로 마환을 대신하여 백의인에게 던졌다.

긴 파공성과 함께 날아간 돌멩이는 백의인의 시야를 가렸다.

"음, 아직도 포기하지 않으셨군요."

탁!

백의인은 손을 들어 금나수로 돌멩이를 잡아갔다.

백의인의 시야를 가린 돌멩이가 그의 손에 잡혀 사라질 바로 그때, 돌멩이 뒤에는 큼지막한 주먹이 그를 기다리고 있었다.

바로 돌멩이에 시야를 뺏긴 백의인의 자만심이었다.

하나 이것에 당할 백의인이 아니었다. 고개를 뒤로 젖혀 철판교(鐵板橋)를 행하고, 곧 이어 두 팔로 신형을 지탱하면서 두 다리로 혁요광의 주먹을 차버렸다.

팟!

혁요광의 두 주먹과 백의인의 두 발이 닿자 요란한 소리를 내었고 혁요광의 신형은 뒤로 날아갔다.

하나 혁요광이 처음부터 원했던 것이 바로 이것이었다.

뒤로 날아가던 혁요광은 곧바로 신형을 바로잡아 경신을 펼쳤고, 그 자리를 떠나갔다.

"후후후, 여우가 재주를 피우는군. 하나 그 길이 바로 너의 지옥로(地獄路)임을 몰랐을 것이다."

말을 마친 백의인 역시 자리에서 사라졌다.

혁요광이 백의인으로부터 위협을 당하고 있을 시각, 비무대회 한쪽에 마련된 등용소에서 홀로 빠져나오는 사람이 있었다.

등용소 자체가 출입이 자유로운 곳이라 밤새며 흥을 즐기기 위해 사람들의 출입이 잦은 편인 것을 감안한다면 그리 이상할 것도 없었다.

그리고 그 장본인이 비무대회를 구경 온 장보삭이라면 더욱 그러했다.

그렇게 붙어 다니던 정육은 어디 갔는지 그는 홀로 거리를 걷고 있었다. 그리고 마침내 그가 도착한 곳에는 휘황찬란한 불빛이 밝히고 있는 주루가 있었다.

"이곳이 바로 남경제일루구만."

보통 구경꾼들과 다름없는 말을 한 그는 성큼 주루 안으로 들어갔다. 그러자 곧 그를 반기는 점소이가 그를 안내하였다.

"어서 오십쇼, 손님. 뭘 드릴깝쇼?"

"그냥 화주 한 병과 소채나 주게나."

간단한 그의 주문에 점소이는 내심 투덜거리면서 주방으로 들어갔다. 그를 보며 장보삭은 슬며시 탁자 위의 찻잔에 차를 따르기 시작했다.

또르륵.

맑은 소리와 함께 찻잔에 차를 가득 부운 그는 목을 적시기 위해 입가에 가져갔다.

그때 마침 점소이 역시 그가 시킨 소채와 화주를 가져왔다. 그리고는 아무 소리 없이 탁자에 놓고는 혼자 중얼거리며 다시 자신의 자리로 돌아갔다.

"화주와 소채가 뭐야? 자리나 차지하고 말이야. 저런 것을 먹으려면 싼 주점이나 갈 것이지 여긴 왜 왔어?'

혼잣말로 치부하기엔 너무 큰 소리였으나 그의 말을 신경 쓰는 이가 없었다. 모두들 어느 정도 술에 취해 흥이 겨웠는지 와자지껄하며 바빴기 때문이다.

장보삭 역시 불쾌하긴 했으나 자신이 생각해도 그리 틀린 말은 아니기에 별수없었다. 그래서인지 찻잔을 내려놓고는 금세 술잔에 술을 따랐다. 그리고 이내 불쾌한 마음을 씻기라도 하듯 시원스럽게 들이마셨다.

"음, 역시 이 맛 때문에 화주를 먹는다니까."

말을 마친 장보삭은 다시 술잔에 가득 술을 따랐다. 그렇게 화주가 비워졌고 장보삭은 다시 화주 한 병을 시켰다.

하지만 보기와는 달리 술이 약한지 이내 몽롱한 눈빛으로 흔들리는 술을 바라보았다. 비틀거리는 그의 몸 때문에 자연스럽게 술잔이 흔들린 것이다.

"벌써 취하는군. 하지만 마셔야지. 암, 취하기 위해 술을 마시는 것이 아닌가."

혼자 중얼거리던 그는 이내 술잔을 입으로 가져갔다. 하지만 술이 넘어가기도 전에 손의 힘이 빠졌는지 술잔을 놓고 말았다.

쨍그랑!

술잔은 탁자에 부딪치며 엎어졌고 술과 안주는 범벅이 되어 탁자 위에 쏟아졌다. 그리고 이내 오물들이 탁자의 모서리를 따라 흘러 장보삭의 옷에까지 묻어버리고 말았다.

적지 않은 양이 묻었는지라 손에 범벅이 되도록 닦아도 오물들이 지워지지 않았다.

"에이, 이게 무슨 꼴인가."

술잔이 떨어지며 요란한 소리를 내어서인지 점소이는 이내 달려와 짜증내는 눈빛으로 그를 바라봤다.

"어이구, 이거 미안하구만. 그래, 내가 치움세."

정말로 점소이에게 쓸데없는 일을 만들어준 것이 미안해서인지 장보삭은 오물투성이인 손을 들어 탁자 위를 훔쳤으나 더욱 더러워질 뿐이었다.

"그만두세요. 이게 뭐예요? 더 더러워지잖아요."

점소이는 짜증을 내며 마른 수건을 가져와 탁자 위를 닦기 시작했다. 그러자 자연스럽게 몸을 숙이게 되었고 그 틈 사이로 장보삭의 손이 들어갔다.

그리고 그의 손은 기이하게 움직이며 손에 묻은 물기로 탁자 위에 작은 문양을 그려갔다. 바로 태극이었다. 하지만 점소이는 그것을 보았는지 못 보았는지 탁자를 닦기에 여념이 없었고 이내 그 문양까지 지워지고 말았다.

"다시 한 번 사과함세. 이거 미안해서 어쩌누. 이건 술값이고 이건 자네 몫일세."

"됐어요. 옷이나 씻으세요. 저를 따라오세요."

장보삭의 미안스러워하는 목소리에 점소이는 퉁명한 목소리로 대꾸하였으나 그가 주는 은자는 냉큼 챙겨 버렸다.

"지금은 마땅히 씻을 곳이 없으니 주방에서라도 좀 씻으세요."

말을 마친 점소이는 금세 등을 돌리며 사라졌다. 그러자 장보삭은 주방 안의 숙주들에게 미안한 표정을 지으며 물이 담긴 물통으로 다가갔다.

"이거 미안하게 됐수다."

장보삭은 물통에 담긴 물을 이용해 옷에 묻은 오물을 떼어내며 씻었다. 하지만 대충 손으로 한 것이라 제대로 될 리가 없었다. 그것을 보는 숙주들 또한 답답한 모양이었다.

"이보시오. 술을 많이 마신 모양이오. 그렇게 씻어서야 되겠소?"

평소에도 주방 사이에서 마음이 착하기로 소문이 났던 한 사내가 다가와 장보삭의 소매를 물로 비비며 씻겨주었다. 과연 그의 말대로 아까와는 달리 그리 더러운 행색은 아니게 되었다.

"이쪽도 내미시구려."

사내는 장보삭의 반대 편을 붙잡으며 물로 씻겨주었다. 그때였다. 사내의 손이 번개와 같이 자신의 품에서 무언가를 꺼내 장보삭의 소매 틈 사이로 집어넣는 것이었다.

하지만 그 행동을 아무도 눈치 채지 못했으며 장보삭 역시 모르는 듯했다.

"이제 다 되었소."

"아이고. 고맙소, 고맙소."

연신 고맙다는 말을 반복한 장보삭은 이내 주방을 빠져나와 보기 민망한 듯 주루 안을 나와 밖으로 나섰다.

하지만 아직도 술이 깨지 않는지 그의 몸은 금방이라도 쓰러질 듯 비틀거렸고, 이제 잠을 자야겠다는 듯 그가 머무르는 등용소로 향했다.

"이런. 오늘은 일진이 좋지 않구먼. 망신을 당하다니, 이거야 원 창피해서 돌아다닐 수가 있나."

혼자서 중얼거리며 장보삭은 등용소를 향해 종종걸음을 하였다. 그리고 대로를 지나 한적한 거리를 걸을 때였다.

시간이 흘러 벌써 자시(子時)인지라 사방이 어둠에 휩싸여 희미한 달빛만이 사물의 형체를 보이도록 허락하고 있었다. 그리고 새벽도 아닌데 얇은 안개가 주위에 퍼져 흐르고 있어 이대로의 경관은 또 하나의 운치였다.

"호오, 남경에서도 이런 멋진 길이 있었나?"

바로 장보삭이 술에 취해 길을 잘못 든 것이었다. 태홍왕부로 가는 길이 아니라 이대로라면 상주(常州)로 가는 길인 것이다. 장보삭은 그것도 모르고 주위의 경관에 빠져들어 착각을 하게 된 것이었다.

그때였다. 급한 발자국 소리와 함께 달빛이 비친 안개 틈으로 거대한 그림자가 나타난 것은.

그 그림자는 이내 작아지며 곧 사람의 신형을 이루었다.

"누구시오? 아니, 왜 이렇게 다쳤소?"

장보삭은 급하게 달려오는 그의 몸이 피투성이인 것을 보며 급히 물었다. 하지만 그 사람은 장보삭을 보며 다행이라는 눈빛을 보내고는 그에게로 방향을 틀었다.

"어… 서, 어서 피하시오. 아니, 나 대신 이 말을 전해주시오."

"무얼 전해달란 말이오? 그리고 누구에게 전해달라는 말이오?"

피를 보자 술이 확 깨는지 어느새 또렷한 발음으로 장보삭은 반문하였다.

"태극… 천이 움직이고 있소. 아니, 금성이 움직이고 있소. 이미 많은 무인들이 그들에게 잡혀갔다 하오. 나 역시 납치를 당할 뻔했으나 천우신조로 빠져나올 수 있었소. 하지만 곧 그들이 올 것이오. 그러니 그대는 빨리 몸을 피해 나 대신 이 말을 전해주시구려."

바로 혁요광이었다.

혁요광은 다급한 목소리로 연신 뒤를 돌아보며 장보삭에게 말했다.

"아니, 큰일 날 뻔했구려. 감히 금성의 무리들이 설치다니……."

자신의 실력과는 무관하게 무림인으로서 장보삭은 분을 토했다. 하지만 혁요광은 이럴 시간이 없다고 말하며 빨리 그가 떠나기를 바랬다.

"시간이 없소. 자, 빨리 떠나시오."

그런데 장보삭의 태도가 이상하였다.

"어디로 떠나란 말이오?"

"그게 무슨 소리요! 당연히 왕부에 계신 무림명숙들에게 이 사실을 알려야 될 것 아니오. 아무래도 나는 틀린 것 같소. 그러니 제발 당신이 대신 전해주시구려. 아마 그들도 당신에게 후사를 해줄 것이오."

"하하하, 그들에게 알려야 할 이유가 무엇이오?"

"아니!"

장보삭의 예상치 못한 행동에 혁요광은 일이 이상하게 돌아감을 느꼈다.

"태극천이라고 하였소? 나 역시 태극천에 속해 있다면 어떻게 할 것이오?"

그때였다. 혁요광을 쫓던 백의인과 그의 무리들이 신형을 나타냈다. 그리고 혁요광과 장보삭을 보며 주위를 둘러쌌다.

"흐흐흐. 그 보시오, 우리 손아귀를 빠져나갈 수 없다 하지 않았소. 그리고 옆에 계신 분은 누군지 모르겠으나 함께 가주서야겠소."

장보삭의 말대로 모두 태극천 소속이라 하여도 둘 사이는 전혀 모르는 관계였나 보다. 하지만 장보삭은 자신의 품에서 무언가를 꺼내더니 백의인에게 보여주었다.

붉은색으로 태극이 그려진 동패(銅牌)였다.

"구두당 소속 독응(毒鷹), 삼가 동패영주님을 뵈옵니다."

독응이라 밝힌 사내는 급히 무릎을 꿇고 장보삭의 지시를 기다렸다.

"이자는 누구인가?"

"예, 탈명마환 혁요광이라는 자로서 생각지 못한 잔꾀를 쓰는 바람에 이곳까지 오게 되었습니다."

"이런. 무슨 일을 이렇게 처리하는가? 황극천주(皇極天主)에게 가서 따져야겠군."

"제발, 그, 그것만은……."

혁요광 앞에서 그렇게 당당하던 독웅은 황극천주라는 말에 기겁을 하며 몸을 떨었다.

"음, 하지만 그냥 넘어갈 문제는 아니야. 혹시라도 내가 아닌 다른 사람이 만났으면 어찌할 뻔했는가?"

장보삭이 이곳까지 온 것도 우연이며 혁요광이 이곳으로 도망쳐 온 것 또한 우연이지만 그 우연이 겹쳤기에 행여나 큰 실수를 면할 수 있었다.

"합!"

털썩.

독웅은 갑자기 오른팔을 들어 왼팔의 어깨를 내려쳤다. 그러자 수도(手刀)로 인해 왼팔의 어깻죽지부터 깨끗하게 잘려 나갔다.

"흥! 한 팔로써 죄를 면하려고 꾀를 부리는군. 좋아, 하지만 다음은 이렇게 넘어가지 않을 것이다."

"예, 고맙습니다."

한 팔이 잘려 나갔는 데도 독웅은 진심으로 고맙다고 말하니, 태극천의 규율이 얼마나 엄격한지 보여주는 것이다.

이로써 독웅(毒鷹)은 독비웅(獨臂鷹)이 되고 말았다.

"어서 이자를 끌고 가라."

"예!"

독웅은 팔에서 흐르는 피를 보면서도 지혈조차 하지 않고 장보삭의 명령에 따라 수하들과 함께 혁요광을 데리고 사라졌다.

그리고 장보삭은 자신의 옷에 묻은 먼지를 털더니 다시 길을 걷기 시작했다.

"아, 그러고 보니 길을 잘못 들었구먼."

말을 마친 그는 문득 자신의 소매를 뒤지더니 이내 작은 밀봉서를 꺼냈다. 그리고 확인과 함께 바로 밀려오는 바람 속으로 놓아버렸다.

그러자 서찰은 바람과 함께 떠돌다 한쪽 구석에 떨어지고 말았다. 그것도 잠시, 다시 한 번 몰아치는 바람과 함께 재가 되어 산산이 흩어지고 말았다.

재가 되기 전 서찰에는 이렇게 쓰여 있었다.

대륙계이계(大陸第二計) 발동(發動).

제31장
드디어 비바람은 시작되고 (1)

드디어 비바람은 시작되고 (1)

"형님, 어찌할 생각이십니까?"

비룡수라(飛龍修羅) 준막(俊莫)은 이제(二弟)인 준성(俊成)의 보챔을 알고 있지만 쉽게 결단을 낼 수 없었다.

"둘째 형님, 어찌 그리 쉽게 생각하십니까? 이곳이 어디입니까? 바로 운남입니다. 천하제일가의 손바닥이나 마찬가지인 이곳에서 어찌 그들의 협박에 굴할 수가 있다는 말입니까?"

"허허, 이런 답답한 사람을 보았나? 그렇다면 이렇게 몰살이라도 당하자는 말인가? 우리 비룡문(飛龍門)이 어떤 곳인가? 비록 당금의 천하 십일세에 비할 바는 못 되지만 운남에서는 오랜 역사를 자랑하는 곳일세. 어찌 그리 쉽게 죽으려 한다는 말인가!"

준성은 준씨 삼 형제 중 셋째인 준박(俊薄)을 향해 호통 쳤다.

"하지만 어찌 지난날의 맹세와 의리를 저버리고 목숨을 구걸한다는 말입니까? 저는 도저히 그렇게는 못합니다!"

"허어, 잘 생각해 보게. 어찌 죽을 궁리만 하고 있는가, 살 생각을 해야지. 선조로부터 물려받은 문파를 어찌 우리 대에서 끊기게 한다는 말인가! 내가 알기로는 이런 상황에 처한 곳이 우리뿐만이 아닐세. 운남의 많은 문파들이 우리와 같은 상황에 처해 있다는 말이야. 그것을 보면 이미 천하제일가의 운은 다했다고 볼 수 있네."

"하지만……."

준박은 준성의 말에 일리가 있다고는 생각했지만 그렇다고 쉽게 준성의 손을 들어줄 수 없었다.

"하지만 그들은 천하가 적대시하는 금성의 무리가 아닙니까? 그런 그들에게 어찌 고개를 숙인다는 말입니까? 이 일을 천하가 알면 금성의 손에 멸문당하는 것이 아니라 천하무림의 손에 당할 수도 있습니다."

준박의 생각이 바로 준막이 우려하는 문제였다.

"그뿐 아닙니다. 현재 알려지길 세가 자체의 힘은 다 했다고 하나, 황실과의 혼담으로 인해 새로운 시대를 맞이할 것이라 합니다. 행여나 황실과 관계있는 세가를 향해 검을 들었다가 황군(皇軍)을 맞이한다면 그야말로 대사건이 아닙니까?"

이것이야말로 진퇴양난이다.

"하지만 말일세, 이렇게 죽으나 저렇게 죽으나 마찬가지일세. 지금 우리의 목을 죄어오는 것은 황군도 아니고 천하무림도 아닐세. 바로 금성이야. 어찌 그것을 모르는가. 지금 우리가 중독되어 있는 독은 천하가 두려워하는 앙천일세. 그들의 말에 의하면 내일이 지나면 그 중화 작용도 끝이 나고 앙천에 중독이 된다고 하네. 어찌 두렵지 않은가."

준성 역시 준막과 준박의 말을 십분 이해하였다. 어찌 모르겠는가. 하지만 눈앞의 상황이 더욱 그들을 향해 선택을 하라고 하고 있었다.

"이것을 어찌해야 좋다는 말인가!"

준박은 탄식을 터뜨리며 앞날을 걱정했다. 이때 이제껏 잠자코 있던 준막이 드디어 결정을 내렸다.

"그렇다. 이제의 말대로 이렇게 죽으나 저렇게 죽으나 마찬가지일 것이다. 하면 어떻게라도 살 방도를 궁리해야겠지."

"그렇다면 결정하셨습니까?"

준막의 말에 준성과 준박은 앞을 다투어 물어보았다.

"우선 현재의 일이 급하니 금성의 말을 따르지 않을 수 없구나. 그들의 말대로 하자꾸나."

"형님!"

준박은 준막의 말에 놀라지 않을 수 없었다. 아무리 준성의 말에 일리가 있고 살길이 있다 하여도 준막의 성격으로 그것을 이행하리라 생각지 못했기 때문이다.

"하나 그들의 말에 따른다 하여도 이미 우리 문은 사실상 끝난 것이나 다름없다. 하지만 시간은 벌 수 있을 것이다. 그들의 말에 의하면 이번 거사는 내일 이루어진다고 한다. 그때 문파 내의 어린아이들을 몰래 빼내어 청해로 가도록 해라. 이 일은 셋째가 맡거라."

즉, 준막의 말은 그와 준성이 천하제일가의 혈겁에 동참할 동안 준박이 비룡문의 후일을 기약하자는 것이다.

"형님, 그럴 수는 없습니다. 어찌 저 혼자 살 수가 있다는 말입니까?!"

준막은 준박의 말에 그의 두 어깨를 잡고 나직한 목소리로 말했다.

"셋째야, 잘 들어라. 내일의 혈겁이 일어나 천하제일가가 멸문을 당한다 해도 우리의 앞날은 변하지 않을 것이다. 그러기에 더욱 너의 두 어깨에 모든 것이 달려 있다. 이것은 너의 목숨이 다한다고 하여도 지켜져야 하는 것이다. 알겠느냐?"

준박은 준막의 말에 두 눈에서 눈물이 비 오듯 흘러내렸다.

비룡문의 삼 형제가 생사를 건 결심을 하고 있을 때 비룡문과 멀지 않은 곳에서 비밀스런 대화가 오고 가고 있었다.

"이미 사호법은 비무대회가 벌어지고 있는 남경에서 대륙제이계를 준비 완료했다고 한다. 이제 우리도 번천계(翻天計)를 완성해야지."

번천계라 함은 지난날 호천맹에서 일단의 무리들이 자하경혼도 혁리운을 죽이면서 말하였던 것이다.

"그렇습니다. 비서(秘書)에 의하면 이미 독왕 사호법께서 비무에 맞추어 독이 발작할 수 있게 조치를 취하셨다고 합니다."

"흐흐흐, 그래도 아까운 녀석이었는데 이렇게 희생물이 될 줄이야. 아쉽군."

"왜 아니겠습니까? 편왕 어르신의 진전을 이어받은 소공자께서는 무척이나 재지가 뛰어난 분이셨습니다."

편왕(鞭王) 순우평(淳宇坪)의 진전을 이어받은 소공자라 함은 바로 천마사천회의 삼대령주 중 하나인 금검령주 묵운편 사도천세를 말함이다.

"음, 그래. 무척이나 똑똑한 아이였지. 하나 그 아이의 희생으로 우리는 명분을 얻을 수 있었다! 이제까지 우리는 힘을 비축하고 있었어. 천하가 온통 호천맹의 손에 들어가려 해도 이날을 보며 참아왔다. 비록 회주께서 폐관을 하시어 모습을 보기 힘들다고는 하나 모든 것이 대공자의 손에서 잘 이루어져 왔다."

"존명."

편왕 순우평의 앞에 명을 받들기 위해 무릎을 꿇고 있던 은검령주와 철검령주는 대공자라는 말에 흠칫 몸을 떨었다. 대공자라는 단어가 지닌 두려움 때문이었다.

"이제 곧 천하는 회(會)의 것이 될 것이다. 이것은 지난날 천하를 상대로 맹위를 떨쳤던 금성의 무공과 이대절독이 회의 손에 들어왔을 때부터 결정지어진 일이다."

순우평의 말은 많은 것을 의미하는 것이었다.

하나 은검령주와 철검령주는 이미 알고 있었다는 듯 그의 말에 더욱 부복할 뿐이다.

"내일 이 시간이면 천하제일가라는 이름도 무림에서 사라진다. 이것 역시 결정지어진 일이지. 그러나 천려일실(千慮一失)의 우를 범하지 않아야 한다. 알겠느냐?"

"존명!"

"계획을 다시 한 번 말해 보거라."

"존명. 이미 운남의 많은 중소문파 중 칠문오파(七門五派)가 이번 혈겁에 동참하기로 했습니다. 칠대무서 중 신검이 존재하지 않는 세가인 만큼 무위나 수적으로 모든 면에서 열세입니다. 혹시 있을지 모르는 방수(幇手)를 막기 위해 철검령주를 비롯한 철검대는 세가의 외곽을 맡을 것이며, 은검대를 위시로 하여 이번 일에 동참한 칠문오파는 세가 내를 쓸어버릴 것입니다."

"음."

순우평은 은검령주의 말을 들으며 연신 고개를 끄덕였다. 그의 말대로 신검이 존재하지 않은 세가는 그야말로 이빨 빠진 호랑이에 불과하기 때문이다.

지난날 검황은 신검의 존재 그 하나만으로 천하를 굴복시켰다. 하나 신검이 없는 이상 운이 다한 것이라 봐도 무방하였다.

"그리고 만약을 대비하여 이미 세가 내로 신선폐(神仙廢)를 암중에 흘렸습니다."

신선폐란 산공독의 일종으로 중독된 상태에서 내공을 운용한다면 급속도로 독기가 퍼져 내공이 허공 속으로 새어 나가 버린다. 하지만 내공을 펼치기 전에는 전혀 중독된 기미를 알아차릴 수 없다는 장점이 있어 더욱 무인들 사이에서 두려워하는 독이다.

"독왕의 신선폐라면 타 군자산과 효력이 다를 것이다. 그것이라면 아무리 일은(一隱) 천외천룡 단후명이라 할지라도 목을 내놓을 수밖에 없을 것이다."

순우평은 은검령주의 말에 일순간 주먹에 힘을 넣었다. 그리고 천마사천회의 앞날이 밝을 것을 생각하며 흐뭇한 미소를 지었다.

남경을 뜨겁게 달구는 비무대회도 어느덧 막바지를 달리고 있었다.

장강의 뒷 물결이 앞 물결을 밀어내고, 일대의 신인(新人)이 구인(舊人)을 밀어낸다고 했던가.

일찍이 구대신성의 잔치가 될 것이라 예정했던 비무대회도 많은 변수와 파란으로 예상치도 못한 이들이 등장함으로써 더욱 열기를 더해 가고 있었다.

이미 비무대회의 우승자로 점찍었던 상관영과 독고자인은 갑작스런 기권으로 주위를 놀라게 하였다. 사정을 보자면 예선에서 곤욕을 치른 바 있는 독고자인은 결국 마공지독으로 인하여 정상적인 승부를 할 수 없게 되었다.

워낙 명예에 초월한 그이다 보니 서슴없이 기권을 하였고, 이를 본 상관영 역시 상대가 기권한 것을 안타까워하며 자신 또한 물러났다. 이에 모두가 두 사람의 행동에 안타까워했으나 또한 생각해 보면 그들만이 할 수 있는 호탕한 기세인지라 감탄하였다.

그러나 몇몇의 무리들은 그들의 기권에는 자신들이 모를 속사정이 있다 생각하며 매우 의문스럽게 여겼다. 물론 그중에는 혁천운 역시 포함되어 있었다.

결국 그 일이 마무리되고 다시 비무대회의 본선이 예정대로 이어졌다.

하지만 또 한 번의 파란이 일어났으니 바로 만근정 관대망과 화홍검 서문의 대결이 그것이다.

구대신성의 일인인 매화신검 한서린이 속한 화산오수는 그뿐만 아니라 개개인이 모두 후기지수 중 최고를 달리는 수재들이다. 그리고 그중에 서문이 있었다.

그러니 두 사람의 대결은 일찌감치 서문의 승리로 예견하였다. 하나 막상 뚜껑을 열어보니 어이없게도 관대망의 승리로 돌아갔다. 아슬아슬하게 서문의 공격을 피하던 그는, 천운인지 아니면 실력인지 혈전 끝에 서문을 굴복시킬 수 있었다.

그래서 활극태세 고양기를 물리친 청심과 함께 최대의 신예로 떠올랐다.

결국 독고자인과 상관영이 빠진 상황에서 관대망과 청심, 칠정신검

공손하청을 물리친 묵운편 사도천세, 독고자인의 기권으로 자연스럽게 오른 매화신검 한서린, 이 네 명의 각축장이 되었다.

그중 청운 도장과 함께 나타나 파란을 일으킨 청심은 미래의 여중제 일인의 탄생을 예고하였고 무림사화 중 철화와 흑화에 비교되기까지 했다.

이렇게 압축된 네 명의 진출자는 관대망과 청심, 한서린과 사도천세의 대결로 겨루게 되었다. 이에 말하기 좋아하는 사람들은 벌써부터 한서린과 사도천세의 비무가 사실상 우승을 가리기 위한 결승이라 여기며 저마다 의견을 내어놓기에 바빴다.

장보삭과 정육은 이른 아침부터 서두른 보람이 있어 여느 때와는 달리 비무대 바로 앞에서 구경할 수 있는 특권을 누리게 되었다. 그리고 시간이 사시 초(巳時初)가 되자 어느덧 구경꾼으로 또다시 비무대는 몸살을 앓았다.

"장 형 말대로 오늘같이 멋진 광경을 어찌 놓치겠소. 그리고 이렇게 앞자리에서 보면 더욱 굉장할 것 같소이다. 하하하."

정육은 벌써부터 흥분이 되는지 비무대로 향한 고개를 돌리지 않았다.

둥둥둥.

비무대회가 시작한 날부터 울리던 북소리는 오늘도 어김없이 시작을 알리며 울려 퍼졌다. 그러자 과연 비무대회의 진행을 맡은 일장개 천지 오풍도가 나타났다.

"이곳에 모인 강호의 모든 분들께서 알다시피 오늘의 경기는 만근정 관 대협과 무당의 청심 여협, 매화신검 한 소협과 묵운편 사도령주의 순으로 이루어질 것이오."

오풍도는 경기 일정과 그 밖에 소식을 전하고는 비무대에서 내려왔다.

둥둥둥.

다시 북소리가 울려 퍼졌다. 비무 첫 번째 경기의 시작을 알리는 북소리였다. 그러자 비무대의 왼편에서 이번 대회 파란의 주인공인 만근정 관대망이 비무대를 오르기 시작했다. 그리고 반대 편에선 또 다른 파란의 주인공인 청심이 비무대 위로 올랐다.

둥둥둥.

이번 북소리는 비무의 시작을 알리는 북소리다. 이제 남은 북소리는 비무가 끝나고 승자를 가렸을 때 울려 퍼질 것이다.

"와아아아!"

북소리와 함께 환호성이 울려 퍼지며 새로운 신성(新星)을 기대했다.

청심의 손에 어느덧 한 자루의 검이 쥐어 있었고 별다른 말 없이 바로 검을 휘둘렀다. 이에 관대망은 급히 허리를 틀어 검을 피하면서 삽시간에 삼 장 밖으로 물러났다.

"허어, 여협께서는 너무 급한 성격을 가지신 듯하구려. 인사라도 해야… 어이쿠."

관대망은 말하는 도중에도 아슬아슬하게 청심의 검을 피하였다. 그러나 청심의 검은 마치 눈이라도 달린 것처럼 집요하게 관대망의 심부를 노리고 있었다.

전혀 그녀답지 않은 행동이었다. 그러나 청심은 그것에는 개의치 않는 듯 계속해서 관대망을 몰아쳤다.

무당의 검법은 태극으로 시작해서 양의(兩儀), 삼절황(三絶荒), 사상

류(四象流), 오행(五行), 칠성(七星), 구궁(九宮)으로 끝난다. 하나의 원을 그리듯 모든 것이 다시 처음으로 돌아가 순환하는 것이다.

청심의 검이 그러했다.

비록 태극혜의 정수를 깨닫지는 못했지만 어설프게나마 문을 열어 그 속에 변화를 더해갔다. 그리고 그 변화가 하나씩 더해갈 때마다 관대망의 신형은 더욱 바빠졌다. 가히 그의 거대한 몸에서 저런 빠르기가 나온다는 것이 상상이 안 될 정도였다. 그러나 청심의 검이 허공에 그림을 그려갈 때마다 관대망은 점차 낭패를 보았다.

팟. 팟. 팟.

관대망은 처음부터 수세에 몰려 한 번도 승기를 잡지 못하자 손을 들어 무리를 하면서까지 허공에 세 번이나 손가락으로 찍었다.

그의 주특기라고 할 수 있는 은선지였다.

과연 그의 의도대로 비록 승기를 잡지는 못했지만 어느 정도 여유는 찾을 수 있었다. 하나 그의 내력으로는 벅찬 것이라 안색이 굳어지는 것을 막을 수는 없었다. 그러나 그의 입가에는 슬며시 미소가 지어졌다. 그녀의 검을 보며 느낀 것이 있기 때문이다.

"하하하, 무당이 언제부터 이토록 빠른 쾌검과 연환검을 사용한지 모르겠군. 가히 진정한 천하제일검이야."

관대망의 생각은 틀리지 않았다. 그것은 비무를 지켜보는 현무자나 청운 도장 역시 그리 생각하고 있었다.

굳이 무당의 검을 놓고 분류를 한다면 둔검(鈍劍)이나 지검(止劍)에 비유할 수 있다. 그리고 느림의 미학이 차근차근 이어져 고리 사슬과 같은 연환의 묘리를 더하는 것이다. 그렇기에 관대망이 생각했을 때 청심은 어떤 이유인지는 모르지만 자신의 장기를 버리고 어려운 길을 선택했다고 볼 수 있었다.

하나 관대망에게 지고만 있을 청심이 아니었다.

"과연 천축의 무공은 소문 그 이상이군요. 한데 언제 대수인(大手印)을 보여주실 거죠?"

"하하하, 여협의 생각으로는 본인이 천축인 같소?"

"그거야 저도 모르죠. 하지만 한 가지 분명한 것은 천축의 무공을 지니고 있다는 거예요."

"그걸 증명할 증거라도 있소?"

관대망은 계속해서 비릿한 미소를 지으며 청심에게 말했다. 이에 청심 또한 지지 않고 반박했다.

"당연하죠. 그렇지 않다면 제가 왜 처음부터 강공을 했겠어요?"

"호오, 그러니까 다급하면 나의 진산절학이 나올 것이다 이 말씀이오?"

관대망은 흥미롭다는 표정을 지었다.

"그래요. 그리고 과연 제 생각이 틀리지 않았어요."

"어디를 보아 그렇다는 거요?"

청심의 숨 쉴 틈 없는 공세와 그것을 아슬아슬하게 빗겨났었던, 관대망의 손속에 흥분하였던 좌중은 갑작스런 설전에 영문을 몰라 했다.

하나 말보다 행동을 보여주었으면 하는 이들의 생각과는 달리 설전은 길어질 것 같아 보였다.

"천축의 많은 문파 중에 유독 패도적이면서 그 속에 부드러움을 잘 감춘 곳이 있어요. 관 대협은 그곳이 어딘지 아시나요?"

"하하하, 그곳이 어디란 말이오?"

청심의 다음 말이 기대되는지 관대망은 입가에 미소를 지으며 그녀의 말을 기다렸다.

"뇌음사(雷音寺)의 대미륵신공(大彌勒神功)은 연성 수위가 높아질수록 불가 특유의 양강(陽强)보다는 강유(剛柔)의 기운을 만든다고 하죠. 그렇지 않나요?"

"그렇다면 나의 무공이 뇌음사에서 나왔다는 것이오?"

"그것은 대협께서 더 잘 아시겠죠. 앞의 비무를 보면 관 대협께선 비록 낭패한 모습을 당하실지라도 피부에는 생채기 하나 나지 않았습니다. 바로 지금처럼 말이에요."

과연 그녀의 말대로 관대망의 몸에는 실핏줄 하나 보이지 않았다.

"그것은 유가기공(踰跏奇功)의 전형적인 특성이죠. 하지만 관 대협의 신공은 그것과 달랐습니다. 그리고 그것을 숨기기 위해 더욱 어렵게 이길 수 있었던 것처럼 꾸미신 거지요."

"하하하!"

관대망은 박장대소를 하며 연신 고개를 끄덕였다.

"정말로 말을 잘하시는구려. 한데 물어볼 것이 있소. 과연 내가 여협의 말처럼 뇌음사 출신이라고 합시다. 그런데 그것이 어떻다는 것이오? 왜 그리 집요하게 물어보시는 것이오?"

과연 그랬다. 청심은 지나칠 정도로 관대망의 내력에 대하여 묻고 있었다.

"정말 몰라서 물어보시는 건가요?"

청심은 기이한 웃음을 지으며 반문했다. 하나 관대망은 아무 대답을 하지 않았다. 그러자 청심은 그에게 다가가며 입을 열었다.

"오래전부터 중원무림은 이민족의 침입을 숱하게 받아왔고 결국 막아냈죠. 그중에서 천축과 서장무림은 몇 번이고 위험한 상황까지 가게 만든 장본인들이죠. 그렇지 않나요?"

"그러니까 내가 뇌음사 출신이라면 이번 비무대회에서 빠져야 한다는 말이오?"

"당연한 것 아닌가요? 더구나 이번 비무대회의 우승자에게 돌아갈 무명기서의 유래를 본다면 더욱 그러하죠."

서장의 침략으로부터 중원무림을 구해준 노승의 무공이 무명기서에서 유래된 것을 본다면 분명 청심의 말은 타당한 것이다.

"푸하하하!"

그녀의 말에 관대망은 다시 한 번 웃었다. 그러나 별안간 무섭게 표정을 짓더니 청심을 똑바로 쳐다보며 입을 떼었다.

"과연 대단하구려. 입신의 무공만 대단한 줄 알았더니 그에 못지않은 재지(才智)를 가지고 있구려."

"과찬이에요."

"아니오, 아니오. 힘 하나 들이지 않고 나를 비무대에서 내려가게 할 정도라면 정말 대단하다 할 수 있소. 감탄했소이다."

"그렇다면 제 말을 인정하신다는 건가요?"

청심은 그의 말을 들으며 득의의 표정을 지었다.

"그렇소. 어찌 여협의 말에 부정할 수 있겠소. 모든 것을 아는 것처럼 말하는 여협 앞에서 거짓을 말했다가 어떤 경을 칠까 두렵소이다."

관대망은 다시 특유의 웃음을 지으며 그녀에게 장난하듯 말했다.

"여협께서 말하신 대로 과연 그렇소. 본인은 뇌음사 출신으로 아버지께서 중원인이라 천축인의 외모보다는 한족에 가까운 것이오."

"그랬었군요."

"그리고 본인이 비무대회에 참가한 이유는 용천검과 무명기서에 있지 않기 때문이오. 믿지 못하겠지만 본인이 몸담고 있는 본산의 무공이 무명기서에 뒤진다고는 생각하고 있지 않소."

"그렇다면 왜 참가하신 건가요? 명예 때문인가요?"

"그것 또한 아니오."

"그럼 무엇 때문인가요?"

청심은 알 수 없다는 듯 반문하였다. 그리고 어느새 그들의 대화에 빠져들고 있던 좌중 역시 관대망의 말이 이해가 가지 않았다. 명예도 아니고 그렇다고 비급 때문도 아니라면 굳이 이곳에 올 이유가 없기 때문이다.

"이십 년 전 중원에선 반정지란이 일어났다는 것으로 알고 있소. 그리고 반역의 주역에는 포달랍궁이 있었다고 들었소."

관대망의 뜻밖의 말이 나오자 청심의 안색이 굳어졌다.

"사실 포달랍궁의 무예가 서장무림의 총본산인 것은 틀림없는 사실이오. 하지만 그들에게는 중원으로 그들의 검을 뻗칠 이유가 전혀 없소."

"그렇다면 그들이 반정지란에 끼어든 것에 다른 이유가 있다는 건가요?"

청심은 처음 듣는 사실에 무척이나 놀란 표정을 지었다.

"그렇소. 그것은 바로 본 사의 반도들 때문이오."

"뇌음사의 반도?"

"그렇소. 본 사는 크게 소뇌음사와 대뇌음사로 나누어져 있소. 하나 세상에 알려진 것처럼 서로가 반목하는 관계는 아니오. 그런데 소뇌음사에서 갑자기 그간의 관례를 깨고 본 사를 향해 공격적인 태도로 바꾸어 버린 것이오."

그의 말대로라면 관대망이 속한 곳은 뇌음사 중에 대뇌음사라는 것이다. 그리고 좋은 관계를 유지하고 있었던 소뇌음사와 대뇌음사에 갑작스런 변고가 생겼다는 것이다.

그리고 그가 말하는 사정은 뜻밖의 사실을 가지고 있었다.

자칭 대라성승(大羅聖僧)이라고 밝힌 자가 나타나 소뇌음사를 장악하고 더 나아가 대뇌음사를 잠식하여 뇌음사를 통일하려고 한 것이다. 하나 너무도 패도적인 성격을 가지고 있었던 그인지라 소뇌음사에서조차 결국 그를 향해 반기를 들고 만 것이다.

그래서 이미 앞에서 말한 것처럼 그는 뇌음사에서 쫓겨 포달랍궁으로 잠입하였고, 결국 그의 목적을 이룰 수 있었다. 그뿐 아니라 스스로 달라이라마라 칭하고 중원을 향해 손을 뻗친 것이다.

"그런데 반정지란 당시 죽었다고 알려진 그가 사실은 죽지 않고 살아 있다는 것이오."

"아니!"

관대망의 말은 결코 쉽게 넘어갈 만한 소식이 아니었다. 대라성승이 살아 있다면 이번 금성의 일에 관여되어 있을 것이 분명한 일이기 때문이다.

"그것이 정말인가요?"

"그렇소. 반정지란 당시 본 사에도 사정이 있어 반도를 잡을 여력이 없었소. 하지만 현재 중원의 사정이 이십 년 전의 전철을 밟으려 하고, 그 속에 반도가 다시 포함되어 있기 때문에 본 사에서도 더 이상 좌시할 수 없었소."

즉, 대라성승을 잡기 위하여 중원에 왔다는 것이다.

"그래서 그 소식을 알려주기 위해서 비무대회에 참가했다는 말이군요. 그런데 그것이라면 극비에 속하는 정보이며 호천맹에 직접 가셔서 말씀을 하시는 것이 더 옳은 방법 아닌가요?"

청심은 날카롭게 관대망의 말속에 담긴 오류를 잡아내고 있었다.

"하하하, 여협의 말이 옳소. 하나 처음 여협께서 말하신 것처럼 서장과 천축에 좋지 않은 마음을 가지고 있는 중원에서 과연 나의 말을 들어줄지 의심스럽소. 해서 이번 비무를 통해 알리려는 것이오."

그의 말에 일리가 있음을 알았으나 매끄럽게 넘어가지는 않았다. 마치 일을 보고 난 후에 뒤를 닦지 않은 것처럼 찜찜한 구석이 있었다. 하나 중요한 정보를 알려준 그에게 마치 추궁하는 듯한 질문은 결례이기 때문에 그만두도록 하였다.

"하하하, 나의 목적도 달성했고 중원의 무공도 견식하였으니 이번 비무는 이쯤 하는 것이 어떻소?"

관대망은 호탕하게 웃으며 뜻밖의 제안을 꺼냈다.

"그렇다면 그런 줄 알고 나는 내려가겠소. 머지않아 다시 볼 날이 올 것이오."

관대망은 말을 마치자 천천히 비무대에서 내려왔다. 이제껏 그가 비무장에서 보여줬던 모습과는 크게 다른 모습으로 비무대를 내려오자 모두가 서둘러 비켜주며 길을 만들어주었다.

그리고 비무장 위에는 뭔가 깊은 사색에 빠진 청심만이 남겨져 있었다. 그리고 한줄기 바람이 불어와 그녀의 얼굴에 씌워진 면사를 한차례 흔들었다. 그러자 그녀의 굳게 다문 입술이 드러났다.

비무를 구경 나온 많은 무림인들과 좌중들은 청심과 관대망의 비무에서 커다란 정보를 얻긴 했으나 실망감을 감추진 못했다. 초반에 있었던 청심의 파상적인 공세를 제외하면 이렇다 할 볼거리가 없었기 때문이다.

　그것은 정육과 장보삭 또한 그러했다.

　"너무 많은 기대를 한 건 아닌가 생각되오. 이거야 원, 맥이 빠지니."

　정육의 솔직한 평이다.

　"하하하, 정 형 말대로 너무 기대를 해서 그렇소이다. 하지만 중요한 것도 얻었지 않소?"

　"그거야 그렇지만 우리 같은 일개 무림인들이 그것을 안다고 해서 별다른 방도가 있소이까? 그저 그런가 보다 하고 여길 뿐이지."

　아무래도 정육은 자신이 생각한 만큼 구경거리가 없고 이른 아침부터 바쁘게 움직인 수고가 수포로 돌아가자 불만이 많은가 보다.

　"하지만 남은 비무가 있지 않소? 이제 곧 매화신검과 묵운편의 대결이니 아마 실망을 주지는 않을 것이오."

　"하긴 그렇소. 실질적인 결승전이니 그들은 아마 우리를 절대 실망시키지 않을 것이오."

　"하하하, 당연한 소리 아니겠소. 아마 이번 비무는 굉장히 볼 만할 것이오."

　장보삭은 정육에게 의미심장한 말을 던지고는 아무도 없는 비무대 위로 시선을 던졌다. 이에 정육은 고개를 갸우뚱했지만 이내 다음 비무를 기다리며 흥분이 서서히 달아올랐다.

　"앗! 매화신검 한서린이다!"

　누군가 한쪽에서 걸어오는 한서린을 보며 외쳤다. 그러자 너도나도 환호성을 지르며 앞 다투어 그를 보려 하였다.

　둥. 둥. 둥.

여지없이 북이 울리며 비무의 시작을 알렸다.

한서린은 북소리를 들으며 긴장된 몸을 가볍게 풀어주었다. 아무래도 묵운편이라는 이름이 가지고 있는 압박감은 매화신검이라는 칭호를 받는 그일지라도 부담이 되는 것은 어쩔 수 없는 모양이었다.

"듣기로 사도천세는 그의 가학이자 사마통합사대신공(邪魔統合四大神功) 중 하나인 파황(破荒)을 익히지 않고 편왕 순우평의 절기를 익혔다고 한다. 하나 편왕의 절기 역시 사마통합사대신공에 버금가는 무공이다. 그러니 방심은 절대 금물이다. 하지만 너는 맹을 대신하여, 그는 회를 대신하여 나온 자리인만큼 가급적 생사를 가르는 지경은 피해야 할 것이다. 너는 좋은 경험을 한다고 여기고 그와 대결해 보아라."

이 자리에 오기 전 한서린에게 사문의 존장이 일러준 몇 마디의 말이다. 자신들이 속한 호천맹과 사천회를 대신하여 겨루는 것인만큼 끝을 볼 상황까지는 가지 않겠지만, 실질적으로 대표라는 신분은 절대 진다는 말을 허용하지 않게 만들었다.

"묵운편 사도천세다!"

누군가 외치는 소리가 끝나기도 전에 비무대에 검은 신형이 나타났다.

바로 묵운편 사도천세였다.

날카로운 인상과 조화를 이루는 검은색 무복, 그리고 허리에 매여 있는 그의 별호이자 애병인 묵운편이 그것을 증명하고 있었다.

"반갑소. 한서린이라고 하오."

한서린은 포권을 하며 인사를 하였다. 하지만 사도천세는 보일 듯

말 듯한 고개의 *끄*덕임으로 인사를 대신하였다. 과연 그다운 행동이었다.

이에 한서린은 내심 괘씸함을 감추지 못했으나 겉으로 표출하지는 않았다.

둥. 둥. 둥

비로소 비무가 시작되는 북이 울렸다. 격렬한 환호성이 울려 퍼졌다. 앞의 비무에서 예상 밖의 결과로 인해 실망한 그들이기 때문에 그들의 기대를 충족시켜 줄 한서린과 사도천세에게 더욱 환호를 했다.

드디어 모두가 원하는 비무대회의 사실상 결승전이 시작되었다.

한서린은 천천히 허리춤에 매어진 검집에서 검을 빼어 들었다. 그러자 햇빛에 반사된 검신(劍身)이 반짝였다.

너무 반짝여 불안할 정도로.

"합!"

한서린의 선공으로 비무는 시작되었다. 이미 화산오수라는 명호로 강호에 이름을 날릴 시절부터 검에 대하여 각별한 조예를 보였다. 더구나 매화신검이라는 칭호를 받은 후부터는 그의 검 하나가 상대방에게는 너무도 위력적으로 다가갔다.

단순한 찌르기였다. 하나 사도천세는 충분히 그 속에 담겨 있는 한서린의 공부를 알 수 있었다.

단순한 선인지로의 자세였지만 그와 동시에 수많은 변화를 담고 있었다. 분명 검봉(劍鋒)은 사도천세의 가슴을 노리고 있었지만 순간 그의 대혈들이 뜨끔해졌다.

하나 사도천세 역시 녹록한 인물이 아니다. 그의 별호가 묵운편이라고 해서 단순히 편에만 조예가 있을 리는 없다.

순간 사도천세의 두 손이 새하얗게 변하더니 마치 백설이 내린 것 같이 보였다. 그리고 아무 거리낌 없이 그의 두 손은 한서린의 검을 잡아갔다.

"소수마공!"

소수마공(素手魔功).

투명하다고 해야 바른 표현인 두 백옥수(白玉手)는 한 치 두께의 철판도 꿰뚫어 버린다고 전해질 만큼 강력한 수공이다.

그걸 안 한서린이니만큼 쉽게 자신의 검이 사도천세에게 잡히게 둘 수 없었다. 그러자 마치 투망에 걸린 물고기처럼 바둥거리며 두 백옥수로부터 빠져나가려 하였다.

그러나 그것이 말처럼 그리 쉬운가.

사도천세는 기이한 웃음을 지으며 두 손에 공력을 집중하였다. 그러자 그의 손 주위에서 백무(白霧)가 흘러나왔다. 바로 한서린의 검에서 나온 검기와 사도천세의 소수마공이 부딪쳐 나온 충돌의 흔적이었다.

비록 보는 이들로 하여금 시각의 효과를 줄지는 모르나 당사자인 두 사람에게는 처음부터 버거운 짐을 맡긴 꼴이었다.

"으……."

두 사람의 입에서 신음이 터져 나오며 진기가 흐트러졌다.

팟.

결국 두 사람은 서로가 한 발짝씩 물러나 자신의 공력을 회수하고 말았다. 이대로 가다간 끝임없는 내공 대결이 될 것이고 그랬다간 끝을 봐야 했기 때문이었다.

"대단하군."

아무리 소수마공이라고 하지만 자신의 검기를 맨손으로 막아낸 사도천세에게 한서린은 감탄하지 않을 수 없었다. 과연 자신과 같이 구대신성에 속한 자라고 할 수 있었다.

이런 마음은 사도천세 역시 마찬가지였나 보다. 서서히 허리춤에서 자신의 묵운편을 떼어냈다. 길이가 무려 팔 척이나 되는 묵운편은 묵빛의 위용을 드러냈다.

사도천세는 묵운편에 서서히 자신의 공력을 주입시켰다. 그러자 아무 힘 없이 늘어져 있던 묵운편은 마치 창과 같이 꼿꼿이 서서 한서린의 심장을 노렸다.

이에 한서린 역시 질 수 없다는 듯 화산의 독문신공인 자하신공(紫霞神功)을 운용하며 이십사수매화검법(二十四手梅花劍法)을 펼칠 준비를 하였다.

검의 대가인 무당과 함께 검의 또 다른 본산이라고 전해질 만큼 수많은 검법을 보유하고 있는 화산파에서 가장 먼저 배우는 것이 매화검법이며 가장 강력한 것도 매화검법이다.

그래서인지 화산파 하면 매화검법을 떠올리게 되는 것이 당연한 것처럼 느껴지는 것이다. 게다가 화산파 역시 도가 계열의 문파라 자연을 본뜬 매화검 속에 현묘한 이치가 담겨 있었다.

"묵운편에는 눈이 없으니 조심하시오."

한서린에게 호적수라는 느낌을 받은 사도천세는 그답지 않게 말을 꺼냈다. 그러자 그의 진심을 안 한서린 역시 살며시 미소를 지으며 검병(劍柄)을 다시 잡았다. 그만큼 신중을 기한다는 거였다.

"매화토염(梅花吐艶)."

이번 역시 한서린의 선공이다. 하나 조금 전과는 차원이 다른 검법이었다.

휘어진 듯한 검에서 파르르 소리와 함께 퉁겨져 나온 검신은 그야말로 곱다라는 느낌으로 지극히 부드럽게 사도천세에게 뻗어갔다.

자하신공을 운용한 한서린인지라 검신은 이미 자색으로 물들어 있었다.

이에 사도천세 역시 감히 쉽게 보지 못하고 창처럼 변한 묵운편으로 변화를 주며 한서린의 검을 막아갔다. 과연 편왕으로부터 이어받은 절학이라 한서린의 검은 어느 순간부터 더 이상 뻗어가지 못했다.

"와아아!"

"대단하다! 정말 장관이오!"

자신들의 기대를 충족시키고도 남는 구경거리를 보여준 두 사람에게 비무대에 모인 모든 사람들이 환호성과 갈채를 보냈다.

그리고 드디어 묵운편을 꺼낸 사도천세의 절학을 보려 눈에 불을 켜고 쳐다보았다.

"이번에는 본인의 차례요. 마황구절(魔皇九絶) 일절(一絶) 혈영(血影)."

일순간 붉게 물든 사도천세의 묵운편이 급격히 선회하며 핏빛 그림자를 만들어가기 시작했다. 순간 주위가 모두 혈무에 잠긴 듯한 착각을 불러일으킬 만큼 대단한 위력을 나타내고 있었다.

"매화노방(梅花努放)."

터져 버릴 듯한 매화들이 혈무에 대항하며 쫓아내고 있었다. 하지만 두 사람의 공력이 엇비슷하여 팽팽한 국면을 유지하고 있었다. 그러자 사도천세는 다시 한 번 편을 휘두르며 공격하였다.

"이절(二絶). 열화(熱火)."

주위를 메우고 있던 혈무들이 붉게 타오르며 한서린을 압박하기 시작했다. 그러자 얼마 못 되어 한서린이 서 있는 곳을 제외한 모든 곳이 불타오르기 시작했다.

하나 이와 같은 것을 한서린은 일찍이 본 적이 있었다.

바로 그와 같은 화산오수 중의 화홍검 서문이다. 화산비검공(華山秘 劍功) 중 화검(火劍)을 익힌 그의 검 중에는 분명 이러한 현상을 보여주 는 검공이 있었다.

자고로 목이 화를 살리고[木生火], 수는 화를 억제한다고 했다[水克 火]. 그것은 화의 성질이 끊임없이 흩어지려 하기 때문이고 수의 성질 은 끊임없이 단단해지려 하기 때문이다.

게다가 한서린은 화산비검공 중 수검(水劍)을 익혔다는 것이다.

자색으로 물든 한서린의 검에서 기이한 한기가 뻗어 나왔다. 빙한지 공만큼은 안 되지만 충분히 자신을 지킬 만한 한기(寒氣)였다.

원래 화산오수 중 옥매화 상비경의 몫으로 돌아갈 수검을 남자인 한 서린이 익혔지만 충분한 공력을 쌓은 그였다.

한서린은 그것으로 만족하지 않고 삼수이장(三手二掌)을 내질렀다. 모두 하나같이 화산파의 절학인 매화산수(梅花散手)와 낙화추영장(洛花 追影掌)이라 마치 강풍이 불어 불꽃을 꺼버리듯 사도천세가 만들어내 는 불꽃의 편영(鞭影)들을 하나씩 소멸시켜 가고 있었다.

하지만 이제껏 수세적인 입장에서 한순간에 공세로 바뀔 수는 없었 다. 이미 승기를 잡은 사도천세는 다시 한 번 마황구절을 펼치며 한서 린으로 하여금 낭패를 보게 하였다.

마황구절은 구절이라는 단어를 보면 알 수 있듯 총 구식(九式)으로 되어 있다. 전반 사식과 후반 오식으로 구성된 마황구절은 후반 절초 로 갈수록 내공의 소모가 아주 컸다. 그래서인지 후반 오식은 절대적인 승기나 위험이 아니면 쉽게 펼치지 못하는 것이 사도천세의 상황이다.

한데 사도천세가 보기엔 지금 이 순간 잘만 하면 승기를 확실하게 할 뿐 아니라 승리를 얻을 수 있다고 판단하였다.

"마황구절. 후반 오절(五絶). 천영(千影)."

파파팟.

당문의 절기 중의 절기인 만천화우를 보는 것처럼 수많은 편영들이 한서린을 향해 달려갔다. 그리고 수많은 편영들은 환상이 아니라 모두가 진짜라 편영이 스친 자리는 길다랗게 파여졌다.

이에 한서린은 부득불 입술을 악물지 않을 수 없었다. 자칫하여 편영에 스치기라도 한다면 낭패가 아닐 수 없었다. 방금 전 그의 한 치 옆으로 스쳐 가는 편의 위력을 보아 맞기라도 한다면 엄중한 내상을 생각하지 않을 수 없었다.

'이러다가 내가 먼저 쓰러지겠군.'

그때였다.

한서린의 검이 갑자기 부르르 떨리면서 급격한 변화를 나타냈다.

"매화점점(梅花點點)."

너무나도 잘 알려진 초식이다. 일순간 한서린은 거대한 거목이 되었고 그의 가지에서 피어난 매화 꽃송이들이 강풍에 휘말려 천지를 덮었다.

그리고 매화 한 송이마다 사도천세의 묵운편의 잔영들을 막아가며 한 걸음씩 나아갔다. 이때가 바로 불리한 판국을 뒤집을 수 있는 절호의 기회라고 생각했기 때문이다.

사도천세 역시 다급하기는 마찬가지였다.

앞에서 말한 것처럼 후반 오식은 공력의 소모가 커서 오랜 시간 동안 펼칠 수 없기 때문이다. 그래서인지 자꾸만 심맥 부근에서 따끔한 것이 부작용이 있는 것만 같았다.

'이럴 수가! 이대로 밀리면 안 돼.'

승기를 잡은 상태에서 승리를 따려고 펼친 그의 도박이 아닌가. 사도천세는 몸에 무리가 오더라도 계속 버티기로 하였다. 그리고 자신의 묵운편에 더욱 공력을 주입하며 조화를 부렸다.

'윽!'

과연 예상한 것처럼 사도천세는 온몸이 저리는 것을 느낄 수 있었다. 과도한 진기가 몸 안을 휘돌자 몸이 견뎌내지 못하였다.

비무대의 상황은 마치 환상을 보는 것처럼 수많은 매화와 편영으로 뒤덮고 있었다. 자색의 매화들과 묵빛의 편영들은 수많은 변화를 보이며 일진일퇴를 거듭하고 있었다.

한가롭게 구경하는 비무대의 구경꾼들에게는 실로 감탄할 만한 광경이었다.

그때 사도천세는 과도한 진기를 사용해서인지 인상을 찌푸렸다. 그 사정은 한서린 역시 마찬가지였지만 사도천세는 다른 이유가 있었던 모양이다.

몸 안 깊숙한 곳에서 한줄기씩 퍼져 나온 실타래들이 사도천세의 혈과 맥에 스며들었고 진기의 자유로운 유입을 방해하려 하였다.

한서린에게 온 신경을 쏟고 있던 그인지라 처음에는 알아채지도 못했지만 그 강도가 심해지자 그 역시 깨닫고는 이상하게 생각했다.

하나 그것에 신경 쓸 여유가 그에겐 없었다. 아름다워 보이는 매화들이 계속해서 그의 편영 속으로 스며들어 그의 대혈을 노리고 있었고,

하나씩 없앤다 하여도 한서린은 또 다른 매화를 만들어내고 있었기 때문이다.

"윽!"

급기야 사도천세의 입에서 한줄기 실 가닥처럼 핏줄기가 흘러내리기 시작했다. 몸 내부에서 일어나는 기이한 현상들이 그의 행동에 많은 해를 주었기 때문이다.

그것을 본 한서린은 지금이야말로 상황을 역전시킬 때라고 생각했다. 그래서 더욱 매화 꽃송이를 만들어내며 사도천세의 대혈들을 노렸다.

서서히 묵운(墨雲)들은 사라지고 사도천세의 주위에 온통 매화들로 가득 찼다.

그러자 사도천세는 어떻게든 이 상황을 벗어나려 했다.

"사절(四絶). 회풍(回風)."

수많은 편영을 만들어내던 묵운편이 회수되고 다시 변화를 일으켜 사도천세의 몸을 싸고 돌았다. 마치 기둥에 감긴 금룡과 같이 사도천세의 몸을 감으며 선회를 하였고 끝내 하나의 틈도 없게 만들었다.

하나 한서린이 만들어낸 매화들은 계속해서 사도천세의 주위에 맴돌며 한 송이씩 사도천세에게 달려들어 틈을 만들려 하였다. 그리고 그 수가 부족하면 한서린이 또다시 만들어냈기 때문에 마치 창과 방패의 싸움 같았다.

그러자 계속해서 한서린의 매화를 막아가던 사도천세의 편벽(鞭壁)도 흐트러지기 시작했다. 그리고 급기야 한서린의 공격에 틈이 벌어졌다.

이것에는 또 다른 사정이 있었다.

아무리 한서린의 매화검법이 강력하다고 하지만 사도천세가 펼치고 있는 편법은 다름 아닌 편왕의 절기이다. 하니 어찌 이렇게 쉽게 무너지겠는가.

그것은 바로 조금 전 사도천세를 괴롭히던 기이한 현상에 있었다. 마치 군자산에 중독이 된 것처럼 조금씩 내공을 갉아 먹고 있기 때문이었다. 이것은 사도천세로서도 알 수 없는 현상이었다.

자신의 형이자 실질적으로 사천회를 이끌어 나가는 사도천벽(司徒天霹)의 호의로 이곳에는 아무도 모르게 독왕 사득천까지 자리한 상태였다. 그런 그를 두고 자신이 군자산에 중독되었다는 것을 믿을 수 없었다.

하나 인정해야만 했다. 벌써 삼 분지 일이나 내공이 소멸되고 있었다. 작은 틈으로 인해 방파제가 무너지듯 사도천세 역시 불안감을 감출 수 없었다.

하지만 지금 와서 한서린에게 굴복하기엔 그가 짊어진 책임이 너무도 컸다. 이렇다 할 교전이 없었던 커다란 세력 간의 처음 있는 공식상의 대결이기 때문에 더욱 그러했다.

이를 눈치 못 챌 한서린이 아니었다. 그도 사도천세의 불안한 신형을 보며 이상하게 생각했다. 하지만 그것에 동정심이나 다른 감정을 대입할 때가 아니었다.

이율배반적인 생각이지만 자신의 공격이 통하길 빌면서, 또한 자신의 공격으로 인해 혹시나 하는 불상사가 일어날 만큼 사도천세가 허약하지 않을 것이라 생각했다.

드디어 사도천세에게 결정적인 틈이 나타났다. 한서린이 만든 매화들의 끈질긴 공세가 드디어 성공한 것이다.

한서린의 눈에 사도천세의 아랫배 부분이 확대되어 들어왔다. 그리고 한서린은 공력을 모아 한 송이의 매화를 만들어 사도천세의 신궐혈(神闕穴)을 향해 쏘아 보냈다.

결정타였다.

마치 시간이 정지되어 있는 순간에 한 송이의 매화만이 움직이고 있었다. 어지러운 기의 충돌 속에서 그 매화만이 자유롭게 활보하며 사도천세의 신궐혈에 살짝 내려앉았다.

신궐혈이란 사혈 중의 하나로써 극도로 위험한 혈이다. 하지만 한서린은 자신의 공격이 통할 것이라 생각하지 않았다. 사도천세 역시 자신과 비슷한 경지에 오른 무인이라 위기의 순간이긴 하지만 충분히 막아내리라 생각했기 때문이다. 그래서인지 또 다른 수법까지 준비한 한서린이다.

수많은 매화 송이들이 사도천세를 압박하여 결정적인 틈을 만들어 내고 그 속에 한서린의 매화 한 송이가 내려앉은 것은 순식간의 일이었으며, 그것으로 인해 사도천세의 입에서 피가 토해짐도 순식간의 일이었다.

"푸헉!"

사도천세의 입에선 끊임없이 선혈이 튀어나왔다. 선홍색의 선혈인 것을 보아 엄중한 내상을 입었다는 것을 추측할 수 있었다.

사도천세는 아래로 숙여진 고개를 들어 간신히 한서린을 쳐다보았다. 끊임없이 선혈을 토해내고 있었으며 핏발이 선 두 눈에선 작은 물기가 잡혀 있었다.

사도천세는 너무나도 엄청난 고통에 정신을 차릴 수가 없었으며 서서히 혼미해져 갔다. 너무도 갑작스레 찾아온 시련이었으며 예고되지 못한 위기였다.

　문득 자신이 걸어왔던 과거들이 떠올려졌다.

　그의 과거에 있어서 패배라는 단어보단 성취감이나 승리라는 단어가 언제나 앞서고 있었다. 항상 남을 죽이는 입장에 있었던 그에겐 패배란 어울리지 않는 단어이기 때문이다.

　패배에 굴하지 말고 부단히 정진하여 다음에는 기어이 복수하겠다는 말은 그가 아니라 그와 겨뤘던 상대방의 입장에서 나왔던 말이고, 그런 말을 하는 그들 역시 그것을 이루지 못하고 저세상으로 가버려야 했었다.

　하지만 그 역시 무인이기 때문에 언젠가는 타인의 칼에 의해 죽을 것이라고 생각하고 있었고 그 죽음을 두려워했다.

　천마사천회라는 특이한 세계의 법은 더욱 그로 하여금 그렇게 만들어 버렸다. 그리고 그것을 지우기 위해 끝없이 수련하고 무공을 익혀야 했던 것이다.

　사도천세는 지금 자신이 한 번도 느껴보지 못했던 상대방의 입장이 되려 하고 있었다. 불투명하게 보이는 저쪽에선 뭐라고 소리치고 있었지만 그는 들을 수 없었다. 그리고 그의 눈이 멈춘 곳에 한서린이 있었지만 이내 사라졌다.

　털썩.

　사도천세의 신형이 힘없이 비무대 바닥으로 엎어졌다.

　누구도 예상하지 못한 결과였고 어이없는 결말이었다.

제32장
드디어 비바람은 시작되고 (2)

드디어 비바람은 시작되고 (2)

먹구름이 달빛마저 삼켜 버린 야심한 밤에 바람마저 분위기를 맞추듯 스산하게 불고 있었다. 잘게 불어대는 바람 소리는 마치 연주를 하듯 주위의 소음을 묻어버렸다.

이때였다.

신경을 집중하여 듣지 않으면 알아챌 수 없을 만큼의 소리를 내며 꽤 많은 무리들이 어디론가 급하게 신형을 날리고 있었다.

온몸을 검은 천으로 두른 흑영들은 곧 자신들의 목적지에 도착하였고 길고 높은 담벼락 속에 몸을 숨겨 버렸다. 빛나는 두 눈만이 그들의 존재를 증명하고 있었지만 이내 그 눈동자 역시 어둠 속으로 숨어버렸다.

그들이 있는 그 자리가 다시 빈 공간이라는 본래의 모습으로 돌아갔다. 그들은 이미 경신을 펼쳐 담을 넘은 지 오래였다.

담을 넘어 천하제일가 내로 발을 딛은 그들은 민첩한 행동으로 주위의 사물을 이용하여 어둠 속에 또다시 몸을 숨겨 버렸다.

그때 마침 이 지역을 순찰하는 경비 무사 둘이 어둠 속에서 모습을 나타냈다. 이미 순찰 당번으로서 오랜 경험이 있었던 그들은 여태껏 해왔던 대로 전각 사이를 돌아가며 주위를 살폈다.

"이보게, 장이. 며칠 사이로 그놈들이 온다고 하더구만."

"나도 그렇다고 들었네. 조심해야지. 그놈들이 보통 놈들인가?"

장이와 오방은 조그마한 목소리로 몇 마디 말을 주고받으며 지루한 순찰 시간을 달랬다. 근래에 들어 더욱 신중하게 경비를 해야 하는 그들은 긴장감을 이렇게라도 풀어야 했다.

"글쎄 말이야, 소문으로 듣기에는 아주 잔인하다고… 윽!"

장이는 말을 하다 말고 제자리에 멈춰 서 움직이지 않았다. 금방이라도 말을 하려는 듯 입은 열려져 있었으며 두 눈은 상대방을 조심스럽게 보는 듯하면서도 주위를 살피고 있었다. 영락없이 순찰하는 모습 그대로였다.

"아니, 이보게. 왜 그러는가?"

그러나 오방 역시 그 말을 끝으로 장이와 같은 신세가 되어야 했다. 둘 다 등 뒤의 명문혈(命門穴)에 작은 비침이 꽂혀 있었다.

이 둘의 움직임이 정지하자 다시 어둠 속에서 흑영들의 움직임이 활발하게 일어났다. 이미 늦은 시간이라 주위의 전각들에는 불이 꺼져 있었지만 여기저기서 주변을 환하게 밝히고 있는 횃불 때문에 사물의 형태는 볼 수 있었다.

하지만 그렇지 않더라도 어둠 속에서 수많은 훈련을 받은 그들이기에 무리없이 행동했다. 그 과정에서 장이와 오방같이 몇몇의 순찰대원들을 만났으나 같은 수법으로 그들을 잠재웠다.

그뿐 아니라 세가 내에 설치된 기관과 진식들을 이미 알고 있었다는 듯 그들의 행동에는 거침이 없었다.

이윽고 세가의 중심부에 위치한 천룡각 앞까지 이른 그들은 잠시 어둠 속으로 동화되어 자신들의 몸을 숨겼다.

"은검령주, 계획대로 일은 성사시켰느냐?"

이번 일의 책임자인 편왕 순우평은 은검령주를 향해 전음을 날렸다.

"예, 이미 속하의 부하들이 먼저 세가에 잠입해서 신선폐를 암중에 흘렸습니다."

은검령주는 자신감이 가득 찬 말투로 독왕에게 전음을 보냈다.

하나 편왕은 은검령주를 보며 뜻 모를 웃음을 지었다.

"지금쯤이면 천하제일가의 외곽도 철검령주(鐵劍令主)를 위시로 칠문오파 중 오파(五派)가 장악했을 겁니다."

즉 빨리 계획대로 진행하자는 말이다. 순우평은 은검령주의 전음을 들으며 고개를 살짝 끄덕였다.

이미 계획대로 세가의 모든 이들은 신선폐에 중독된 상태이고, 혹시 있을지 모를 방수(幇手)를 막고자 철검대를 동원하여 세가로 향하는 진입을 막았다. 그렇다면 이쪽도 빨리 움직여 행동을 개시해야 했다.

"은검령주는 은검대 두 개의 조로 나누어 칠문(七門)의 세력을 이끌고 단씨세가를 쓸어버리도록 하라. 본좌는 세심헌으로 향하겠다"

순우평은 친히 천하제일가의 가주를 맡을 계산으로 명령을 내리고 몸을 움직이려 하였다. 그러자 곳곳의 어둠 속에서 수많은 흑영들이 나타났다. 바로 이번 천하제일가의 혈겁에 끼어든 운남의 칠문오파 중 칠문의 사람들이었다.

고수들 간의 대결에 있어서 수적으로의 우세는 그리 관여치 않는다. 하지만 그 수가 확실한 차이를 보인다면 상황은 또 달라진다.

지금 이 순간이 바로 그러했다.

아무리 운남을 다스렸던 대리국 황실의 가문이라고 하지만 이미 일반 무림세가와 다름없는 단씨세가다. 사정이 그러하니 식솔이라고 해야 겨우 백 명을 조금 넘을 뿐이다. 그나마 무림세가라는 특이한 배경이 뒷받침되어서 그러한 것이다.

누가 보더라도 이미 단씨세가의 멸문은 기정사실화할 것이다. 그렇기에 순우평 또한 득의의 표정을 짓고 있는 것이다.

이윽고 은검령주의 지시에 의해 두 무리로 나누어진 침입자들은 각기 자신들이 가야 할 곳으로 피바람을 일으키려 하였다.

그때였다.

그들이 있는 반대 편 천룡각 모퉁이에서 흰 백의를 입은 공자가 나타난 것이다. 아니, 처음부터 그 자리에 존재한 것처럼 서서 지금까지의 상황을 지켜보았는지도 모른다.

하나 곧 흑영들에게 포착되었다.

"웬 놈이냐?!"

어찌 보면 백의공자가 해야 할 말이 검은 천으로 온몸을 두른 침입자의 입에서 나오고 있었다. 하나 백의공자는 이에 개의치 않고 미소를 띠며 그들에게 인사를 하였다. 아주 친절하게.

"어서 오십시오. 오시느라 수고가 많았습니다. 그렇지 않아도 오랜 시간 동안 기다리고 있었습니다."

입가에 미소를 지으며 나타난 이는 다름 아닌 진현이었다. 검을 옆에 차고 뒷짐을 쥐고 나타난 그는 위풍당당 그 자체였다. 입가에 미소를 달며 느긋하게 사태를 주시하는 그의 모습에는 여유가 흘러나왔다.

그뿐 아니라 그의 말에 의하면 그들이 오기만을 기다렸다고 하지 않는가.

그래서일까?

이 자리에 모인 칠문의 사람들과 순우평 휘하의 흑영들은 순간 움찔했으나 곧 정신을 차리고 은검령주의 신호와 함께 진현에게 달려들었다. 하나 그들 역시 진현이 아닌 다른 이들에게 진로가 막혀 버리고 말았다.

청의(青衣)에 현천(玄天)이라는 수를 가슴에 새긴 그들은 마각을 비롯한 현천참마대원들이다.

"현천참마대진(玄天斬魔大陣)을 펼쳐라!"

마각의 호통이 떨어지기 무섭게 참마대원들은 수적인 열세에도 불구하고 침입자들을 둘러싸며 대진을 이루었다. 일견해도 거꾸로 된 것 같은 모습이었지만 참마대원들의 얼굴에는 전혀 그런 기미가 보이지 않았다.

그들 역시 진현과 마찬가지로 여유가 흘러넘쳤다.

"후후후, 그대들은 너무 소문을 내며 다녔다고 생각하지 않소?"

진현은 들으라는 듯 소문을 내어놓고 그대로 실천하는 이들이 어이가 없을 정도였다.

처음 혁천운과 함께 이번 일을 상의했을 당시 몇 가지 유추를 할 수 있었다. 그중 하나가 바로 소문처럼 그들이 온다고 하여 세가에서 미리 방비를 하더라도, 그 방어조차 무너뜨릴 수 있는 힘을 가지고 침입하지 않을까 하는 것이었다.

과연 짐작대로 많은 수의 인원들이 세가로 몰려왔다.

'하나 이들은 그저 방패막이는 될 수 있을지언정 세가에 위협을 줄 수는 없다. 과연 무슨 생각으로 이곳에 왔다는 말인가?'

진현은 서로가 대치된 상황에서 무리들의 수괴로 보이는 인물을 보며 생각에 잠겼다. 범상치 않은 기도를 흘리는 그는 진현이 느끼기에 극히 위험한 인물로 분류되었다. 하나 몇몇의 사람만이 그러할 뿐이다.

하지만 지금 이 상황에서 중요한 것은 소문대로 과연 그들이 왔다는 것이고, 지금 자신의 앞에 있다는 것이다.

"그대들이 지난 이십 년 전의 잘못을 되풀이하려는 금성의 무리들이오?"

돌아오지 않는 메아리와 같은 질문인 줄 알지만 진현은 그들에게 물어보았다. 한데 예상과는 달리 응답이 들려오고 있었다. 문제는 그 응답이 말 그대로 답이 아니라 또 다른 질문이란 것이다.

"그대는 누구인가? 단후명도 다 되었나 보군. 이런 새파란 아이에게 세가를 맡겨놓고 어디를 갔다는 말인가?"

"내가 누군지 알고 싶소?"

"굳이 말할 필요까지는 없다. 어차피 알게 될 테니까."

"그렇다면 다행이오. 나도 굳이 당신들에게 나의 이름을 밝히고 싶은 까닭은 없으니까. 하나 한 가지 알아두어야 할 것이 있소. 바로 당신들은 오지 말아야 할 곳에 왔다는 것이오. 참고로 말해 두자면 나는 당신네들에게 그리 좋은 감정을 가지고 있지 않소."

지난날 사마세가의 멸문에는 근본적인 원인으로 금성이 존재하고 있었다. 그러니 어떻게 진현이 이들을 좋게 보겠는가.

진현의 말에 순우평은 일이 이상하게 돌아감을 느꼈다. 그가 두려워하는 것은 다른 사람이 아닌 단후명이다. 천하십오대고수 중 서열 일위에 있는 바로 천외천룡 단후명이지 자신의 눈앞에 있는 애송이가 아니었다.

그래서 일이 잘 풀리는가 싶었다. 하지만 애송이로 보이는 백의청년은 전혀 기죽어 있지 않았다. 오히려 자신을 압도하려 하고 있었다.

하지만 그것을 겉으로 표현할 수는 없었다.

"흐흐흐, 말은 잘하는군. 그래, 어디 한번 내공을 끌어올려 보아라. 그래도 그런 말이 나오는가 보자꾸나."

바로 신선폐를 말함이다.

순우평은 말함과 동시에 은검령주에게 눈짓을 주어 자신의 무리로 하여금 진현 일행을 둘러싸게 하려 하였다.

"하하하, 그대가 믿는 것이 혹시 이 사람이오?"

진현의 말이 끝나기 무섭게 장내에 또 다른 인물이 나타났다. 바로 단정명과 한 명의 장한이었다.

"아니!"

은검령주는 단정명과 함께 나타난 장한의 얼굴을 보자 놀라지 않을 수 없었다. 그가 바로 천하제일가에 침투하여 세가의 사람들을 중독시켜야 하는 특명을 받은 세작이기 때문이다.

'어떻게! 이런 일이!'

순우평은 은검령주의 소리와 표정을 보자 일이 잘못되어 가고 있음을 직감했다. 자신이 올 것을 미리 알고 있었다는 점과 상대의 표정에서 설마 했지만 이것까지 알고 있을 줄은 몰랐다. 길(吉)보다 흉(凶)이 많을 것이라 생각되었다.

"흐흐흐, 용케도 알아차렸구나. 그래, 그래야 즐길 맛이 나지. 한데 한 가지 물어볼 것이 있구나."

"예, 물어보십시오."

진현은 외모는 확인되지 않았지만 그의 기도와 목소리가 배분이 높은 노마(老魔)임을 알 수 있었다.

"너희가 짜놓은 덫인 줄 알면서도 굳이 이곳에 왔는지 그 이유를 아는냐?"

진현만을 향한 전음이었다.

즉, 그들 역시 진현이 기다리고 있음을 알고 있었다는 말이다. 하지만 진현은 그것이 진짜인지 거짓인지 확실하게 판단할 수 없었다.

과연 그들 말대로 단씨세가에서 알고 있다는 것을 알면서도 일부러 나타난 것일지도 몰랐다. 하나 그것이 허장성세일지도 모른다. 그렇기에 더욱 헷갈렸다.

그러나 곧 정신을 가다듬고 대세에 집중하였다. 그리고 진현은 무미건조한 말투로 전음을 날렸다.

"모르겠습니다. 하나 곧 알게 되겠죠."

"그래, 아주 좋구나. 너의 말이 정답이다. 곧 알게 되겠지! 하하하."

대소(大笑)를 하며 순우평이 말하자 현천참마대는 좀 전과 같은 여유있는 모습이 아니라 배수진을 친 병사들처럼 안색을 굳혔다.

이제 곧 그들에게는 무도한 도전이 될 전투가 일어날 것이기 때문이다.

누구로 인해 전투가 시작되었는지 모른다. 이런 전투에서 '싸워라' 하며 소리를 지르는 것 보단 그저 서로에게 먼저 칼을 박아 넣어 쓰러뜨리는 것이 중요할 것이며, 그들의 생사가 걸린 문제일 것이다.

세가의 무사들과 어우러진 현천참마대원들은 수적인 열세에 맞서며 자신의 칼에 피를 묻혔다. 과연 일당백의 참마대원이라 그런지 자신을 막는 흑영들을 무참히 베어 나갔다.

검과 검, 도와 검, 기문병기와의 충돌 때문에 굉음이 곳곳에서 발생했다. 모두가 피의 흔적들이었다.

"죽어랏!"

"이얍!"

모두가 자신이 바라는 목표대로 되기를 바라며 자신이 잡은 병기에 힘을 실었다. 비룡수라 준막 또한 마찬가지였다. 비록 검은 두건으로 얼굴을 가리고 있지만 적지 않은 문도들이 죽어가고 있음을 느낄 수 있었다.

모두가 자신의 결정에 따라온 사람들이기에 더욱 힘을 낼 수밖에 없었다.

준막과 그리 멀리 떨어지지 않은 곳에선 준성이 그야말로 고군분투하고 있었다. 하지만 온몸에 피가 맴도는 것이 언제 쓰러질지 몰랐다. 옆구리에 꽂혀 있는 칼 한 자루가 그것을 확신시켜 주고 있었다.

'박(薄)아, 이제 남은 건 너에게 달렸다.'

준막은 셋째 아우인 준박에게 들리지 않을 기도를 하면서 남은 기력을 다해 수라창을 휘둘렀다. 창신(槍身)을 타고 흘러내린 피가 이미 소매를 흥건히 적시고 있었다. 하지만 아직 부족했다.

자신의 목숨 값으로 받기에는 더욱 피가 필요했다. 하지만 곧 이어 자신이 받아야 할 빚은 모두 받아내고야 말았다. 그리고 이제는 오히려 자신이 주어야 한다는 것을 느꼈다.

서서히 빠져나가는 힘이 그것을 증명하고 있었다.

"윽!"

준막은 극심한 고통에 옆을 보니 검 한 자루가 자신의 옆 가슴을 꿰뚫고 있었다. 폐에 구멍이 뚫렸는지 숨 쉬기가 어려웠다. 마지막으로 자신의 동생들에게 말해 주고 싶은 것이 있었는데 입이 말을 듣지 않았다.

이제 그도 선조들이 가야만 했던 곳으로 떠나야만 했다.

칠문의 사람들은 준막과 신세가 틀리지 않았다. 개중에 몇몇은 눈부신 활약으로 단씨세가의 무사를 제압하고 있었지만 이미 과반수가 무너진 상황에서 어찌할 수가 없었다.

'과연 천하제일가군. 이렇게 간단히 무너지다니……'

눈앞에 펼쳐진 지옥도(地獄圖)를 보며 순우평은 속으로 중얼거렸다. 물론 세가의 무사들도 반을 넘지 않았지만 이미 상황이 기울어졌다는 것을 인정할 수밖에 없었다.

'대단해! 어디서 저런 녀석이 튀어나왔을까? 괴물이군.'

이제는 혈의라고 해야 좋을 백의공자는 한눈에 보기에도 엄청난 위력으로 주위를 몰아가고 있었다. 한 수에 적지 않은 흑영들이 말 그대로 어둠의 그림자가 되어야만 했다.

이제 순우평에게 남은 것이라곤 칠문의 사람 중 몇몇의 무인들과 은검대뿐이다. 하지만 은검대는 좀 전부터 현천참마대와 대치하고 있었다. 그리고 예상대로 현천참마대진와 은검대진의 희대의 결전은 벌어졌다.

현천참마대 역시 은검대와 마찬가지로 절정의 고수들로 이루어진 진답게 강력한 힘을 발휘하였다. 공수(攻守)의 수발이 자유로운 그들은 처음부터 무리하지 않고 차륜전을 택해 은검대의 힘을 빼놓으려 했다. 하나 은검대 역시 만만한 상대는 아니었다.

비록 별호처럼 은검을 휘두르는 것은 아니지만 그들의 철검은 참마대진을 향해 날카롭게 뻗어가고 있었다.

그 옛날 흑건대의 살망대진(殺網大陣)과는 차원이 다른 실력을 보여주는 은검대였다.

천마사천회는 일반 무림인들이 잘 알고 있는 것처럼 천마교와 사천사도세가의 합작으로 호천사정맹을 맞서기 위해 태어났다. 그러나 전혀 다른 두 문파가 합친 것이라 천마사천회의 조직 역시 천마부(天魔部)와 사천부(邪天部)로 나누어져 있다.

게다가 두 부로 나뉜 조직 체계는 회주를 제외하고는 명령 체계가 달라 호천맹처럼 활발한 대외 활동이 어려웠다. 기껏해야 사천부의 사도세가에서 나온 사대빈객과 칠웅만이 그 모습을 드러냈다.

하나 호천맹이 그러하듯 각지에 분타를 두어 그들의 세력권을 다지는 것에 소홀하지는 않았다. 그 좋은 예가 바로 흑건대주 오산평이다.

독왕과 편왕을 일컬어 이대호법이라고 하지만 천마교에서는 본래부터 많은 호법들이 존재하고 있었다. 그중 하나가 오산평인 것이다. 그리하여 천마사천회에서는 특이한 지휘 체계가 탄생했으니 회주 직속에 이대호법이 존재하고 천마부 내에 따로 팔대호법이 존재하는 것이다.

한데 가장 중요한 문제는 다름 아닌 실력의 균형이다.

사천부와는 달리 천마교의 상황은 예전 천하를 울리던 명성을 가진 그들이 아니었다. 이미 기울어질 대로 기울어진 그들은 사마통합사대신공(邪魔統合四大神功) 중 천마(天魔), 지존(至尊)을 보유했다는 것을 제외하면 사도세가에 의해 장악되었다고 하는 것이 솔직한 말일지도 모른다.

이렇기에 같은 천마사천회 소속이라 할지라도 살망대진과 은검대의 실력은 상당한 격차가 있는 것이다.

장내에는 참마대와 은검대의 결전을 지켜보고 있는 진현과 단정명, 그리고 순우평만이 존재하고 있었다. 곳곳에서 개인전을 벌이고 있는 무인들이 있었지만 곧 끝이 날 것 같아 보였다.

과연 진현의 예상대로 되었다. 물론 진현의 신공이 발휘한 덕분이지만 한 개인의 위력으로 보기에는 상대의 피해가 너무도 컸다.

하나 단정명은 이미 진현의 무위를 알고 있었다는 듯 신경 쓰지 않았다. 오히려 전쟁터에 나간 아이를 보는 것마냥 현천참마대원들을 지켜보고 있었다.

"음, 아무래도 저 진(陣)은 어디선가 들어본 듯한 진인데 말이야."

단정명은 고개를 갸웃거리며 중얼거렸다. 그의 수많은 기억들은 분명 저와 같은 진법을 들어본 적이 있다고 대답하고 있었다.

"그게 무슨 말씀이십니까?"

마침 단정명의 말을 들은 진현은 그에게 되물었다.

"저들이 취하고 있는 진법 말이야, 어디선가 들은 적이 있는 것 같구나. 그런데 도통 생각이 나질 않는다 말이지. 에구, 나도 이제 다 되었나 보구나. 갈수록 기억력이 감퇴되니… 이거야 원. 이제부터라도 보신에 힘 좀 써야지."

결국 몸 보신 좀 시켜달라는 소리였다. 하지만 진현은 단정명이 실없는 소리는 잘할지 몰라도 없는 소리를 지어내지는 않는다는 것을 알기 때문에 과연 어떤 문파에서 저런 진법을 사용하나 생각해 보았다.

하나 무공이라면 모를까, 진법에 관한 문외한인 진현이기에 생각해 볼 것도 없었다.

이런 두 사람의 생각과는 무관하게 장내의 상황은 참마대의 우세로 돌아가고 있었다. 이미 여러 가지로 기가 꺾인 바 있었던 은검대였고, 현천참마대의 대주였던 마각의 무위가 워낙 출중했기 때문이다.

바로 그때였다.

"이보게, 우리만 이렇게 서 있기엔 밤이 너무 길다고 생각하지 않는가?"

말 그대로 직접 손속을 겨뤄 천하제일가의 기를 꺾어놓겠다는 의미였다.

"예, 그렇습니다. 밤이 너무 길지요."

진현 또한 편왕과의 결투에 가볍게 긴장하며 그에게 걸어갔다. 하나 그에게는 두려움이란 찾아볼 수 없었다.

그런 그를 보며 단정명은 작게 중얼거렸다. 평소처럼 장난스러운 말투가 아닌 진심으로.

"다시 세상에 신검의 빛이 떠오르는구나."

이렇게 진현의 행보는 시작하였다.

진현은 자신을 악착같이 따라오는 편왕의 편영들을 보며 검을 휘둘렀다. 두 사람의 실력이 다른지라 한서린과 사도천세와의 비무와는 차원이 다른 경지였다.

지금 이 순간 증명되고도 남았다.

"삼절(三絶). 잔월(殘月)."

순우평의 금사편(金蛇鞭)이 순식간에 터져 나오며 진현을 찢겨 버릴 듯 했다.

퍼퍼펑.

진현의 검과 순우평의 금사편이 충돌하자 굉음이 터져 나왔다. 그들의 병기는 그저 일반 병기가 아니다. 그렇다고 보검이라든지 기병(奇兵)은 아니다. 하지만 세상 어느 병기보다 무섭게 보였다.

그 이유는 바로 두 사람에게 있었다. 두 사람의 공력이 주입되자 병기가 강기(罡氣)로 둘러싸였기 때문이다.

세상에 수많은 고수가 있고 헤아릴 수 없는 무림인들이 산재해 있지만, 강기를 사용하는 이가 드물었다. 그만큼 어렵다는 말이다.

한데 이 두 사람은 보여주고 있었다.

이미 순우평의 주위는 진현의 검기와 간간이 나오는 검강으로 인해 폐허가 되었다. 물론 진현 또한 마찬가지다.

진현은 검을 내지르며 동시에 삼장(三掌)을 날렸다. 하나 순우평 역시 쉽게 막아내며 오히려 반격에 나섰다. 하지만 서로에게 생채기 하나 만들게 하지 못했다.

소매를 자르고 옷깃을 날려 버렸던 공격이지만 두 사람 모두 상처 하나 없었다. 과연 대단한 움직임이다.

치열한 공방 속에 진현은 속으로 생각하지 않을 수 없었다.

'대단한 노마로군. 역시 굉장해. 하지만 이제부터는 다를 것이다.'

이미 상대가 누군지 어느 정도 짐작하고 있는 진현이다. 하나 두려워하지 않았다. 경지에 오르고 나서 처음 있는 실전이다 보니 처음에는 어느 정도 손발이 맞지 않았던 것이 사실이다. 하나 그것도 잠시였다.

이윽고 생각을 마친 진현은 자신의 진산절학을 보여주리라 결심했다.

"구주황(九州晃)."

나직한 한마디였다. 하나 진현의 검에서 퍼지기 시작한 환한 빛은 그렇지 않았다. 주위를 압도해 나가며 점점 세력권을 넓혀가고 있었다.

실로 구주 전체를 밝혀줄 것 같았다.

순우평 또한 입술을 악물며 금사편을 휘둘렀다. 이미 기존에 진현을 향해 무수히 만들어놓았던 편영들은 사라지고 없었다.

"팔절(六絶). 파천(破天)."

금사편에서 먹구름이 피어올랐다. 그리고 마치 흑백의 대결처럼 진현의 검에 맞서갔다. 충돌이 있던 곳에선 어김없이 불꽃이 튀었다.

마치 한서린과 사도천세가 벌렸던 비무의 재판일지도 모른다.

검과 편의 대결이다. 검은 찌른다라는 표현이 어울릴 것이며, 편은 휘두른다라는 표현이 바를 것이다.

하지만 지금 이 순간에는 어떤 것도 중요하지 않았다. 순우편의 금사편은 분명 편임에 분명했지만 검과 같이 꼿꼿하게 날이 세워져 진현을 찌르고 있었다. 앞을 가로막는 모든 것을 소멸시킬 것 같았다.

사정이 이러하니 진현은 서둘러 자신도 같이 정면 대결을 펼쳤다.

"수류폭(水流爆)."

진현이 만들어낸 물줄기는 이내 강이 되었다. 그리고 또다시 변화하여 커다란 해일을 만들어냈다. 하나 순우편의 금사편에 맞서지 않았다. 그저 빗겨 나갈 뿐이다. 금사편에서 피어오르는 먹구름의 실낱같은 마기(魔氣)들을 하나씩 피하며 진원을 향해 나아갔다.

마치 금사편의 거대한 기둥을 타고 오르는 것처럼 그렇게 순우평을 향해 돌진했다.

지금 와서 이것이 진정한 수류폭의 경지냐 하고 묻는다는 것은 쓸데 없는 짓이다. 오히려 좀 전에 본 구주황과 다를 바 없어 보였다. 대라 천룡삼검의 일초식과 이초식의 구분이 없어지고 그저 진현의 검에서 터져 나온 하나의 검일 뿐이었다.

이것이 신검의 경지인가.

아니면 신검을 빌어 진현의 또 다른 경지인가.

하나 중요한 것은 순우평의 금사편이 진현에게 다가오기 전 이미 진현의 검이 순우평의 심맥을 뒤흔들었다는 것이다.

후발제인(後發制人)이라고 했던가. 바로 진현이 그러했다. 이미 몸속에 또 다른 자신으로 존재한 지 오래인 금왕기(金旺氣)는 대기와 어우러져 진현에게 자신이 가야 할 결(缺)을 보여주고 있었고 진현은 그곳으로 나아갔을 뿐이다.

만약 이 자리에 진정으로 신검의 무위를 본 자가 있다면 진현이 펼치고 있는 무공은 신검이 아니라고 할 것이다.

하나 분명했다. 이 또한 신검의 경지였다.

"윽."

순우평은 작지 않은 내상을 느끼며 선혈을 내뿜었다. 이미 모든 것이 이번 한 수에 끝나 버렸다. 이제는 순우평에게 비장의 한 수가 있든 없든 상관없었다.

흔히 고수들의 싸움은 한순간에 끝난다고 한다. 지금도 그러했다.

순우평은 이미 상대에게 기울어진 대결에 그만 고개를 숙이지 않을 수 없었다. 하지만 이내 고개를 치켜들었다.

만약 한적한 곳에서 문득 호승심이 일어 비무를 한 것이라면 틀림없이 웃으며 물러날 것이다. 하지만 지금은 자신이 이끌고 온 무리의 대표로 온 것이다. 결과가 어떻든 자신은 끝까지 싸워야만 했다.

"허허허."

문득 고개를 들어 밤하늘을 쳐다보았다. 이미 하늘에는 먹구름들이 물러나고 달빛이 비치고 있었다. 그 사이로 별들이 보였다. 그러다 문득 생각이 일었다.

'왜 저 별은 희미하게 보이지?'

전혀 지금의 상황과 어울리지 않는 물음이었지만 순우평은 묻지 않을 수 없었다. 그리고 맹렬히 호기심이 일어났다.

그러자 입에서 계속해서 새어 나오는 선혈을 닦으며 슬쩍 미소를 지었다. 그리고 자신의 얼굴을 가리고 있던 두건을 벗었다. 그러자 얄팍한 입술과 전형적인 매부리코의 외모가 드러났다.

"허허허. 애야, 정말 대단하구나. 한평생 살아오면서 너와 같은 무위를 가진 자는 그리 보지 못했다. 정말 오늘같이 적으로 만난 것이 후회가 되는구나. 그렇지 않았다면 논검이라도 해볼 텐데."

순우평은 진심으로 아쉬워했다. 희미하게 보이는 별을 보며 호기심이 일듯, 자신 또한 보이지 않는 벽을 두드리며 얼마나 한탄했던가. 하나 약관으로 보이는 진현은 이미 그 벽을 무너뜨리고 있었다.

참으로 안타까운 것이었다.

하나 방법이 없는 것은 아니다. 자신이 직접 몸으로 부딪쳐 본다면 알게 될 것이라 생각되었다. 어차피 이제 와서 물러날 수는 없다. 뼈를 묻어야 할지라도 되돌릴 수는 없는 사정이다.

순우평은 온화하게 웃어 보이며 마치 할아버지가 손자에게 말하듯 자상하게 말했다.

"애야, 이번에 내가 펼칠 무공은 마황구절 중 제일 마지막 초식인 천마편이라는 것이다. 비록 하나의 초식이라고 하나 나머지 팔절이 모두 포함되어 있다. 나 역시 근래에 들어 연성하게 된 것이지. 그만큼 위력이 무섭단다. 조심하거라."

"예, 선배님."

진현 역시 공손하게 말했다. 손자가 할아버지를 대하는 것처럼.

순우평은 몸 곳곳에서 질러대는 비명을 무시하고 몸 안에 존재하는 기력이란 기력은 모조리 끌어올렸다. 그리고 금사편에 주입시켰다. 그러자 금사편은 찢어질 듯 울었다. 진현의 검에 의해 상처가 많은 금사편이었기에 더욱 그래해 보였다.

순우평은 문득 또 하나의 생각이 들었다.

'내가 저 녀석과 만난 적이 있었던가?'

물론 그런 기억도 없을 뿐더러 사실 만난 적도 없었다. 한데 왠지 모르게 친근했다. 한쪽은 혈겁을 일으키러 온 자였고, 또 한쪽은 그것을 막으려 하는 자였다. 서로가 으르렁대며 싸워야 함이 바른 것이지만 순우평은 전혀 그렇지 않았다.

속마음이 어떻든 순우평은 마침내 그렇게도 자신하는 마지막 무공을 펼쳤다. 하나 말과는 다르게 아무런 변화도 없었다. 그냥 무공을 모르는 이가 채찍을 흔들듯 순우평 또한 그러했다.

하지만 진현의 얼굴은 무거웠다. 사실 모든 것이 극에 이르면 처음의 모습으로 간다는 것을 알고 있었기 때문이다.

바람에 흐느끼는 버드나무의 가지가 살짝 진현의 곁으로 다가오듯 금사편 역시 소리도 없이 다가왔다. 천마편이라는 무서운 초식명과 어울리지 않는 모습이었다.

하나 지금부터 시작이었다.

검의 최고 경지 중에 이기어검(以氣馭劍)이 있다면 편을 다루는 순우평이 바라는 경지에는 이기어편(以氣馭鞭)이 있을지 모른다.

분명 지금의 순우평이 보여주는 모습은 바로 이기어편이라 해도 틀리지 않을 것 같았다.

기로써 편을 다룬다.

분명 편의 극을 본 자임에 틀림없다. 또 다른 한계가 있다 하더라도 말이다.

진현은 조금도 방심할 수 없었다. 극심한 변화를 일으키지는 않았지만 한결 더 무서운 금사편이다. 금사편의 작은 떨림에도 대기가 뒤엉키는 것이 그것을 증명하고 있었다.

하나 쉽게 진현에게 다가오지 않았다. 마치 기회를 엿보는 뱀과 같이 일격을 노렸다. 이에 진현은 부동(不動)의 효과를 노리지 않을 수 없었다.

그렇다고 전혀 움직이지 않는 것이 아니다. 오히려 눈에 보이지 않을 만큼 빠르게 신형을 놀렸다. 극동(極動)이 극정(極靜)과 같은 이치였다.

이때 순우평의 얼굴에 다급한 빛이 나타났다. 이미 내상을 입은 바 있던 그에게 기력이 모자란 것이었다.

'실로 안타깝구나.'

더 이상 무공을 겨루지 못함이 안타까운 그는 더 이상 기회를 기다릴 수 없었다. 그렇게 금사편은 변해갔다. 진실로 금사(金蛇)가 된 것이다. 천 년의 세월을 겪은 영물처럼 살아 움직이던 금사는 진현에게 다가갔다.

고오오.

순우평의 마지막 무공에 대기가 숨죽이며 울고 있었다. 하나 진현에게 와서 진현의 검이 보여준 검무를 보자 그 기세가 줄어들었다. 그리고 검무에 맞추어 춤을 추고 있었다. 하나 지금의 광경을 보고 있는 중인들에겐 그 모습이 보이지 않았다.

그저 그렇게 느껴질 뿐이다.

진현의 검은 그렇게 금사를 제압하고 더욱 뻗어갔다. 그 앞에 순우
평이 있었지만 거리낌이 없었다. 그저 지나갈 뿐이다.

"이 초식은 무엇이냐?"

"천지연(天地然)이라고 합니다."

"음, 과연 그렇구나. 어찌 한낱 미물이 대자연의 뜻을 거스르겠느
냐."

"그렇게 말씀해 주시니 감사합니다."

"네 이름이 무엇이냐?"

"단지운이라고 합니다."

"그렇다면 이번에 태홍왕부와 인연을 맺는다던 그 아이로구나."

"그렇습니다."

"내가 누군지 아느냐?"

"편왕 순우평 어르신인 것으로 알고 있습니다."

"그래, 맞다. 내가 편왕 순우평이다."

"그럼 금성의 배후가 바로 천마사천회입니까?"

"이번 일로 인해 의심 가는 것이 있다면 이제까지 진실이라고 여겨
졌던 일들이 아닐 수도 있겠구나 하는 것이다."

"그것이 무슨 말씀이십니까?"

"그것은 나도 모르니 더 이상 묻지 말거라."

"예, 알겠습니다."

"그럼, 잘 있거라."

"예, 안녕히 가십시오."

그 말을 끝으로 순우평은 평생 돌아오지 못할 곳으로 떠나 버렸다.

진현은 문득 주위를 돌아보았다.

저편에는 은검대를 제압한 현천참마대와 단정명, 그리고 이번 혈겁에서 살아난 몇몇의 무사들이 있었다. 그리고 죽은 자들이 보였다.

자신들의 다양한 삶처럼 그들도 다양한 모습으로 쓰러져 있었다. 하나 죽었다는 것에는 모두 공통점을 가지고 있었다.

"휴우~"

진현은 문득 길게 한숨을 내쉬고는 찬바람에 몸을 맡겨 버렸다.

"아니, 그것이 사실이오?"

"예, 그렇습니다."

진현은 혁천운의 말에 진정 놀라지 않을 수 없었다.

"어떻게 공식적인 석상에서 사도천세를 죽일 수 있다는 말이오?"

"그것을 이해할 수가 없습니다. 아무리 생사를 가르는 비무라고 하지만 한서린 역시 사도천세의 죽음으로 어떤 일이 일어날 것인지 알 텐데 말입니다."

"그래, 실로 무림에 보기 드문 일이 일어났군. 이것으로 무림에는 피바람이 일어나겠어."

"맞습니다. 사실 지금까지 무림은 너무도 평온했습니다. 마치 태풍 전야처럼."

"태풍 전야라……."

혁천운은 말에 강조를 넣으며 다시 한 번 설명하였다.

"사도천세는 천마사천회의 회주이자 실세인 사도운의 차남입니다. 그런 그가 죽었는데 어찌 사천회에서 가만히 있겠습니까? 아마도 이것을 빌미로 정사대전을 일으킬 것 같습니다. 하지만 아무리 생각해도 그 의도를 모르겠습니다."

"의도라니?"

"지난날 편왕의 무리들이 세가로 침입하기 전 저희는 왜 행적을 노출시키면서까지 세가를 향하는지에 대해서 고민했습니다. 그에 대한 예상으로 성동격서라는 결론을 내렸습니다."

"그랬었지."

"성동격서라 함은 동쪽에서 소리를 지르고 서쪽을 격하는 것을 말합니다. 하지만 금성의 존재가 천마사천회의 후신이라면 말이 되지 않습니다."

듣고 보니 진현 또한 이상하게 생각되었다.

"그러니까 세가에 혈겁을 일으키려 한 의도는 무림의 관심을 이곳에 집중시키면서 동시에 다른 곳에서 그들의 진정한 목적을 이루기 위함인데 그렇지 않았다는 것인가?"

"지금까지 잘 숨겨왔다면 굳이 세가에서 자신의 정체를 발설할 필요도 없을 것이며, 또한 자신의 아들까지 희생시키면서까지 정사대전을 벌일 이유가 없습니다."

"음."

"거두절미하고 본론부터 말씀드린다면 아무래도 수상한 구석이 많다는 것입니다. 어찌하여 천마사천회는 무림에 혈풍을 일으키지 못해 안달이라도 난 것처럼 행동하는지 모르겠습니다. 이제껏 그들의 존재를 잘 숨겨왔으니 더욱 모를 일입니다."

진현은 혁천운의 말을 들으며 다시 생각하지 않을 수 없었다. 더구나 편왕 순우평의 마지막 말에서 미심쩍은 부분이 있었기 때문에 더욱 그러했다.

"이번 일로 인해 의심 가는 것이 있다면 이제까지 진실이라고 여겨졌던 일들이 아닐 수도 있겠구나 하는 것이다."

"대체 무슨 뜻일까?"

"무엇이 말입니까?"

혁천운은 진현의 중얼거림에 반문하였다. 하나 진현은 이미 자신만의 공상 속으로 빠져든 지 오래였다.

그리고 혁천운의 앞에 놓인 차가 식어갈 쯤 진현은 다시 현실로 돌아왔다.

"아, 뭐라고 했는가?"

"좀 전 혼자서 하신 말씀을 물었습니다."

진현은 순우평이 해주었던 말을 혁천운에게 들려주었다.

"그렇다면 편왕 역시 아무것도 모르는 일이지 않습니까?"

"그렇겠지."

혁천운의 복잡한 머리 속에 문득 한 가지 생각이 떠올랐다.

"이 사실을 호천맹에 알리실 겁니까?"

"솔직히 말하자면 아직 결정하지 못했네. 이 소식을 알려준다 하더라도 과연 그들이 나의 말을 믿을 수 있을지도 모르는 일이지 않은가."

그렇다.

아무리 호천사정맹과 천마사천회가 세불양립(勢不兩立)의 사이라고 하지만 천하제일가와 호천사정맹의 관계 역시 만만치 않다. 게다가 사도천세의 죽음으로 인해 호천사정맹과 천마사천회의 관계가 더욱 악화되어 있는 상태에서 천하제일가의 발언은 자칫하면 오해로 번질지도 모르는 일이었다.

"그들이 저희 말을 혹시라도 차도살인지계로 해석한다면……."

말꼬리를 흐리는 혁천운의 뒷말은 듣지 않아도 뻔한 것이었다.

"그래, 그러니 더욱 신중하게 해야지."

"그렇다면 가주님의 혼인식을 빌어보심이 어떻습니까?"

혼인식이라 함은 진현과 문인군주와의 일을 말하는 것이다.

"혼인식을 빌린다?"

"그렇습니다. 어차피 가주님의 혼인식은 개인적으로 본다면 문인군주마마와의 성혼을 나타내지만, 더 나아간다면 가주로서의 첫 번째 강호 진출입니다. 한동안 잠자고 있었던 천하제일가의 활동을 말하는 것입니다. 그렇다면 분명 강호의 수많은 인사들이 모여들 것은 뻔한 이치. 그 자리에서 이 사실을 알린다면 자연 세가의 위치도 부각시킬 수 있는 기회입니다."

과연 혁천운이었다.

진현은 혁천운의 말을 들으면서 좋은 방법이라고 생각했다. 그렇지만 혼인이라는 단어가 계속해서 진현의 마음을 저리게 했다.

'련 누이…….'

그러나 곧 마음을 다잡았다. 공은 공이고 사는 사인 것이라 자신을 위로하며 진현은 혁천운의 방법대로 실행할 것이라 생각을 굳혔다.

"호호호, 지금쯤 회에서는 난리가 났겠군."

"그렇습니다, 사 노야. 이미 대륙제일계와 제이계가 성공한 상태에서 결정적인 번천계가 성공하지 못했으니 무척 당황할 것입니다."

언젠가 천룡각의 집무실에서 모의를 하던 사 노야라 불리는 노인과 장한이었다.

"이제 남은 것은 한바탕의 혈풍이다. 혈풍이 지나간 자리에 다시 기둥을 세우는 것이지."

"하지만 세가를 이대로 두어도 되겠습니까?"

"걱정할 필요 없다."

"하지만 생각 외로 엄청난 무공을 지니고 있었습니다. 얼마 가지 않아 그들이 바라는 대로 될지도 모릅니다."

장한은 심히 염려되어 사 노야에게 재차 말했다. 하나 사 노야라 불린 노인은 크게 개의치 않는다는 듯 크게 웃었다.

"하하하, 이미 세가의 모든 것이 내 손에 있다. 한데 무엇이 두려우냐. 단가의 애송이가 아무리 무공이 강하다 하여도 기껏해야 신검일 뿐이다. 그것으로는 우리를 막지 못한다."

"하지만 만에 하나 호천맹과 결합이라도 하게 된다면 상황은 커질 수도 있습니다. 이미 칠성동(七星洞)을 연 호천맹입니다. 거기다 신검이라면 재고함이 옳을 것입니다."

"음, 하나 태존(太尊)의 말씀이 없으셨다. 가벼이 처리할 문제가 아니다. 그건 그렇고 녹림과 수로맹에서는 연락이 없었느냐?"

"예, 가주 역시 그 말을 꺼냈던 것을 제외하면 일체 그 부분에 대해 언급하지 않고 있습니다. 그리고 녹림과 수로맹에서 연락이 없는 것에도 신경을 쓰지 않는 눈치입니다."

장한 자신이 알고 있는 부분에 대해서 숨김없이 말했다.

"신경을 쓰지 않는다라… 아무래도 무언가가 있어. 혹시 혁가 그놈이 뒤에서 딴 짓을 하고 있는 것은 아니냐?"

"그것은 아직 확인하지 못해서 모르겠습니다. 하지만 충분히 가능성이 있을 것이라 여겨집니다. 사람을 하나 붙여놓겠습니다."

"그리하거라."

"존명."

"사도운이 없는 천마사천회라… 우습군. 좋은 동료가 될 수 있었는데 고집이 너무 강했어. 강하면 부러지는 법인데 말이야."

사 노야는 창밖으로 보이는 세심헌을 보며 나직한 목소리로 말했다. 마치 누구에게 말하듯이.

제33장

그들만의 공간

그들만의 공간

"황 총관, 어떻습니까? 오랜만에 강호에 나오니 감회가 새롭지 않으십니까? 그러니 계속 세가에만 있지 마시고 이렇게 바깥출입도 하세요."

"허허허. 예, 알겠습니다, 가주. 허허허."

진현의 애교 섞인 핀잔에 황 노공은 연신 너털웃음을 지었다. 진현의 혼인식으로 인해 모두 태흥왕부로 가는 길이었다. 그 길에는 진현의 권유로 인해 황 노공과 현천참마대, 그리고 언제나 진현의 곁에서 보필하는 혁천운이 있었다. 그리고 세가의 어른으로는 단후명을 대신하여 단정명이 나섰다.

어떤 이유에서인지 진현은 단정명에게 그리하기를 부탁한 것이다. 그렇기에 단정명 역시 아무 말 하지 않고 냉큼 따라왔다.

'흐흐흐. 남경의 여인네들아, 나를 기다려라. 천하의 단정명이 나가

신다. 흐흐흐.'

단정명은 즐거운 상상의 나래를 펼치며 입가에 웃음이 가득했다.

"숙부님, 무슨 좋은 일 있으십니까?"

혼자서 킬킬대던 단정명이 진현의 눈에 이상하게 비쳐졌나 보다.

"아니다, 아니야. 그냥 네가 벌써 혼인을 한다 생각하니 즐거워서 그렇다. 암, 그렇고말고. 지금쯤 그 아이도 목을 빼고 너를 기다릴 것이다. 흐흐흐."

그 아이라 함은 주설란을 말함이다. 진현은 그 말을 듣자 더욱 혼인에 대하여 실감이 났다. 하나 이제 와서 돌이킬 수도 없었다. 그렇기에 겉으로 표현하지 못한 진현은 그저 입가에 씁쓸한 웃음을 지었다.

"가주, 조금만 더 가면 악양(岳陽)입니다. 악양은 예로부터 명승지가 많고 시인들이 두루 찾아오는 곳이니 그곳에서 한 며칠 쉬다 가심이 어떻겠습니까?"

남경에 도착한다 하더라도 아직 시간이 많이 남는다는 것을 안 황노공은 진현의 마음을 배려해 악양 구경을 권했다.

어차피 악양의 경관들이 진현의 눈에 들어올 리 만무했지만 마음을 정리하는 것에 도움이 될 것 같아서다.

"예, 그러지요. 저도 동정호를 보는 것은 처음이니."

그때였다.

"이 소리는?"

"예, 이 근처에서 싸움이 일어난 것 같습니다."

마각의 말대로 병장기가 부딪치는 소리였다.

"음… 가주, 그냥 지나치시지요. 강호의 일에 아무 곳이나 끼어들면 골치만 아픕니다."

왠지 끼어들 것 같은 진현의 눈치를 보고 황 노공이 먼저 선수를 쳤다. 그러자 진현이 쓴웃음을 지으며 고개를 끄덕였다.

"그렇죠. 하긴 이런 일이야 다반사이니……."

"꺄악!"

그때였다. 날카로운 여자의 비명 소리였다.

"아무래도 안 좋은 일이 있는 것 같군요. 어서 한번 가봅시다."

그들이 도착한 곳에는 과연 짐작대로 한바탕 싸움이 일어나고 있었다. 한편으로 보이는 삼남사녀(三男四女)는 십여 명의 혈의인을 상대로 고군분투하고 있었다.

"저런, 곧 끝이 나겠군요."

진현의 말이 아니더라도 모두가 눈앞의 상황을 보며 그렇게 생각했다. 삼남사녀 모두 의복의 곳곳이 찢어진 상태이며 마지막 기력을 짜내어 검을 휘두르는 것 같았다.

"무슨 일로 백주(白晝)부터 저렇게 피를 흘리며 싸우는 거지?"

보다 못한 단정명이 탄식을 하며 내뱉었다. 그의 모습에는 조금 전 야릇한 상상이나 하던 얼굴을 찾아볼 수 없었다. 그만큼 혈의인들이 소름 끼치는 검법으로 상대를 몰아가고 있었기 때문이다.

"안 되겠습니다, 마 숙부님."

"예, 알겠습니다."

"그럼 부탁드립니다."

마각은 진현의 의중을 짐작하고는 현천참마대에게 일렀다.

"가주의 명에 따라 복면인들을 처단하라."

명령이 떨어지기가 무섭게 현천참마대원들은 앞 다투어 나아가 혈의인들을 상대했다.

"웬 놈들이냐?!"

혈의인들은 갑자기 나타나 자신들의 행사를 방해하는 현천참마대들에게 소리쳤다. 그러자 대답은 진현이 나서서 해주었다.

"무릇 무림인이라면 당연히 협(俠)에 기반을 두어야 하는 것이 옳거늘 어찌하여 그대들은 다수로써 적은 수의 이들을 핍박하는가?"

"흥! 알 것 없다. 이미 본인은 이곳에서 이들을 죽이리라 결심하였으니 조용히 사라지거라."

"그럴 수야 없지. 보지 못했으면 모를까 이미 본 것을 어찌 모른 척하고 넘어가겠는가."

진현은 슬쩍 마각에게 눈치를 주어 힘이 부족해 비틀거리는 삼남사녀를 챙기게 하였다.

"벌주를 자처하는군. 좋아, 적랑대(赤狼隊)의 무서움을 보여주지!"

"적랑대? 적랑대라 함은 여산(廬山)의 무리가 아닌가. 어찌 이곳까지 와서 행패를 부리는 거지?"

진현의 중얼거림과 상관없이 이미 한바탕 칼부림이 벌어졌다.

일 다경이나 지났을까, 이내 곧 장내의 소란은 모두 진압되었다. 많은 수의 적랑대는 몇몇의 도망친 생존자를 제외하고는 모두 바닥에 쓰러져 영원히 일어나지 못하는 신세가 되어야 했다.

"은공(恩公), 도움을 주셔서 고맙습니다."

삼남사녀 일행 중 제일 맏이로 보이는 듯한 청의공자가 진현에게 다가와 인사를 하였다.

"별말씀을 다 하십니… 음."

진현은 답례를 하다 청의공자의 얼굴을 보고 잠시 놀란 표정을 감추지 못했다.

"왜 그러십니까? 어디 불편한 곳이라도?"

청의공자는 진현을 보며 급히 되물었다.

"아무것도 아닙니다. 그리고 강호의 동도로서 그저 해야 할 일을 했으니 신경 쓰지 마십시오."

말은 이렇게 하는 진현이지만 청의공자의 얼굴을 보자 예전의 기억이 떠올라 마음이 심란하였다. 조금 전에는 경황이 없어 확인하지 못했지만 똑바로 쳐다보는 그의 얼굴은 분명 지난날 소천성탑에서 그를 내쫓게 만들었던 시철영(施哲營)이라 말해 주고 있었다.

'공교로운 일이군. 나를 내쫓은 그를 내가 구해주다니.'

그러나 진현의 마음속에 복수하겠다는 그런 생각은 없었다. 단지 그때의 기억이 떠오를 뿐이다. 군이 진현의 마음을 정의한다면 격세지감(隔世之感)이라고 해야 할 것이다. 만약 그때의 일이 없었다면 지금 이렇게 자신의 무공이 발전했을 것인지도 의문이기 때문이다.

"은공, 저는 화산 문하의 시철영이라고 하며 이쪽은 저와 같은 동문인 문인혜라고 합니다."

어느새 진현의 곁으로 다가온 아름다운 미녀를 보며 소개해 주었다.

"아, 삼봉 중 백봉이라고 불리시는 문 여협이시군요."

하나 진현의 관심은 문인혜에게 가지 않고 다른 두 여인에게 있었다.

'왠지 어디선가 본 얼굴인데 기억이 나지 않는군.'

진현의 궁금증은 곧 시철영에 의하여 풀리게 되었다.

"이쪽 소저들은 삼보장(三寶莊)의 조수령(趙秀玲), 조옥령(趙玉玲) 낭자이십니다."

"공자, 고맙습니다."

시철영의 소개에 자매는 서둘러 진현에게 감사의 인사를 올렸다.

'아! 그녀들이었구나.'

진현은 오늘의 일이 참으로 기이하다 생각되었다. 어릴 적 만났던 이들을 한곳에서 다 보게 되었지 않은가.

이런 진현의 마음과는 달리 시철영은 남은 두 청년을 마저 소개시켜 주었다. 그의 말에 따르면 단창을 사용하던 두 사람은 소천성탑 출신으로 소노쌍창(笑努雙槍) 장씨 형제였으며, 진현을 이곳으로 오게 만들었던 비명을 지른 여인은 문인혜와 더불어 지난날 삼봉의 일 인이었던 화봉(花鳳) 단목수수(端木秀秀)였다.

"알고 보니 외사촌 누이였군."

"헉!"

진현의 중얼거리는 말을 들은 시철영은 금세 진현의 정체를 알 수 있었다. 단목세가와 사돈이면서 이 정도의 무력을 가지고 있는 곳은 천하제일가밖에 없기 때문이다.

진현은 시철영의 탄성을 듣고 그가 무슨 생각을 하는지 짐작할 수 있었으나 모른 체하며 수하를 시켜 단목수수를 돌보게 하였다. 어찌 되었든 외사촌 누이이니 보호해야 하기 때문이다.

하지만 그간의 사정은 물어보지 않을 수 없었다.

"어찌하여 이런 봉변을 당하게 되었소? 적랑대라면 당신들의 실력으로 충분히 막아낼 수 있을 터인데?"

진현의 물음에 시철영은 이렇게 대답했다.

"우리는 소천성탑에서 악양으로 가던 길이었소. 한데 탑을 나오자마자 계속해서 누군지 알 수 없는 무리들로부터 공격을 받았소. 이미 우리가 어디로 갈 것인가에 대한 대책이라도 세웠는지 길목마다 우리를 기다리고 있었소. 물론 적랑대쯤이야 은공의 도움이 없다고 하더라도 충분히 막아낼 수 있었소. 하지만 계속해서 밀어붙이는 그들에게는 중과부적이었소."

"음."

사정을 듣고 보니 알 만하였다.

'결국 그들이 움직이기 시작하는구나.'

진현은 적랑대를 비롯해서 시철행 일행을 쫓은 무리들이 천마사천회의 사주를 받았다고 단정 지었다.

"좋소. 지금 우리 역시 악양으로 향하는 중이니 가는 곳까지 모셔다 드리겠소."

"아!"

문인혜와 조수령 자매는 뜻밖의 소식에 반가워했다. 이제까지의 혈투로 인해 심신이 너무 지쳤기 때문이다.

이렇게 진현은 뜻밖의 일행을 보태어 악양으로 향하게 되었고, 단목수수가 깨어남에 따라 자연적으로 자신의 정체를 밝히게 되었다.

그러자 소천성탑 당시를 제외하고 한 번도 진현을 보지 못했던 단목수수는 갑자기 멋지게 나타난 자신의 외사촌 오빠에게 정도가 넘치는 반가움을 표했다. 물론 소천성탑에서 만났던 당시에도 진현만이 단목수수가 자신과 외사촌 지간인지 알고 있었다.

"그렇다면 지금 단 가가께서는 태흥왕부로 향하시는 건가요?"

"그렇다."

단목수수는 야릇한 얼굴로 진현을 쳐다보며 말을 이었다.

"그렇다면 이번에 저희 세가로 오실 건가요?"

단목수수가 말하는 세가라 함은 단목세가를 말함이다.

"그것은 잘 모르겠군."

진현의 말에 단목수수는 서운한 표정을 감추지 못했다. 하나 곧 환하게 웃으며 진현에게 다른 관심사를 만들며 말을 걸었다.

"단 가가, 저희가 무엇 때문에 악양에 가는 줄 아시나요?"

"단목 소저!"

그렇지 않아도 조심스럽게 진현을 관찰하고 있던 시철영이 단목수수의 말을 듣자 놀라 그녀의 이름을 불렀다.

"왜 그러시죠, 시 소협?"

단목수수는 시철영이 자신을 부른 의도를 생각하기보다는 진현과의 대화를 방해했다는 것에 더욱 불만인지 곱지 않은 시선으로 쳐다보았다.

"단목 소저, 그 말씀은……."

말꼬리를 흘리며 답답한 표정을 짓고 있는 시철영은 이유를 모르겠다는 단목수수가 경솔하다 여겨졌다. 하나 단목수수의 생각은 다른가 보다.

"시 소협, 어차피 단 가가도 우리 식구이며 알아야 할 사람이에요. 그리고 언제부터 정도무림의 집회에서 천하제일가는 빠지게 되었죠?"

따지는 듯한 단목수수를 보며 시철영은 문득 여러 생각이 들었다. 하지만 지금 이 상황에서 생각한 것을 있는 그대로 말하기엔 무리가 있었다.

"그거야… 하지만 어디까지나 이번 집회는 맹을 이끌어 나가는 주축들을 위주로 개최된 집회요. 어찌 천하제일가라 하여 마음대로 할 수 있겠소?"

시철영은 진현이 자신의 말을 듣고 그가 스스로 마무리해 주길 바랬다. 하나 진현은 재밌다는 표정을 지으며 사태를 주시하려 하였다. 그도 이미 단목수수의 의중을 짐작했기 때문이다.

'나를 이용하겠다? 예나 지금이나 모두들 나만 보면 이용하려 드는군.'

누구를 꼭 집어서 말하는 것은 아니지만 쓸쓸한 마음을 감출 수는 없었다. 단목수수는 바로 진현의 생각처럼 진현을 이용해 자신의 가문을 드높이려 하는 것이다.

속가사대세가를 주축으로 세워진 호천사정맹은 사정(四鼎)이라는 말이 무색할 정도로 몇몇의 타 문파에 의해 좌지우지되었다. 사파(四派) 중 화산, 무당, 그리고 사대세가 중 남궁세가와 모용세가만이, 마지막으로 새로운 무림의 명문세가로 떠오른 상관세가. 이렇게 다섯 문파가 이끌어가고 있었다.

사정이 이러하니 단목수수로서는 진현이라는 존재가 하늘이 자신에게 준 선물이라고 여겨졌다. 더 나아가 문인군주의 허락 아래 첩자리라도 얻게 된다면 그야말로 단목세가로서는 천하제일가와 황실이라는 두 거대한 힘을 얻게 되기 때문이다.

이 모든 것을 진현과 시철영은 알고 있었다.

하지만 그것은 단목수수의 개인적인 사정이고 시철영으로서는 달갑지 않은 것이었다. 그리고 그것은 삼남사녀 중 단목수수를 제외하고 모두 시철영의 생각과 같았다.

'후후후, 웃기는군. 이렇게 단합이 되지 않는 곳에서 금성에 맞서겠다고? 아니지, 지금 그들에겐 금성이라는 존재보다는 천마사천회가 더욱 급히 꺼야 할 불이겠지.'

하나를 보면 열을 안다고 했던가.

바로 진현이 그리 생각했다. 하나 그런 생각이 들수록 그의 미소는 더욱 짙어졌다.

'이럴수록 세가의 존재는 더욱 빠르게 부상할 것이다.'

누관악양진(樓觀岳陽盡)

—악양루에서 내려보니 마을은 조그마한데

천형동정개(川逈洞庭開)

—동정호는 끝없이 펼쳐졌구나.

안인수심거(雁引愁心去)

—기러기를 따라 어지러운 마음은 모두 날아가고

산함호월내(山銜好月來)

—산이 품었던 예쁜 달이 떠올라

운간연하탑(雲間連下榻)

—구름 사이 아래로 눕는다.

천상접행배(天上接行杯)

—하늘을 향해 잔을 주고받으니

취후양풍기(醉後凉風起)

—주흥을 맑게 하는 상쾌한 바람

취인무수회(吹人舞袖回)

—휘파람을 불며 호쾌하게 춤을 춘다.

당대(唐代)의 시선(詩仙)으로 불리던 이백이 소상팔경(瀟湘八景) 중 동정추월(洞庭秋月)을 기리며 악양루에서 읊은 여하십이등악양루(與夏十二登岳陽樓)이라는 시다.

소상팔경이라 함은 소상야우(瀟湘夜雨), 강천모설(江天暮雪), 연사모종(煙寺暮鐘), 산시청람(山市晴嵐), 어촌석조(漁村夕照), 원포귀범(遠浦歸帆), 동정추월, 평사낙안(平沙落雁) 이 여덟 가지를 일컫는 말이다.

이와 같이 소상팔경은 악양뿐 아니라 동정호와 상강(湘江) 주변의 장사(長沙), 형산(衡山), 영주(永州) 일대를 지칭한다고 할 수 있다.

하나 악양루에 올라 동정추월을 바라보며 호수에 어린 가을밤 달빛을 보는 흥취는 모두가 이곳으로 오지 않을 수 없게 만들었다.

진현 역시 바다처럼 넓은 거대한 동정호를 보기 위해 호수 한 켠에 우뚝 솟아 있는 누각 위에 올랐다. 날아갈 듯한 봉황이 조각되어 있는 거대한 누각에는 진현 일행뿐만 아니라 여기저기 난간에 올라서 발 아래 펼쳐져 있는 동정호를 구경하려는 유람객들로 가득하였다.

"저 거대한 동정호를 보니 답답했던 마음들이 싹 씻겨 내려가는 것 같군요."

진현은 진정으로 감탄하며 곁에 있는 황 노공에게 말했다.

"그렇습니다. 가주의 말씀대로 오랜만에 동정호를 보니 무척이나 평화로워 보입니다."

황 노공이 보고 있는 곳에는 어부들이 배를 몰아 호수에 그물을 치고 있었다. 거리가 멀어 어부들의 말이 들리지는 않았지만 무척이나 소박하고 행복한 모습이었다.

"강호의 일도 저렇게 서로 어울린다면 얼마나 좋을까요? 동정호는 크고 자원은 많으니 서로가 다투지 않고 자신이 노력한 만큼 대가를 받는다면 어떤 분쟁이 있겠습니까?"

말을 하는 진현이지만 현실적으로 불가능하다는 것을 알고 있었다. 전생에서의 진현의 삶이나 현재로써의 진현은 보이지 않는 암투 속에서 살아가고 있기 때문이다.

"세상 사는 일이란 다 그렇지 않습니까? 저렇게 평범해 보이는 어부들 역시 자신이 이익이 더 많기를 바랄 겁니다. 어쩔 수 없는 일이지요."

"하하하, 옳으신 말씀입니다. 어쩔 수 없는 것이지요."

"하나 방법은 분명 있습니다. 이런 분쟁을 없앨 수 있는."

황 노공은 나직한 목소리로 말을 꺼냈다.

"어떤 방법입니까, 분쟁을 없앨 수 있는 방법이?"

"바로 어느 누군가가 일통강호(一統江湖)하는 것입니다. 누군가 앞에 서서 모두의 위에 선다면 감히 분쟁을 일으키지 않을 겁니다."

진현은 황 노공의 말에 기대감이 젖어 있다가 다음 말을 듣자 맥이 풀리고 말았다.

"그거야 당연하지 않습니까? 모두가 그렇게 하기를 바라고, 또한 그렇게 되기를 바라며, 가장 중요한 것은 그 누군가가 자신이 되기를 바라죠."

"맞습니다. 만약 그 누군가가 엄청난 힘을 가지고 있다면 감히 누구도 앞에 서려 하지 못할 겁니다."

황 노공의 말에는 뼈가 있었다. 그의 의미심장한 말을 들으며 진현은 잠시 생각에 잠겼다.

진현이 평소에 생각하고 있던 생각들이 황 노공의 입에서 표출된 것뿐이다. 하나 생각으로만 하고 있던 것이 막상 누군가의 입에서 나오자 자신이 느끼는 감정이 확연히 달라짐을 알게 되었다.

'내가 과연 잘하는 것일까? 일통강호? 아니야, 난 그저 내가 사랑하는 사람을 지키는 힘이 필요할 뿐이야. 하나 만약 상대가 천하에서 가장 강한 사람이라면? 그렇다면 나는 그보다 더 강한 사람이 되어야겠지. 만약 상대가 천하를 가지고 있다면? 그렇다고 해도 변할 것은 없어. 그 사람이 가진 천하를 내가 빼앗으면 되니까. 그런데 지금 내가 하려는 것과 그렇게도 증오하는 금성의 행동과 무엇이 다른단 말인가?

자신의 생각에 대한 정체성이 아니다.

가치관의 혼란도 아니다.

본래 진현이 가지고 있었던 본마음이 솟아오른 것이다. 다분히 억지가 있지만 진현은 그저 사랑하는 사람, 소중한 사람을 지키고 싶은 마음뿐이다. 한데 지켜야만 하게끔 만든 상대가 너무 강할 뿐이다.

'내가 일통강호를 한다고 하여도 분쟁은 없을까? 피를 흘리지 않을 수 있을까? 절대 아니야.'

황 노공은 생각에 잠긴 진현을 차분히 기다렸다. 그 시간이 끝나고 나면 진현은 더욱 정리된 계획으로 행동할 것이고, 그것이야말로 세가로서는 반가울 것이기 때문이다. 세가를 이끌어가야 하는 가주가 혼란스러워한다면 세가는 비틀거릴 것이기 때문이다.

"황 노공께서는 언제나 저에게 많은 생각을 하게 해주시는군요."

쓴웃음을 지으며 어느새 진현은 황 노공을 쳐다보고 있었다.

"가주께 도움이 되었다면 다행입니다."

"다행이라뇨? 황 노공의 말씀은 언제나 저에게 많은 도움을 주십니다. 하니 어떻게 한 말씀이라도 버릴 수가 있다는 말입니까."

"감당키 어려운 말씀입니다."

"하하하, 황 노공께서는 저에게 도움을 주는 말씀뿐 아니라 다른 말씀도 잘하시는군요."

"그렇게 되었습니까? 하하하."

황 노공과 진현은 서로의 말에 박장대소를 하였다. 그러면서 황 노공에 대한 진현의 믿음은 더해갔고, 자신의 복이 많다고 여겨졌다.

"그나저나 여기엔 사람들이 참 많군요?"

"소상팔경 중 하나인 동정추월을 보려는 사람들이 많으니 당연한 거지요."

딩디리~ 딩디리~

어디선가 금음(琴音)이 울려 퍼졌다.

매우 화려한 선율의 금음은 순식간에 사람들의 관심을 끌었다. 악양루에 있던 사람들 역시 마찬가지였다.

"저 배에게 나는 소리 같군요."

과연 진현의 말대로 동정호에 선박 한 채가 나타났고 그 갑판 위에는 꽃같이 예뻐 보이는 기녀들이 춤을 추고 있었다. 그뿐 아니라 선수(船首)와 선실 외벽에는 화려한 장식들이 꾸며져 있어 마치 화선(花船) 같아 보였다.

"만화선(萬花船)이다!"

누군가 외쳤다.

"악양의 사람이라면 모르는 사람이 없을 정도로 유명한 기녀의 이름을 딴 배입니다."

황 노공은 적절하게 만화선에 대한 설명을 해주었다.

"이곳에서 그리 멀지 않은 곳에 만화원(萬花園)이라는 곳이 있습니다. 말 그대로 만 명의 아름다운 기녀들이 있는 곳인데 그중 제일을 만화선자(萬花仙子)라고 하지요. 그리고 저 만화선 역시 만화선자의 것입니다."

"만 개의 꽃이라……."

진현은 황 노공의 말에 무의식적으로 중얼거렸다. 처음부터 끝까지 만화라는 단어가 들어가지 않는 것이 없으니 그럴 만도 하였다.

"황 노공께서 그리 잘 아시는 걸 보니 한번 출입을 하셨나 봅니다."

"가주께서 농이 심하십니다. 어찌 저 같은 늙은이가 저런 곳에 가겠습니까? 행여 간다고 하더라도 금세 쫓겨날 것입니다."

"하하하, 그랬었나요?"

진현은 만화선에 더 이상 신경 쓰지 않고 황 노공과 함께 농담을 즐겼다. 하나 이런 분위기도 잠시.

"이번 악양집회(岳陽集會)에 참가하실 겁니까?"

지난날 진현이 시철영 일행을 구했을 때 단목수수는 한사코 진현이 집회에 참가하기를 권하였다. 물론 진현 역시 그녀의 의도를 알고 있지만 그냥 무시할 수는 없는 것이었다.

"사파(四派)와 사가(四家)의 실질적인 회동이겠죠, 그 집회는?"

"아마도 그럴 것이라 생각됩니다. 그리고 맹 내에서 암묵적으로 선두에 섰던 세력들이 실체를 드러내는 자리가 될 것입니다."

"음."

진현 역시 그렇게 생각했다. 단목수수가 진현을 이용하려는 의도처럼 지금의 호천맹은 다섯 세력에 의해 버티고 있으며, 이번 집회로 인해 그중에서도 하나의 문파만이 군림할 것이다.

"그 집회에 제가 간다면 어떻게 될까요?"

"아마도 반기지 않는 문파와 반기는 문파로 양분될 것입니다."

"외가처럼 말인가요?"

진현의 물음에 황 노공은 대답하지 않았다.

"어차피 한번은 부딪쳐야 할 사람들입니다. 하나 지금은 때가 아닌 것 같습니다."

즉, 황 노공의 말은 진현의 혼인식을 빌어 대집회를 열려고 했던 원래의 계획을 말하는 것이다.

"아직 때가 아니다라는 말씀이십니까?"

"그렇습니다. 호천맹에서 반기지도 않는데 굳이 들어갈 이유는 없습니다. 이미 맹과 세가는 초반기선을 누가 잡느냐가 향후 정도무림의 영수를 결정하는 것입니다."

듣고 보니 황 노공의 말이 옳았다.

"그렇군요. 아! 저기 숙부님께서 오시는군요."

진현은 어려운 문제를 앞에 두고 돌아가듯이 화제를 돌렸다.

"좋은 곳을 보셨습니까?"

진현은 의미심장한 웃음을 지으며 단정명에게 말을 걸었다. 악양의 대체적인 흐름을 알아보기 위해 훑어보겠다는 단정명의 속셈을 알고 있었기 때문이다.

"어험, 좋은… 곳이야 있었지. 앗! 그게 아니라 난 그저 악양의 시장 흐름이 어떤지 알고 싶었을 뿐이다."

헛기침하며 말을 돌리는 단정명의 표정에 당황한 기색이 역력했다. 아마도 진현의 예상이 들어맞았기 때문이리라.

아니나 다를까.

"그건 그렇고 네 말대로 기가 막힌 곳이 있더구나. 만화원이라고 말이야."

단정명의 말이 떨어지기 무섭게 진현과 황 노공은 마주 보며 미소를 지었다.

"그곳은 어떻게 아셨습니까?"

만면에 미소를 지으며 말하는 진현은 단정명에게 농담을 걸었다.

"어찌 나의 천리안을 속일 수 있겠느냐! 이게 아니라… 그냥 어쩌다 보니 알게 되었다."

"푸하하하!"

단정명의 말에 진현과 황 노공은 박장대소를 하였다.

진현 일행이 악양에 도착한 지 이틀째 되는 야심한 밤에 화의(華衣) 와 백의(白衣)를 입은 두 청년이 죽음가(竹蔭街)를 걷고 있었다.

"이보게, 우량. 이 길로 가면 만화원이 아닌가?"

"하하하, 그럼 악양까지 와서 만화원도 들르지 않고 가려 했던가?"

허리에 찬 검의 고풍스러운 검집은 그들의 신분이 녹록치 않음을 말 하고 있었다.

동정호가 바라보이는 악양에는 수많은 기루가 존재했다. 그중에서 제일은 앞서 황 노공이 말한 만화원이다. 만 가지 꽃들이 존재하는 곳 인만큼 수많은 사내들이 찾는 곳이다.

이들 또한 남정네임에 틀림이 없으니 그곳을 가는 의도가 확연했다. 하나 우량이라고 불리는 사내는 자신의 친우가 하려는 의도를 몰라 반 문하였다.

"이보게, 지금 집회에 참석해야 하는데 어찌 기루라는 말인가?"

"하하하, 가보면 알게 될 것일세."

이윽고 그들은 곳곳을 밝히고 있는 등(燈)이 즐비한 커다란 전각이 있는 곳에 도착하였다. 그리고 대문 위에는 '만화원' 이라는 현판이 걸 려 있었다.

이윽고 대문 앞에서 대기하고 있던 하인이 나와 그들을 반겼다.

"아이고, 모용 공자님. 오서 오십시오. 참으로 오랜만에 오십니다."

"너도 잘 있었느냐? 오늘 귀한 손님을 모셔왔으니 매화원으로 가자 꾸나."

모용검혼(慕蓉劍魂)은 이곳에 자주 왔었다는 듯 익숙하게 대처하며 문 안으로 들어섰다. 그것을 보며 가우량(嘉于梁)은 필시 모용검혼의 행동에는 이유가 있다 생각했다. 평소 공과 사의 구분이 확실한 모용검혼임을 아는 가우량이기 때문이다.

"여기가 매화원일세. 이곳의 여아주(女兒酒)는 아직 개봉되지 않았다고 하더군. 즉, 이곳의 주인은 아직 서방을 만나지 못했다는 말이지. 하하하."

"이런, 사람 하고는."

가우량은 모용검혼의 농담을 들으며 매화원으로 들어섰다. 고풍스러운 장식과 오래된 화폭들은 이곳 주인의 성품을 말해 주는 것 같았다.

"조금만 기다리고 있으면 만화원에서 가장 유명한 매난국죽(梅蘭菊竹) 사선자(四仙子) 중 으뜸이라는 매선자를 볼 수 있을 것이네."

과연 모용검혼의 말대로 조금 후에 여인이 방으로 들어왔다.

"음."

가우량은 여인의 모습을 보고 신음을 흘렸다. 그녀는 가우량처럼 화의를 입고 있었으며 매우 뛰어난 미모를 소유하고 있었다. 하지만 가우량이 놀란 이유는 그녀의 미모 때문이 아니었다. 바로 그가 평소에 알고 있던 여인이기 때문이다.

"오사매(五師妹)!"

바로 가우량과 함께 화산오수에 속해 있는 옥매화(玉梅花) 상비경(尙琵境)이었다.

"어떻게 사매가 이곳에 있는 거지?"

아직도 얼떨떨한 가우량은 모용검혼에게 물었다. 이곳까지 데리고 온 그이기에 자신의 물음에 해답을 주리라 생각했다.

"하하하, 그럼 자네는 정말로 내가 기녀하고 즐기러 이곳에 온 줄 알았나?"

모용검혼은 호탕하게 웃으며 오히려 묻고 있었다. 그때야 가우량은 아차 하는 것이 있었다.

"그렇다면 이곳이?"

"그래, 이 친구야. 이번 집회는 워낙 보안에 신경을 써야 하다 보니 이렇게 되었네. 자, 내가 안내하지."

모용검혼은 말이 끝나자마자 자리에서 일어나 가우량을 안내했다. 모용검혼은 방 안에 가득한 화폭들 가운데 하나를 골라 잡아당겼다.

크르릉.

그러자 한쪽 벽이 기이한 소리를 내며 위로 올라갔다.

"이곳은 오래전부터 악양에 존재하고 있었던 호천맹의 악양분타일세. 세간에 알려진 악양분타는 껍데기고 이곳이야말로 진짜지."

가우량의 앞에는 암도가 기다리고 있었다. 하나 드문드문 횃불이 걸려 있어 사물이 식별되었다.

"이런 곳이 있었다니… 정말 대단하군."

악양에 만화원이 생긴 것은 십 년 전이다. 그때부터 기존에 있던 악양의 기루들을 제치고 악양제일의 기루로 존재했다.

가우량은 한 가지 궁금한 것이 있었다.

"그렇다면 만화선자는 누구인가?"

신분을 감춘 기인일지도 모른다는 가우량의 생각이다.

"하하하, 만화선자가 만화선자지 누구라니? 사실 만화원은 말 그대로 기루일세. 만화선자 역시 세간에 알려진 그대로지. 다만 만화원을 만들 당시 호천맹에 속했던 자가 설계를 했다네. 그래서 이곳이 존재할 수 있었던 거지. 만화원의 그 어떤 누구도 이곳의 존재를 모르고 있네."

"아!"

가우량은 이제야 이해가 갔다.

"그렇다면 다른 분들도 다 이렇게 오시는 것인가?"

"그건 아닐세. 하지만 다른 분들도 이와 비슷하게 오시는 것은 분명하네. 나 역시 이곳을 통해서 참석하라는 지시를 받았을 뿐이지."

가우량은 모용검혼의 말에서 호천맹의 숨어 있는 저력을 느낄 수 있었다. 두 사람의 대화가 끝날 무렵 그들에게 나타난 것은 또 하나의 벽이었다. 그리고 중간에는 음각으로 호천(護天)이라는 글자가 파여 있다.

모용검혼은 음각으로 파여 있는 글자에 손가락을 뻗어 필체 그대로 따라 그렸다. 그리고 쌍장(雙掌)을 뻗어 양쪽에 세워 있는 사자상(獅子像)을 눌렀다.

그러자 전번과 같이 똑같은 형상이 일어났다. 그리고 세 사람은 그 사이로 통과했고 그와 동시에 다시 벽이 내려왔다. 마치 아무 일도 없었다는 듯이.

"후후, 호굴에 들어가는 토끼와 같아 보이는군요."

"흐흐흐. 막내, 너의 말이 맞다. 어찌 그들이 알겠느냐. 이미 오래전부터, 아니, 만화원이 시작될 때부터 우리 손아귀에 있었다는 것을."

마치 두꺼비를 연상시키는 사내는 옆에 서 있는 미녀를 향해 대답했다.

"사 노야께서 도착하셨다고 하더군요. 그렇다면 우리 구두당(九頭堂) 역시 서둘러 계획에 따라 움직여야 하는 것은 아닐까요?"

"그렇지. 하지만 먼저 천하제일가의 사람들이 악양을 빠져나가야 한다. 그들이 개입하게 된다면 골치만 아파지니까."

"그건 이미 사 노야께서 조치를 취하셨다고 하더군요. 신임 가주 역시 머리를 식힐 겸 악양에 머무른다고 하시구요."

풍록(風鹿) 사도설아(司徒雪兒)는 그녀와 같이 구두당에 속해 있는 비합(飛蛤)에게 말했다. 그런 그녀의 눈 속에 누군가를 그리워하는 눈빛이 가득했다. 비합 역시 그녀의 모습을 보며 한숨을 쉬었다.

"아직도 그 녀석 생각을 하느냐?"

"아! 아, 아니에요."

"이미 그 녀석은 태홍왕부의 문인군주와 혼인을 예정하고 있지 않느냐? 그리고 천하제일가는 결국 멸문을 피하지 못할 곳이다. 어찌하여 그런 녀석에게 정을 주려 하는 것이냐."

비합은 한탄 섞인 말투로 사도설아를 달랬다.

"모르겠어요. 자꾸 그의 생각이 나요. 며칠 전 만화선에서 악양루에서 있던 그를 봤어요. 하나도 변한 것이 없더군요. 다만 변한 것이 있다면 그는 이제 천하제일가의 가주이고 저는 여전히 그와 반대의 입장이라는 것이죠."

"애야, 그는 너를 기억도 못 할 것이다. 아니, 기억한다고 하더라도 어찌 너의 이런 감정을 알 수 있겠느냐?"

"그건 상관없어요. 저도 제가 왜 이런지 이해가 안 가니까요."

"음."

비합은 그녀의 말을 들으며 속으로 탄식을 했다. 그녀도 그녀지만 그녀를 사랑하는 자신의 대형(大兄)을 생각한다면 더욱 안타까운 것이기 때문이다.

"하지만 그것으로 인해 대사를 그르치는 것은 아니니 안심하세요. 그리고 대형에게 실망을 드릴 순 없잖아요."

사도설아는 밝게 웃으며 비합에게 말했다. 하지만 무심결에 자신의 소매를 꼭 쥐는 그녀의 모습은 왠지 가련하게 보였다.

"대형의 연공은 언제 끝이 날지 모르겠구나. 부디 대성하셔야 할 텐데."

비합은 화제를 돌릴 겸해서 말을 꺼냈지만 생각해 보니 노호(怒虎) 상관천(上官天)의 이번 폐관이 걱정되었다.

"대성하실 거예요. 아무리 사마통합사대신공 중 하나인 지존(至尊)이라고 하지만 대형께선 충분한 재능을 가지고 계세요."

"하나 모를 일이다. 지존마령수(至尊魔靈手)는 천마교 이대호교신공 중 하나다. 천마교 역사상 그것을 익힌 교도는 없다고 봐도 무방할 정도다. 아무리 대형의 재능과 무공이라 하여도 쉽지는 않을 것이야."

천마교(天魔敎) 호교신공(護敎神功).

본래 삼대호교신공이다. 하지만 그중 하나인 흡성대법이 그 본래의 악랄함으로 인해 금지가 되어버렸다. 그리하여 천마, 즉 천마패천마공(天魔覇天魔功)과 지존마령수만이 호교신공이자 사마통합사대신공에 포함될 수 있었다.

하지만 천마패천마공과는 달리 지존마령수는 익히기만도 너무나 어려워 시도한 자는 많았지만 대성한 이는 없었다. 그 이유는 지존마령수를 완성하기 위해선 천마패천마공이 구성(九成) 이상 연성이 되어야 하기 때문이다.

아무리 좌도방문의 방법이나 속성의 방법으로 내공을 쌓는다 해도 천마패천마공을 구성까지 끌어올리기엔 무리가 많았다. 구성의 단계란 단순히 내공만이 아니라 깨달음이 포함되어야 하기 때문이다.

그렇기에 비합은 더욱 자신의 대형이 걱정되었다. 하지만 걱정만 하고 있을 비합과 풍록이 아니다.

"자, 우리도 서둘러야지. 그래야 저들을 위한 성대한 잔치를 벌여줄 수 있을 것 아니냐."

지하 광장이다.

하지만 지하라고 믿어지지 않을 정도로 넓은 공간이었다. 게다가 지하 특유의 칙칙한 냄새도 없을 뿐더러 여느 회의청과 다를 바 없었다.

가우량 일행이 도착하기 전 이미 많은 사람들이 존재하고 있었으며 서로 간의 대화에 몰두하고 있었다. 그러자 모용검혼 역시 자신이 있어야 할 곳으로 가서 자리에 앉았다.

가우량은 화산파의 존장들이 모인 곳으로 다가갔다. 그곳에는 자신과 이번 집회를 개최할 수 있었던 동기를 만든 매화신검 한서린을 제외한 화산오수가 모여 있었고, 화산파의 장문인을 대신하여 참가한 매양 산인(每陽散人)이 있었다. 그뿐 아니라 화산파와 같은 사파에 속한 무당파와 아미파의 문도들이 자리해 있었다.

결국 사파의 사람들과 속가사대세가의 사람들이 대치해 있는 형국 같았다.

"어서 오거라. 조금 후면 집회가 시작할 터이니 이리 와서 기다리고 있거라."

매양 산인은 흰 수염을 연신 쓰다듬으며 자상하게 말했다. 그의 말이 끝나고 얼마 가지 않아 대청에 청의를 입은 중년인이 나타났고 모두 그를 향해 포권했다.

"아, 이번 집회를 개최한 남궁세가의 남궁선(南宮選)이다. 남궁세가에서 가주 다음가는 실세이지."

매양 산인은 옆에 있는 화산오수에게 나직한 목소리로 일러주었다. 그의 말투에는 은근하게 왠지 모를 경계심이 묻어 있었다. 이것은 매양 산인뿐만 아니라 각 파에서 아직 견문이 짧은 제자들에게 이곳에 모인 무인들의 별호와 절기 등 여러 가지를 가르쳐 주기에 바빴다.

그사이 대청에는 어느덧 회의가 시작되었다.

"본인이 여러 강호의 동도에게 이곳으로 오시라 한 까닭은 두 가지 안건에 대하여 상의를 드리고자 함이오. 첫 번째는 태흥왕부에서 일어났던 사건에 대한 것이고, 두 번째는 계속해서 강호 곳곳에서 일어나고 있는 금성의 암수(暗手)에 대한 것이오."

내공을 실은 남궁선의 목소리가 광장에 울려 퍼졌다.

"첫 번째 사안에 대한 것은 이미 잘 알고 계실 거라 생각하오. 얼마 전 불행하게도 일어나서는 안 될 일이 벌어지고야 말았소. 물론 고의가 아니었음은 분명하나 분명 보기 드문 사건임에 틀림이 없소. 더구나 상대는 천마사천회의 회주인 사도운의 아들이오. 듣기로는 자신의 아들에 대한 복수를 감행하기 위해 대대적인 전면전을 불사한다고 하니 이에 대한 여러분의 고견을 듣고 싶소이다."

"허어!"

모두가 알고 있는 사실이었지만 다시 한 번 남궁선의 입을 통해서 들으니 사태의 심각성을 느낄 수 있었다. 하지만 그렇지 않은 이도 있었으니 바로 사건의 당사자를 품어야 하는 화산파였다.

"남궁 대협! 그 말씀은 본 파에서 의도적으로 저지른 일이라는 것이오?"

팔은 안으로 굽는다는 말은 둘째 치고, 사건의 모든 것을 화산파의 잘못으로 인식하게 만드는 남궁선의 말투가 매양 산인으로서는 납득이 되지 않은 것이다.

"흥, 의도적이든 아니든 화산의 문도가 저지른 일이지 않소! 그것마저 회피하려는 것이오?"

단목세가의 가주이자 진현의 어머니 단목빙의 오라비인 단목산청(端木山靑)이다.

"단목 가주, 그대가 왜 그런 말을 하는지 그 의도부터 알고 싶소. 지금 이 자리는 원인에 대한 문책이 아니라 결과에 대한 대처를 위해 모인 자리요. 어찌하여 계속 이미 지나간 일을 들추어내는 것이오?"

"흐흐흐, 말은 잘하시는구려. 처음부터 그런 일을 저지르지 않았다면 이런 집회도 없을 것 아니오."

"단목 가주!"

"어허, 왜들 이러시는 것이오. 지금 이 자리는 누구의 잘못을 따지자는 자리도 아니며, 그것으로 인해 싸우려고 모인 자리도 아니오."

보다 못한 남궁선이 나서서 중재를 시켰다. 하지만 말속에는 은근히 화산파를 질책하는 듯했다. 그리고 그것을 모를 매양 산인이 아니다. 하나 계속해서 말꼬리를 잡아갈 자리가 아니었다.

'흥! 이번 기회에 화산파를 누르려고 하는 모양이군. 어림도 없다!'

"이곳에 모인 분들 중에서 제일 연장자이신 무당의 현무자 도장께서 한 말씀하시는 것이 어떨는지요?"

남궁선은 자칫하면 살벌해질 수 있는 분위기를 바꾸고자 모두의 시선을 현무자에게 집중시켰다.

"허허허, 도사가 무얼 알겠소. 그저 산에서 지낼 뿐이니 세상 살아가는 이치야 그쪽이 더 잘 알 것 아니오?"

수양이 깊은 도사답게 속세의 다툼에서 한발 물러나려 했다. 그는 이미 남궁선의 의도를 짐작했기 때문이다.

이곳에 모인 사파(四派)의 무리 중 제일존장인 현무자의 의견을 듣고 싶었던 남궁선은 입맛을 다실 수밖에 없었다.

'늙은 여우 같으니. 아무리 뒤에 있다 하여도 다급하면 나올 수밖에 없겠지. 하지만 이미 무당파의 시대는 지난 지 오래다.'

남궁선은 속마음과 다르게 현무자의 말에 너스레를 떨었다.

"하하, 도장께서 너무 겸양의 말씀을 하십니다. 현무자 어른께서 그리 말씀하시면 저희야 더 이상 할 말이 없지요."

언중유골(言中有骨)이라고 했던가. 남궁선의 농담 섞인 말들이 그러했다.

그때 모용세가의 사람들이 모인 곳에서 낭랑한 목소리가 들려왔다.

"본인이 생각하기엔 우선 천마사천회가 앞으로 어떻게 나올 것인가부터 알아야 한다고 생각하오. 예견하기엔 그들이 분명 가만히 있을 리는 없소. 오히려 구실을 만들어준 셈이오. 그나마 협상이 이루어진다면 좋겠지만 그렇지 않을 시에는 전면전까지 불사할지도 모를 것이오."

"음."

"모용 가주의 말씀이 맞소이다. 그렇다면 그에 대한 대안이라도 있다는 말씀이시오?"

중인 중 한 명이 모용황(慕蓉凰)에게 물었다.

"어찌 본인에게 그런 능력이 있겠소이까. 다만 이곳에서 자중지란이 일어나지 않아야 한다는 것이오. 그렇기 위해서는 우선 이곳에 모인 동도들을 하나로 묶을 수 있는 구심점이 필요하오."

"아!"

모용황의 말에 누군가 탄식을 했다. 사실 이곳에 모인 사람들의 머리 속을 채우던 생각이지만 말로 표현할 수 없었기 때문이다. 그만큼 민감하기도 한 문제였다.

"모용 가주! 그게 무슨 말씀이오? 엄연히 맹에는 맹주께서 계시오. 그분을 두고 구심점이라니? 그렇다면 맹주를 다시 선출하자는 말이오?"

매양 산인은 모용황의 말에 불만을 느끼고 노호성을 터뜨렸다. 민감하기도 한 문제지만 그보다 위험한 발언이기 때문이다. 게다가 같은 사파에 속한 사람이 맹주로 앉아 있는 이상 매양 산인으로서는 지금의 체계가 바뀌는 것이 달갑지 않았다.

"그렇게 돼야 한다면 할 수밖에."

모용황 한마디는 그가 말한 자중지란을 더욱 불러일으키고 있었다.

어차피 이번 집회가 시작될 때부터 예정된 순서였다. 속가사대세가를 뜻하는 호천사정맹에서 사파의 인물이 맹주로 앉아 있다는 것부터 불만이 있을 수 있는 문제였다.

"과연 당신에게 그런 능력이 있을까?"

제34장

어긋나는 사람들

어긋나는 사람들

"운아, 자고로 술은 어른에게 배우라고 하였다. 비록 이 숙부가 술은 가르쳐 주지 못했지만 여자 문제만큼은 책임지고 가르쳐 주마. 이 숙부가 누구냐? 바로 단정명이야! 크하하하!"

단정명은 옆에 있는 기녀의 시중을 받으며 술을 한 잔 죽 들이켰다.

"숙부님, 천천히 드십시오. 왜 그리 빨리 드십니까?"

"허어, 이 녀석 보게. 술과 여자는 빨리 해치울수록 좋은 것이다. 그렇지 않느냐, 얘야?"

"그러하옵니다."

"보거라. 이 아이도 그렇다고 하지 않느냐? 크하하하!"

진현은 조카 앞에서 추태를 부리고도 잘났다고 하는 자신의 숙부를 보며 머리를 부여잡았다.

'에구… 머리야.'

"자고로 남자란 말이다, 여자에 대하여 경험이 풍부해야 해. 그래야 네가 성혼해서도 남자 구실을 잘할 수 있다는 말이다."

"……."

진현은 그저 침묵으로 대답했다.

"크하하하!"

뭐가 그리 좋은지 단정명은 계속해서 박장대소를 했다. 하긴 그에게 있어 이런 자리는 실로 오랜만에 가져 보는 것이 아닌가.

그런 단정명에게 옆에 있던 기녀 소앵(小鸚)이 술을 따르며 말했다.

"그렇게 웃지만 마시고 저에게도 술 한잔 주세요."

"암, 그래야지. 하지만 그보다 너의 금 타는 솜씨가 어떤지 알고 싶구나. 한번 들려주겠느냐?"

단정명의 말에 소앵은 한쪽으로 물러나 금을 들었다. 이윽고 백옥같이 하얀 손가락으로 금을 타기 시작했다.

그러자 금세 방 안에는 아름다운 금음(琴音)으로 가득 찼고, 진현 또한 감미로운 금음에 그새 빠져 버렸다. 하지만 정작 금음을 부탁한 단정명의 두 눈에선 기광이 흘러나왔다. 그러나 곧 아무 일 없었다는 듯 좀 전처럼 너털웃음을 날리며 즐겼다.

어느새 소앵의 금음은 멈추고 다시 자신이 있던 자리로 돌아왔다.

"금을 아주 잘 타는구나. 여기 상이다. 술이나 받거라."

단정명은 술병을 잡아 소앵의 잔에 술을 채워주었다.

쨍그랑!

"앗!"

소앵은 비명을 지르며 술잔은 놓쳤다.

"허허허, 너의 공력이면 그 정도는 참아내리라 생각했는데… 아닌가 보구나."

단정명은 여전히 웃으며 소앵에게 말했다. 하나 소앵은 그의 말을 이해하지 못한다는 듯이 두 눈을 크게 뜨고 반문하였다.

"그게 무슨 말씀이신지… 잔이 너무 뜨거웠어요."

"허허허, 나는 술을 따르며 조금의 공력을 불어넣은 것밖에 없다. 그런데 소수마공을 익힌 네가 그것을 이겨내지 못한다니… 엄살이 심하구나."

"헛!"

소앵은 헛바람을 집어삼켰다. 하나 그것이야말로 자신의 실수임을 알고 당황하기 시작했다.

"어떻게……."

"허허허, 아무리 몸을 귀중히 하는 기녀라곤 하나 손이 투명한 수정 같지는 않지. 물론 너의 성취가 낮아서 더욱 그러하겠지만. 그리고 난 확신하지 못하고 있어 그저 넘겨짚은 것이다. 네가 다 말해 주어 확인할 수 있었던 거지."

"음."

진현의 예상 밖의 사실에 조금은 놀랐다.

"악양의 소문난 만화원의 기녀가 무공을 익혔다? 그것도 호신을 위한 것이 아니라 소수마공이라니. 천마사천회의 사람이냐?"

단정명은 자신의 생각에 추리를 하며 몇 가지 사실을 확인할 수 있었다.

"그렇다면 이곳은 천마사천회의 고수 중 누군가가 운영하고 있는 곳이며, 만화선자가 그 누군가가 되겠군. 그리고 이미 악양에 모인 호천 맹의 무인들에게 관심이 집중되고 있을 테고, 우리가 천하제일가의 사람들이라는 것도 알고 있겠지?"

"그렇겠지요."

단정명의 마지막 말에 진현이 대답했다.

"한데 우리가 천하제일가라는 것을 알면서도 이런 아이를 보낸 것인가? 들통날 것을 알면서?"

진현 또한 그것이 궁금했다.

"윽!"

그때 갑자기 옆에서 신음 소리와 함께 소앵이 쓰러졌다.

"이빨 사이에 독단이 있었군. 그럴 줄 알았다. 아마 천마사천회에서 돌아올 벌이 두려웠겠지."

"더 캐물을 수 있었는데 아쉽군요."

진현은 쓰러져 있는 소앵을 보며 그녀의 죽음을 애도하는 한편 그녀에게서 정보를 얻지 못한 것을 아쉬워했다.

"아마 이 아이도 아는 것은 별로 없었을 것이다. 그건 그렇고 정말 만화원의 의도를 모르겠군. 지리적으로 악양이 중요하긴 하지만 십 년이나 정체를 숨겨야 할 만큼은 아닐 텐데."

"하지만 그만큼 무서운 것이 아닐까요? 십 년이나 정체를 숨기고 있었다니."

"그런데 왜 우리에게 마치 알려주듯 이 아이를 보낸 것일까?"

"음……."

진현과 단정명은 그 뒤로도 여러 부분에 대하여 많은 대화를 나누었지만 별다른 성과가 없었다.

"헉! 산화무영수(散花無影手)!"

모용황은 화산오수 중 첫째인 허자강(許慈强)과 단목세가의 장자인 단목무(端木霧)의 대결을 지켜보다 허자강의 수법을 보고 외쳤다.

"산화무영수가 아무리 화산의 절학이라고 해도 미허신보(彌虛神步)를 잡을 수는 없지."

모용황의 옆에서 같이 지켜보고 있던 단목산청은 자신있게 말했다. 과연 그의 말대로 단목무의 보법은 허깨비같이 잘도 허자강의 장을 피하고 있었다.

사실 허자강과 단목무는 사대세가와 사파를 대표하여 비무를 펼치는 것이다. 감정이 섞인 말다툼이 비무로 변진 것이다. 갑작스레 집회광장이 비무장으로 변했지만 모두가 흥미있게 지켜보고 있었다.

승자 예상은 이미 화산오수의 첫째인 허자강에게 점치고 있었지만 단목무를 내세운 사대세가의 반격도 볼 만했다.

단목세가에 미허신보가 있다면 화산파에는 오행매화보(五行梅花步)가 있다. 허자강 역시 신법을 펼치며 단목무를 압박해 갔다. 이미 공부의 차이가 나는 두 사람이다.

"윽!"

허자강의 쌍장이 단목무의 하복부에 격중되었다. 그러자 단목무는 피를 뿌리며 뒤로 날아갔다. 이미 예상한 것처럼 허자강의 승리였다.

물론 매양 산인의 입에는 득의의 미소가 걸려 있었다. 어찌 되었든 이것으로써 사파와 사대세가의 암묵적인 싸움에서 기선을 제압할 수 있었기 때문이다.

하나 같은 사파의 일원이라고 하지만 그렇지 않은 사람들도 있었다.

"무량수불. 어찌하여 정도의 무림인끼리 피를 흘린단 말인가."

"음, 사백님의 말씀이 옳으십니다. 맹 내에서의 세력 다툼이라니…

가히 볼 만한 구경거리입니다."

현무자의 말에 청운 도장이 거들었다. 두 사람 모두 오랜 폐관을 가져서인지 속세의 일보다는 오로지 무공 수련에 대하여 높은 관심을 가지고 있던 터였다. 그런 그들에게는 눈앞에 벌어지는 다툼들이 혐오스럽게 보일 것이다.

"청운아."

"예, 사백님."

"이곳은 우리와 어울리지 않는 곳이구나."

현무자의 말은 곧 이곳을 떠나겠다는 말이다. 그동안 속세를 떠나 은거기인으로 생활했던 그에게는 맹의 일들이 낯설었다.

현무자가 집회에서 빠질 것을 결심하고 있을 때, 광장 내의 상황은 더욱 악화되었다. 단목무의 내상이 생각보다 심했기 때문이다.

"화산의 문도들은 하나같이 손속이 악독하구려!"

단목무의 피 속에서 내장 부스러기를 발견한 단목산청이 매양 산인을 향해 외쳤다.

"아무리 비무를 했다고 하지만 이 정도까지 만들어야 했소? 과연 화산파요. 사도천세의 죽음도 이런 식이었나 보군. 나에게도 그럴 수 있는지 보자꾸나."

이미 자신의 아들의 엄중한 내상을 본 단목산청이기에 감정이 앞서 갔다. 그가 허자강에게 다가가자 곧 매양 산인이 나서서 단목산청을 맞서갔다. 아무리 허자강이 화산오수의 맏형이라 하여도 사대세가의 가주에게는 상대가 되지 않기 때문이다.

"그만들 하시오. 언제까지 서로 다투려 하시오?"

보다 못한 남궁선이 소란스러운 장내를 진정시키려 하였다. 그러면서 자연스럽게 두 팔을 벌려 매양 산인과 단목산청의 공세를 막아갔다.

예로부터 남궁세가는 권장(拳掌)의 무공보다는 검법으로 유명했다. 특히 남궁세가의 제왕검형(帝王劍形)은 가히 무림일절이라 할 수 있었다.

한데 두 사람을 막아가는 남궁선의 수법을 보니 역시 소문은 믿을 게 되지 못했다. 단순한 금나수에 신공(神功)을 불어넣은 남궁선은 어렵지 않게 두 사람을 떼어놓을 수 있었다.

"아니?!"

매양 산인과 단목산청은 크게 놀랐다. 생사를 다투는 비무가 아니기에 손속에 사정은 두었지만 이토록 쉽게 자신들이 제압될지 몰랐기 때문이다.

"남궁세가의 무공이 이토록 강하다니!"

"과연 남궁세가군!"

모두가 남궁선이 보여준 한 수에 감탄하며 남궁세가의 무서움을 알 수 있었다.

"후토신공(后土神功)이군."

나직한 목소리가 상관세가의 사람들이 있는 곳에서 흘러나왔다. 비록 중얼거리는 듯한 나직한 말이었지만 중인들을 또다시 경악하게 만들기에 충분했다.

칠대무서 중 하나인 오행결(五行訣)에서 토(土)의 무공이 바로 후토신공이기 때문이다.

"창룡쟁투지회에서 오행결 중 목(木)과 토의 무공은 상관세가에서 가져갔지 않은가?"

즉, 상관세가가 아닌 남궁세가의 사람이 어떻게 후토신공을 알고 있느냐는 것이다. 하나 남궁선의 입에선 그에 대한 어떠한 대답도 나오지 않았다. 오히려 다른 화제를 꺼냈다.

"화산파와 단목세가는 자중하시오. 어찌 하나의 배를 탄 사람들끼리 다툰단 말이오? 본인이 말한 구심점은 본 맹뿐 아니라 바로 정도무림을 말하는 것이오. 즉, 사분오열되어 있는 정도무림을 하나로 합치자는 말이오."

장엄한 빛이 흘러나오듯 남궁선의 모습은 진정한 대협의 기질을 보여주고 있었다.

"현재 정도는 본 맹과 천하제일가, 그리고 독자노선을 걷고 있는 개방, 그 밖의 세가들로 이루어져 있소. 하지만 사도무림의 경우 천마사천회라는 구심점을 바탕으로 하나로 뭉쳐져 있다는 말이오. 이 어찌 안타까운 현실이 아니겠소. 한데 하나로 합치지는 못할망정 어찌 그나마 한편인 우리끼리 다툰다는 것이오?"

질책하는 남궁선의 말에 매양 산인과 단목산청은 아무 말도 할 수 없었다.

"단목 가주, 본 맹의 맹주는 이미 태극성검 구양 대협께서 맡고 있소. 한데 또다시 맹주를 선출한다는 것은 분란만 일으킬 따름이오. 그러니 다시는 그런 말을 하지 말았으면 하오."

같은 사대세가의 사람이라고 본다면 단목산청은 세가를 대표한 가주의 신분이고 남궁선은 세가의 원로에 불과하다. 하지만 현재 단목산청을 가르치듯 하는 남궁선의 모습은 전혀 망설임이 없었고 어색함이 없었다.

"유(柔)야, 저기 내상을 입은 단목 소협에게 환을 먹이거라."

남궁선의 말에 남궁세가의 무리 중에서 한 청년이 걸어나왔다. 마치 옥을 다듬어 조각한 듯한 그의 얼굴은 전형적인 미남자였다. 다만 얼굴이 너무 갸름하여 연약해 보이는 것이 흠이긴 했다.

남궁유.

지난날 소천성탑에서 진현과 함께 수련을 쌓은 바 있는 그였다. 그는 품속에서 작은 환단을 꺼내어 단목무의 입속에 넣어주었다. 그리고 장심을 통하여 단목무의 등으로 진기를 흘려주었다.

그러자 창백했던 단목무의 얼굴에 한줄기 홍색이 돌았다. 그걸 지켜보고 있던 남궁선은 다시 좌중을 향해 돌아보며 말을 이었다.

"본 세가는 여러분께서 짐작하는 것처럼 맹을 차지하고 싶은 마음이 없소. 다만 정도무림을 지켜가야 하는 사람으로서 해야 할 일을 할 뿐이라는 것만 믿어주시오. 앞서 말한 대로 정도무림은 사분오열되어 있소. 이제는 뭉쳐야 할 때라고 생각되오. 구심점이 어디가 되었든 하나로 뭉쳐 천마사천회의 침입을 막아야 하고 금성의 무리를 타파해야 하오. 아직 전면전은 시작되지 않았지만, 들리기는 운남의 무림은 이미 한차례 혈풍이 불었다고 하더이다. 물론 천하제일가까지 말이오."

"음, 천하제일가까지?!"

단씨세가가 무림에서 차지하는 비중을 보았을 때 중인들에게는 적지 않은 충격이었다. 하지만 이미 그 사실을 알고 있었던 현무자는 남궁선을 쳐다보며 물었다.

"이 늙은 도사가 하나만 물어봅시다. 남궁 대협께서 그런 말씀을 하시는 것을 보면 분명 그에 대한 대안은 있으리라 생각되는데, 어떠시오?"

현무자의 나직한 목소리지만 광장의 소란스러움을 제압하기에 충분했다. 본래 이곳에 온 이유이기도 하며 모두의 관심사이기 때문이다.

"저 같은 필부에게 무슨 대안씩이나 있겠소이까? 다만 생각한 것은 있지요."

"그게 무엇이오?"

어느 한 명의 물음이기보다는 전체의 궁금증이다.

"정도무림의 일통(一統)!"

악양의 집회가 있은 지도 벌써 일주일이 지났고 집회에 모였던 각파의 사람들도 다시 자신이 있어야 할 곳으로 떠나갔다. 그중에 무당파의 현무자 일행도 끼어 있었다.

다만 그들은 무당산이 아닌 호천사정맹이 자리하고 있는 숭산을 향해 떠난다는 것이 달랐다. 집회에서 나왔던 안건들과 일련의 일들이 현무자의 머리를 어지럽게 하기 때문이다.

"사백님, 과연 현자 사숙께서도 남궁 대협의 말에 동의하실까요?"

현자라 함은 태극성검 구양 상인의 도호이다. 비록 속가제자로서 무당의 비전절학을 배웠지만 입문 당시 불렸던 도호를 무당에서는 계속해서 사용하고 있었다.

"동의라… 내가 아는 태극성검은 개인의 영달을 위해서 맹주가 된 것이 아니기에 충분히 동의하리라 본다. 다만 그의 곁에 있는 신기수사는 어찌 받아들일지 모르겠구나."

말을 하는 도중에도 현무자는 자신이 생각하는 염려가 단지 기우이길 바라는 눈치였다. 그가 생각하는 염려는 청운 도장 역시 알고 있는 바였다.

"천마사천회의 공세가 있기 전 모든 것이 준비되어야 할 텐데… 그들은 명분까지 가지고 있으니 정도무림은 그야말로 파죽지세처럼 쓰러져 버릴지도 모른다."

걷고 있던 관도에 잠시 서서 푸른 하늘을 쳐다본 현무자는 다시 말을 이었다.

"저 하늘에 떠 있는 구름들처럼 모든 것이 결국은 허무일 텐데 왜 그렇게 다투어야 하는지 모르겠구나."

뜬금없는 말이지만 현무자의 평생 화두이기도 했다.

"하지만 목표가 있으니 다툴 수밖에 없겠지요."

"목표라… 그래, 결국 무림의 지존이겠지?"

무림지존.

무림인이라면 한 번쯤은 꿈꾸었던 단어이자 설레는 자리다. 하지만 비 온 뒤의 무지개처럼 보이긴 하지만 잡히지 않는 것이기도 했다.

그러나 현무자의 평생에 걸친 수련과 수양과는 관련이 없는 단어이기도 했다. 하지만 절대 떨어질 수 없는 단어이기도 했다. 그 이유는 바로 현무자가 도사이기 이전에 무림인이라는 것에 있었다.

마도에서 무림의 지존이 탄생한다면 현무자로서는 기를 쓰고 막아야 하기 때문이다. 그것이야말로 그의 본분이다. 그렇기에 익숙하지도 않은 속세의 일에 관련하여 탁상공론을 하는 것이다.

"사매의 생각은 어때?"

조금 전부터 입을 다물고 있는 청심에게 스스럼없이 말을 건 청운도장은 말을 하자마자 아차 했다. 그녀의 과거를 알고 있는 그이기 때문이다.

하나 그의 걱정과는 달리 청심은 아무 감정이 없다는 듯 대답했다.

"정도무림의 일통 말인가요? 아니면 무림지존에 관한 건가요?"

"음."

예상외의 반응에 청운은 당황하며 말을 하지 못했다. 그를 보며 청심이 오히려 질문을 했다.

"남궁 대협은 집회에서 끝까지 후토신공에 대하여 언급을 하지 않았어요. 상관세가에서 취한 목과 토의 오행결 중 토의 신공인 후토신공이 어떻게 남궁세가에서 나올 수 있는 거죠?"

"그거야……."

청운은 이번 질문에도 이렇다 할 대답을 하지 못했다.

"설사 두 세가에서 신공의 교류가 있었다고 쳐요. 하지만 남궁 대협의 성취는 삼사 년 만에 성취될 수준이 아니었어요. 분명 오랜 기간을 바탕으로 수련해야만 얻을 수 있는 경지죠."

청운과 현무자는 청심의 말에서 생각나는 것이 있었다. 하지만 청심의 말을 계속 듣기로 했다.

"오행결은 제각기 고유의 특성을 지니고 있어요. 첫 번째로 목(木)은 끊임없이 뚫고 나가고 싶어하는, 즉 자라는[生] 성질을 가지고 있죠. 을목신공(乙木神功)이 그와 같아요. 다음으로 화(火)는 끊임없이 흩어지면서 무성[長]해지죠. 반면에 금(金)은 씨나 열매를 맺는 것처럼[收] 끊임없이 모으고 싶어해요. 네 번째로 수(水)는 마치 땅속으로 숨어드는 것처럼[藏] 끊임없이 단단해져 가려고 해요. 제가 익힌 한령빙음공(寒靈氷陰功)이 바로 그것이에요. 마지막으로 이 모든 것을 부드럽게 달래주듯이 중재를 하는 것이 바로 토(土), 즉 후토신공이에요. 제가 수(水)의 기운을 이어받을 때 분명 비급에는 이렇게 적혀 있었어요. 토는 바로 화(化)다. 바로 변화를 말하는 거예요. 목화금수(木火金水), 이 네 가지 기운을 모두 변화시키며 중재를 하여 하나로 만드는 것이 바로 후토신 공이죠. 다시 말해서 오행결 중 가장 무서운 무공은 바로 후토신공이 에요."

여기까지 말한 그녀는 말을 중단했다. 그리고 잠시 현무자를 응시했다. 이쯤이면 현무자 역시 자신이 무엇을 말하고 싶은지 예상하리라 생각했기 때문이다.

청심의 마음을 알았을까? 청심의 눈길에 현무자의 입이 열려졌다.

"음, 칠대무서 중 하나인 오행결. 그중에서도 가장 위력이 뛰어난 후 토신공. 그것을 남궁선이 단기간에 익혔다라… 음, 생각해 보니 과연 청심 너의 말대로 의심이 가는구나. 그렇다면 두 비급이 상관세가로 가기 전에 이미 남궁세가에 있었다는 말이냐?"

현무자는 말을 이어가다 갑자기 떠오른 생각에 언성을 높이고 말았 다. 그러자 청심은 눈웃음을 만들며 고개를 끄덕였다.

"그럴 가능성이 농후하다는 거예요. 다시 한 번 말씀드리지만 남궁 대협이 이룬 단계까지 가기 위해선 많은 시간이 필요하거든요."

청심의 말에 현무자와 청운은 관도 한복판에서 고민에 빠져 버렸다. 청심의 본모습을 아는 그들이기에 그녀가 말하는 것은 틀리지 않음을 알기 때문이다. 이때 청심의 입이 다시 열렸다.

"이번 집회에서 느낀 점은 크게 두 가지가 있었어요. 일단 사가(四 家)와 사파(四派)로 묘하게 대치되었다는 점, 그리고 천마사천회의 침 공에 대한 대책보다는 정도무림의 일통을 더욱 부각시키며 좌중의 뇌 리에 집어넣으려는 점이었어요."

"사매, 첫 번째는 나도 이상하게 생각했지만 두 번째는 당연한 것 아닌가? 천마사천회에 대한 대비책으로 먼저 정도무림의 힘을 하나로 모으자는 것 아니냐."

청운은 청심을 보며 어리둥절한 듯한 목소리로 물었다. 마치 자신이 아는 것을 왜 청심은 모르냐는 듯.

하지만 청운에게 돌아오는 것은 청심의 경쾌한 웃음이었다.

"호호호, 천마사천회를 위한 대비로 정도무림을 하나로 모아야 한다고요? 하나의 성(省)에 존재한 무림을 통일하는 것도 쉬운 일이 아니에요. 그런데 당장 언제 천마사천회가 쳐들어올지 모르는 판국에 정도무림을 통일하자구요? 현재 천마사천회는 누가 보아도 확실한 명분을 가지고 있어요. 지금 당장이라도 칼을 빼어 들고 달려와도 할 말이 없지요. 그저 맞서 싸우는 수밖에. 한데 어떻게 정도무림을 일통할 시간이 있겠어요? 먼저 천마사천회부터 해결하고 나서 그 다음을 생각해야지요."

청심의 말은 남궁선의 말의 맹점을 꼬집고 있었다. 미사여구로 가려진 결정적인 틈을 말하고 있었던 것이다.

"제가 알고 싶은 것은 그들이 왜 정도무림의 일통이라는 거대한 화두를 꺼냈는지에 대한 거예요. 게다가 호천맹이 사파와 사가의 대립으로 굳어져 간다고 하나 사파 중 소림파의 경우 이제 그 의미가 퇴색해져 가고 있어요. 선룡(禪龍) 명진이 있다고 하나 사형처럼 부각될 만한 존재가 아니죠. 그리고 아미파 역시 소림파와 상황이 비슷해요. 구중화성(九重花聖)이 있다고는 하지만 선룡과 다를 바 없죠. 이제 남은 것은 화산파와 본 파예요. 하지만 사가의 경우 사마세가는 사라졌지만 더욱 무섭게 욱일승천한 상관세가가 있어요. 게다가 집회에서 보셨다시피 이미 사가는 남궁세가와 상관세가를 주축으로 합쳐 있고요."

"음, 그러니까 너의 말은 남궁세가에서 말한 의도는 호천맹의 중심을 본 파를 위시한 사파에서 사가로 옮긴다는 것이냐?"

"예, 최소한 저에겐 그렇게 보였어요. 아마 사대세가에서는 암중으로 말이 오고 갔을 거예요. 남궁 대협, 아니, 남궁선은 쉽사리 그런 말을 꺼낼 위인이 아니거든요."

청심은 남궁선에 대해서 잘 알고 있다는 듯 말했다.

"주인이 누가 되었든 뭐가 중요하겠느냐. 현재는 천마사천회를, 그리고 더 나아가 금성으로부터 정도무림을 지켜주면 되는 것을."

현무자는 탄식하듯 말했다.

"사백님, 그것은 그렇게 간단한 일이 아니에요. 특히 화산파의 사람들은 자신의 머리 위에 누가 있는 것을 그냥 두고 보지 않을 거예요. 현 맹주이신 구양 사숙은 무공이 월등히 높으시니까 아무 말을 못할 것이며, 게다가 같은 사파의 사람이니 참을 수밖에 없겠죠. 하지만 속가의 사대세가라면 문제는 달라요. 평소 우습게만 보던 속가의 무림인이 그들 머리 위에 있다는 것을 용납하지 않을 거예요."

"결국 이리 되었든 저리 되었든 피를 볼 수밖에 없다는 말이군."

청운은 청심의 말에 약간은 우울한 말투로 말하며 고개를 숙였다. 청심은 그에게 씁쓸한 눈빛을 보내며 다시 발걸음을 떼었다.

"천하의 태극운검이 그렇게 약한 소리를 하면 되겠어요? 어서 객잔이나 찾아봐요. 사백님 시장하실 터이니."

청운과 현무자는 앞서 가는 청심의 말에 다시 발걸음을 옮겼다. 그녀의 말대로 객잔을 찾기 위해서.

"가주, 저기서 식사를 하시는 것이 어떨까요?"

메마른 날씨로 인해 흙먼지로 뒤덮인 일단의 무리들이 나타났다. 그리고 그들은 동춘객잔이라고 깃발이 내걸린 객잔 앞에 멈추어 섰다.

"아무래도 무한(武漢)에 도착하기 전에 이곳에서 식사를 해결해야겠습니다. 그리고 무한을 지나쳐 바로 복우산(伏牛山)과 동백산(桐柏山)만 벗어나면 남경입니다. 그러니 그때까지만 참으십시오."

황 노공은 진현의 의복에 묻어 있는 흙먼지를 보며 마치 자신이 죄를 지은 것처럼 말했다. 이런 황 노공을 보던 진현은 엷은 미소를 지으며 무리를 이끌어 객잔 안으로 들어갔다. 말을 하든 안 하든 황 노공의 마음을 알기 때문이다.

진현 일행이 들어선 객잔에는 몇몇의 선객이 먼저 자리하고 있었다. 하지만 쉽게 자신들이 앉을 수 있는 자리를 찾았고 서둘러 주문을 할 수 있었다.

"이보시게. 간단하게 만두하고 소채를 주게나."

마각이 주문을 마치려 하자 서둘러 단정명은 외쳤다.

"어허, 왜 술은 빼는가? 점소이, 여기 독한 화주도 한 병 부탁하이."

"하하하. 숙부님, 또 술이십니까?"

진현은 단정명의 성격을 알기에 웃으며 말했다. 그러자 단정명은 장난기 어린 진현의 말에 진지한 말투로 대꾸했다.

"어찌 이렇게 험한 여행길에 술이 빠질 수 있겠느냐. 자고로 술이란 없던 힘도 생기게 하는 것이고, 없던 용기도 생기게 해주며, 없던 즐거움도 생기게 해주는 것이다. 다시 말해 무(無)에서 유(有)를 창조한다고 할까? 아무튼 지고무상한 존재임에 틀림없지. 암, 그렇고말고."

진현은 진지한 단정명의 말에 웃어야 할지 웃지 말아야 할지 몰랐다. 하나 그의 말에 대꾸를 한 것은 진현 일행이 아니라 다른 일행에게서 들려왔다.

"푸하하하! 형씨, 말 한번 재밌게 하시는구려. 그럼그럼, 술이란 놈은 정말 지고무상한 존재요. 그리고 알 수 없는 놈이고."

털보장한은 연신 웃으며 단정명의 말에 동의를 표했다. 그러자 옆에 있던 장한이 재빨리 일어나 그를 잡아당겼다.

"이보게. 보아하니 높으신 분들 같은데 무례를 범하면 되겠나? 아이고, 어르신들. 정말 죄송합니다. 저희는 이 길을 통해 장사를 하는 장사치에 불과한데 글쎄, 이놈이 술 이야기만 나왔다 하면 못 참는 바람에 그만……."

"하하하, 아닐세, 아닐세. 여기서 나와 같은 술지기를 만나다니 이거야말로 인연이 아니겠나. 그러지 말고 여기 와서 술이나 한잔하세."

장한의 말에 단정명은 연신 손을 저으며 합석을 요했다. 그러자 털보장한은 더욱 신이 나 들떠서 단정명이 앉아 있는 곳으로 달려왔다.

"이보시오. 통성명이나 합시다. 나는 장보삭이라 하오."

성격이 급해 보이는 털보장한의 이름은 장보삭이라 했다. 우연인지 모르지만 태홍왕부에서 정육과 함께 있던 이 역시 장보삭이었다.

"여기가 좋겠군요."
"동춘객잔이라… 이름이 멋지군."
"이름만 멋지죠."

청운의 말에 청심이 토를 달며 먼저 객잔 안으로 들어섰다. 왁자지껄한 객잔 안을 헤집어 금세 빈 탁자를 찾았다.

"보기와는 달리 손님이 많군요."

"그러게. 아, 저기 저 손님들은 모두 일행인가 보군. 그래서 사람들이 많아 보이는 걸 거야."

청운이 가리키는 곳에는 과연 일행으로 보이는 무리들이 식사를 하고 있었다. 그중에는 유독 두 사람이 떠들고 있었고 바로 그 옆에서 한 청년이 웃으며 식사를 하고 있었다.

"앗!"

청심은 청운이 가리키는 곳을 보다가 한 사람을 보고는 탄성을 내질렀다.

"사매, 왜 그래?"

"아, 아니에요. 그냥……."

청심은 걱정하는 듯한 청운의 말에 말을 얼버무렸다. 하지만 현무자가 청운에게 해답을 주었다.

"저들은 천하제일가의 사람들이다."

"아!"

청운은 그제야 청심이 왜 그랬는지 알 수 있었다. 그리고 청심의 본모습이 누군지 아는 청운이기에 현재 그녀의 마음을 모를 리 없었다.

"사매, 괜찮아?"

청운은 걱정스러운 마음에 조심스레 물어보았다.

"괜찮아요… 지금 저들은 태흥왕부로 가는 중이겠죠?"

집회가 시작하기 전 이런저런 소식이 오고 갔을 때 분명 단목세가의 여식인 단목수수는 진현 일행의 소식을 알려주었다.

"그렇겠지. 문인군주와의 혼사로……."

힘이 없는 청심의 모습에 청운은 어떻게 대처할지 몰라 했다. 남녀 사이의 애정사는 그로서 무리이기 때문이다.

한편 진현은 옆에서 쉴 새 없이 주론(酒論)을 펼치는 두 사람을 두고 연신 웃음을 참지 못했다. 진지한 얼굴로 엉뚱한 논리를 내세우는 그들의 모습이 우스꽝스러웠기 때문이다.

그러다 문득 자신을 쳐다보는 시선을 느꼈다. 마치 꿰뚫어 버릴 듯한 시선은 따가울 지경이었다.

그래서인지 진현은 자신을 잡아당기는 시선이 있는 쪽으로 고개를 돌렸다.

"누구지?"

진현은 세 사람이 있는 탁자 쪽을 보며 낮게 중얼거렸다. 곁에 있던 혁천운은 그의 말을 듣곤 진현과 같이 그쪽을 쳐다보았다.

"아, 무당의 현무자 도장이십니다. 그리고 젊은 도사는 바로 태극운검 청운 도장이며, 면사를 한 여인은 서찰에서 보고드렸던 청심이란 여도사입니다."

"아!"

진현은 혁천운이 보고했던 서찰의 내용을 기억했다. 무당의 도사로서 빙공(氷功)에 능했던 신비스런 여인.

바로 그때 진현과 청운의 눈이 마주쳤다.

진현이 바라본 청운의 눈동자에는 슬픔과 분노, 질시 등 여러 가지 감정이 묻어 있었지만 진현은 알 수 없었다. 다만 강렬한 시선에 눈을 돌려야만 했다. 하나 그가 시선을 돌린 곳에는 또 다른 눈동자가 기다리고 있었다.

바로 청심이라 보고된 면사를 쓴 여인이었다.

"응?"

짧은 시간이지만 낯익은 눈빛에 진현은 고개를 갸우뚱했다. 분명 많이 본 눈빛인데 잘 기억이 나지 않아서였다.

"분명 아는 사람의 눈빛인데⋯⋯."

하지만 계속해서 쳐다보는 것은 결례라고 생각한 진현은 시선을 거두고 다시 자신의 일행에게 집중하려 하였다.

하지만 진현은 이상하게도 청심이 있는 곳에 미련이 남았다. 이유는 모르지만 이성이 아닌 본능이 다시 한 번 더 그쪽을 쳐다보게 하였다.

그러자 과연 진현을 사로잡았던 그 눈동자가 기다리고 있었다. 하지만 처음의 눈빛이 왠지 모를 반가움이었다면 두 번째는 슬픔이 가득 찬 눈빛이었다.

"아."

이상하게도 그 눈빛에 가슴이 저려오는 것을 느낀 진현은 서둘러 시선을 거두었다.

'누구이기에 저런 눈빛을 보내는 것일까?

진현은 그 이후부터 계속해서 청심 일행에게 신경이 갔다. 그래서일까? 진현은 식사를 마치자 자리에서 일어나 밖으로 향하려 하였다.

"어디 가십니까?"

"아⋯ 그냥 답답해서요. 바람이나 쐴까 하고."

자신을 챙기는 황 노공의 물음에 서둘러 답하고는 객잔을 빠져나왔다. 그러자 과연 묘한 감정들이 진정되고 들떠 있던 몸이 서서히 이완되면서 가라앉았다.

"이상한 일이 다 있군. 왜 그녀가 그런 눈빛을 보냈을까? 그건 그렇고 분명 아는 사람의 눈빛인데⋯ 내가 아는 분의 여식인가?"

아는 여자라고 해봐야 그 수가 적었던 진현인지라 청심의 눈빛과 닮은 사람을 생각해 보았지만 기억이 나지 않았다.

"이런, 분명 아는 사람의 눈빛이 분명한데. 에잉, 그냥 생각하지 말아야겠다."

생각을 하다 보니 자연스럽게 머리가 아파온 진현은 그냥 그녀에 대한 생각을 접기로 하였다.

"그건 그렇고, 이제 얼마 남지 않았군."

진현은 문인군주와의 혼사를 생각하며 씁쓸한 미소를 지었다.

그때였다, 진현의 곁으로 인기척이 들려온 것은.

"험험, 오늘따라 바람이 많이 부는 것 같지 않소?"

목소리가 들려온 방향으로 고개를 돌리자 그곳에는 청운이 서 있었다. 진현은 청운이 올 줄 알고 있었을까?

갑작스레 다가와 자연스럽게 말을 꺼내는 청운 도장과 마찬가지로 진현 역시 오래전부터 알고 지낸 사이처럼 그를 대했다.

"그렇소. 과연 바람이 많이 부는군."

"지금의 이런 바람처럼 강호에도 한바탕 바람이 불어닥칠 터인데……."

"음."

"참, 조만간 경사스런 일이 있을 예정이지 않소?"

"아……."

전혀 도사의 말투라고 여겨지지 않는 청운의 말에 진현은 의아스러웠지만 계속해서 자연스럽게 대했다. 하지만 언제나 그렇듯 혼사 이야기가 나오면 목소리가 줄어드는 것은 어쩔 수 없었다.

"그런데 제가 알기로는 원래 혼인하려던 여인이 있었던 것으로 아는데?"

"헛!"

지금까지 누구도 진현의 앞에서 이런 말을 한 이가 없었다. 언제부턴가 이런 질문은 금기처럼 여겨졌기 때문이다.

"그렇게 들었는데 아니오?"

"도장의 말이 맞소."

청운의 말에 꼭 대답할 필요성은 없었지만 진현은 선택권이 없는 것처럼 느껴졌다. 그러나 다행스럽게도 더 이상 청운의 입에서 진현을 난처하게 만드는 질문은 나오지 않았다.

잠시 그들 사이에 침묵이 흘렀다. 하지만 곧 다시 청운의 입이 열렸다.

"단 소협은 천하제일가의 직계로서 어느 정도 자격을 갖추고 계시오?"

"음, 그건 왜 물으시는 거요?"

이번에는 선택권이 있었다.

"나는 다행스럽게도 운이 좋아 태극의 무공을 볼 수 있었소. 그리고 오늘 역시 운이 좋아 단 소협을 보게 되니 혹시라도 신검을 볼 수 있을까 해서 드리는 말씀이오."

갑작스런 비무 신청이나 마찬가지다.

하지만 청운이 나타났을 때부터 정상적인 예절이나 사고방식으로 대하지 못한 것은 진현 역시 마찬가지다. 처음 객잔 안에서 두 눈이 마주칠 때부터 두 사람은 묘한 기류의 연장선 위에 서 있었다.

마치 그들만의 방식으로 서로를 대하는 것 같은.

청운은 평소의 행동과는 너무나 달랐고 진현 역시 그러했다. 하지만 두 사람 모두 이런 자신을 거부하지 않고 맡겨 버렸다. 자신을 이렇게 만들어 버린 묘한 기류가 사라지면 아무 일 없었다는 듯 다시 정상으로 돌아올 것이라 여겨졌기 때문이다.

하지만 두 사람이 아닌 다른 사람이 이 광경을 본다면 이해하기 힘들 것임은 틀림없다.

"우리는 분명 특이한 인연으로 만난 것 같소. 그렇다면 이 비무 역시 특이한 인연처럼 하는 것이 어떻겠소?"

"어떻게?"

"서로의 무공을 저기 있는 바위에 펼쳐 보이는 것이오."

"아!"

진현의 말에 청운은 흔쾌히 고개를 끄덕이며 찬성했다. 아무래도 이런 상황에서는 감정이 조절되지 않을 것 같았기 때문에, 자칫하면 불상사가 일어날지도 모른다고 생각했던 것이다.

"그럼 제가 먼저 하겠소. 태극혜검 중에 광만(光滿)이라는 초식이오."

말을 마친 청운 도장은 고풍스러운 검집에서 검을 빼어 들었다. 그러자 햇빛에 반사된 검날에서 빛이 새어 나왔다. 그리고 그 빛은 점점 더 커지더니 순식간에 바위가 있는 곳으로 퍼져 나갔다.

그것도 잠시, 곧 찬란했던 빛은 꺼져 버리고 그곳에는 청운 도장이 서 있었다. 진현은 청운의 무공에 안색을 굳혔다. 그가 보여준 무위는 마치 대라삼검 중 구주황(九州晃)과 비슷하다고 생각했고, 또한 그 위력에 대하여 누구보다 잘 알고 있었기 때문이다. 더구나 청운의 표정을 보아하니 전력을 기울이지도 않은 모습이었다. 그렇다면 청운의 실질적인 무공은 더욱 무섭다는 것을 예상할 수 있었다.

하나 진현에게는 강한 자신감이 있었고, 그것은 단정명과 털보장한 장보삭이 말한 것처럼 술로 인해 생겨난 자신감이 아니라 자신의 실력에서 오는 자신감이었다. 그렇기에 전혀 주눅이 들지 않았다.

"대단하오. 과연 태극운검이며 칠대무서 중 하나인 태극의 위력이오."

"과찬의 말씀을 하시는구려."

"그럼 이제 내가 보여줄 차례인가. 현재 강호에서는 천하제일가를 논할 때 신검을 제외시키곤 한다오. 당신 역시 본 세가에서 신검이 실전되었다고 생각하시오?"

"강호의 소문은 전부 믿을 수가 없소."

"후후후, 단씨세가 상승절예의 기본 모태는 바로 일양지라는 지법이오. 강호인들이 신검이라 칭한 신공 역시 일양지에서 더욱 발전된 무공이나 마찬가지라는 것이오. 하지만 제가 아는 일양지는 신검 못지않는 위력을 가지고 있소. 해서 이 자리에서 일양지의 본모습을 보여주겠소."

"아!"

한마디로 태극혜검과 같은 칠대무서에 속하는 신검이 아니더라도 충분히 그만큼의 위력을 보여줄 수 있다는 것이다.

"도장께서도 아시겠지만, 무릇 사람뿐만 아니라 천지가 음양의 조화로 이루어져 있소. 다만 무공에 있어서 음공(陰功)이다 양공(陽功)이다 이렇게 나누는 것은 음양의 두 가지 기운 중 하나만을 극대화시켰기 때문이오. 일양지 또한 마찬가지였소. 한데 이런 생각이 들더이다. 앞서 말한 것처럼 천지가 음양의 조화인데 왜 일양지는 하나의 기운만을 극대화시키는 것일까? 하고 말이오. 일음지(一陰之), 일양지(一陽之)라고 하여 음양이 교차되어 움직이며 변화를 일으키는 것이라면 분명 일양지(一陽指)뿐만 아니라 일음지(一陰指)도 있을 것이라고 생각했소."

"아… 그렇다면 그 일음지를 찾으셨소?"

청운은 어느새 진현의 말에 빠져들고 있었다. 그 역시 음양의 조화를 이루는 태극을 신봉하는 도사이다 보니 진현의 말에 흥미를 느낄 수밖에 없었기 때문이다.

"물론이오. 적지 않은 시간을 대가로 결국 찾을 수 있었소. 하지만 너무나 허탈했소."

"그게 무슨 말씀이오?"

"그 방법이 너무 수월하여 그동안의 노력이 아쉬웠기 때문이오."

마치 옆집에 있는 사과나무를 두고 사과를 찾으러 산으로 들로 찾아나선 것과 같았다는 말이다.

"내경(內徑)을 보면 '음양이란 천지의 길[道]이고 삼라만상을 통제하는 강기(綱紀)이다. 변화를 일으키는 주체로서 살리고 죽이는 것이 여기서 나온다. 또한 신명이 깃들인 집으로서 인간과 삼라만상의 병(病)은 반드시 음양의 조절을 통해서 고칠 것이다[陰陽者 天地之道也 萬物之綱紀 變化之父母 生殺之本始 神明之府也 治病必求於本]'란 구절이 있소."

"아, 음양응상대론(陰陽應象大論)에 나오는 말이 아니오?"

"그렇소. 다시 한 번 말하지만 음양의 조화를 벗어날 수 없다는 말이오. 즉, 음이 있으면 양이 있고 양이 있으면 음이 있는 것은 당연하다는 것이오."

어느새 두 사람은 비무를 까맣게 잊고 나무 그늘에 앉아 그들만의 세계에 빠져 있었다.

"낮에 해가 뜨고 밤에 달이 뜨는 것이 당연하지 않소. 그런데 그것을 보고 왜 낮에는 해가 뜰까? 하고 질문을 한다면 그 자체가 바보가 아니겠소."

"하하하, 그거야 당연하오."

진현이 하는 말을 청운이 모를 리 없었다. 하지만 진현의 입을 통해서 나온 말들은 또 다른 현기를 품고 그에게 다가왔다.

"난 그동안 일음지를 찾기 위해 밖으로 돌아다녔지만 정작 안에 있다는 것을 몰랐소. 일양지가 있으면 당연히 일음지도 있을 터인데 새로운 일음지를 찾기 위해 헛수고를 했다는 것이오."

"아."

"자, 사설이 길었군요. 그럼 말처럼 행동이 따라주는지 한번 보실까요?"

진현은 마치 남의 이야기를 하듯 자리에서 일어났다.

"저 바위가 좋겠군요."

진현이 가리키는 곳에는 하나의 바위가 있었다. 하지만 좀 전 청운이 자신의 무위를 보여주기 위해 대상으로 삼았던 바위보다 상대적으로 작은 편이었다.

진현은 서서히 내공을 끌어올리고는 왼손의 식지에 집중시켰다. 그러자 식지를 주축으로 하여 조그마한 기의 소용돌이가 생겨났다.

음양이란 떨어지면 움직이고 합쳐지면 고요하다고 했던가.

진현의 식지에 모인 기의 소용돌이는 크지 않은 원을 그리다가 서서히 압축이 되어 끝내는 하나의 점으로 형성하게 되었다.

진현은 손가락을 튕기듯 그 점을 바위로 날렸다. 그리고 바위로 날아간 점은 그대로 스며들었다.

"하아."

진현이 보여준 일련의 동작을 보며 청운은 감탄할 수밖에 없었다. 청운이 짐작하기로는 저 바위는 서서히 죽어갈 것임에 틀림이 없다고 생각했다.

스르륵.

청운의 생각이 끝나기도 전에 바위는 모래성이 주저앉아 버리듯 허물어져 갔다. 청운은 바위가 있는 곳으로 다가갔다. 그리고 허물어져 버린 바위의 잔재를 움켜쥐었다.

작은 알갱이 한 가득 손 안에 들어왔다.

"헛!"

청운을 놀라지 않을 수 없었다. 알갱이들은 두 가지 색깔로 나뉘어 있었다. 하나는 새까맣게 타버린 알갱이였고 또 하나는 새하얀 서리로 둘러싸인 알갱이였다.

"아직 노화순청(爐火純靑)의 경지가 아니라 조화의(造化意)의 단계는 아니오."

진현의 말을 듣고 있는 청운은 현재 진현이 보여준 위력만으로도 충분히 놀람을 감출 수 없었다. 그러다 한 가지 의문이 들었다.

"신검은 지금 보여준 이것보다 더욱 뛰어나겠구려?"

"그것은 모르오. 분명 신검이라고 불려지는 육맥신검은 일양지를 바탕으로 발전된 무공이오. 그리고 일반 강호인들은 일양지의 극을 보지 못하고 신검을 보았기에 신검의 우월성만을 이야기하는 것이오. 하지만 나의 견해로는 일양지 또한 신검에 못지않다고 생각하오. 아니, 아직 두 가지 무공의 극을 보지 못한 것은 나 또한 마찬가지이기에 어느 것이 더 우월하다고 말을 하지 못하겠소."

"음."

진현과 청운은 다시 나무 그늘이 있는 곳으로 돌아왔다. 그리고 진현은 그 자리에 털썩 앉아버렸다.

두 사람 모두 한동안 말이 없었다. 하지만 이심전심이라고 했던가.
두 사람은 서로의 생각을 느끼며 밀려드는 바람에 몸을 맡겼다.

그리고 누구의 입에서 나온 말인지는 모르지만 한마디의 말이 바람.
을 타고 흘러나왔다.

"혹시 나와 친구가 되어주겠소?"

제35장

어둠은 휩싸이고

어둠은 휩싸이고

    호천사정맹의 주인이 태극성검 구양 상인이라는 것을 모든 무림인들이 알고 있듯 천마사천회의 주인이 사천광마(邪天狂魔) 사도운(司徒雲)이라는 것은 틀림없는 사실이었다. 하지만 사도운에게 이남이녀(二男二女)의 자식이 있다는 것은 알지 못했다. 그저 알려진 것은 얼마 전 태홍왕부에서 죽은 사도천세와 무림사화 중 하나인 흑화(黑花) 사도나영(司徒羅英)뿐이다.

    그리고 사도운이 사마통합사대신공 중 파황의 마지막 절기를 익히기 위해 폐관하였다는 것을 아는 사람은 극소수를 제외하곤 없었다. 사정이 이러하니 지금까지의 천마사천회가 대공자라 불려지는 사도운의 장남 사도천벽(司徒天霹)에 의해 이끌어진다는 것은 그 누구도 모를 것이다.

    "천주(天主), 드디어 때가 되었습니다."

    천장에 박힌 야광주가 방 안을 밝히는 가운데 백발이 성성한 늙은이가 자신보다 어려 보이는 중년인에게 부복하고 있었다.

"천주께서 직접 시행하신 대륙제일계뿐만 아니라 제이계까지 끝이 났고, 태극천의 명령대로 번천계 역시 끝이 났습니다. 이제는 황극천(皇極天)의 힘을 보여줄 때입니다."

"흐흐흐. 뇌마(腦魔), 아직 하나가 남았다. 바로 무극천(無極天)의 대륙제삼계가!"

중년인은 웃음을 흘리며 외쳤다. 그러나 그의 얼굴에는 자신감이 피어 있었고, 지난날 호천사정맹에서 철협 단목자성을 앙천지독으로 녹여 버릴 때와 같이 패도(覇道)가 넘쳐흘렀다.

"그렇지만 제삼계 역시 빠른 시일 안에 해결될 것입니다. 그러니 이쪽에서는 무림을 짓밟을 일만 남은 것입니다."

뇌마는 고개를 들어 중년인을 바라보며 말했다. 그 역시 천주라 불리는 중년인처럼 얼굴에 득의감이 흘러넘치고 있었다.

"모든 일이 뜻대로 되어가고 있다. 이 어찌 기쁘지 않겠느냐? 푸하하하하!"

"이 모든 것이 천주의 복이십니다."

"그러나!"

"예?"

갑작스런 중년인의 호통에 뇌마는 깜짝 놀랐다. 감정 표현이 절제된 중년인이기에 한번 표출된 감정은 잘 수그러들 줄을 모르기 때문이다.

"아직 해결하지 못한 몇 가지 일이 있다!"

"아, 혈성의 일이라면 조만간 소식이 올 것입니다."

현 무림에서 혈성이라고 불리는 이는 딱 한 명뿐이다. 바로 촉산혈성 독고자인!

"무슨 일이 있더라도 그 독고 애송이에게서 태현경(太玄經)을 빼내야 한다. 천하십오대고수 중 삼마에 속하는 혈마는 태현경 하나만으로 일은(一隱)과 이패(二覇)에 필적하는 무공을 가지고 있다. 더구나 사마통합사대신공을 하나로 묶기 위해서라도 태현경은 우리 손 안에 들어와야 하는 것이란 말이다!"

"복명!"

"나영 그 아이가 해결해 본다고 했으니 지켜보기야 하겠지만, 그 녀석은 워낙 이런 쪽으로는 관심이 없었던 아이니 믿을 수가 없다."

사도천벽은 자신의 동생인 흑화 사도나영을 떠올리며 불만의 기색을 떠올렸다.

"걱정하지 마십시오. 독고자인에게도 사마세가의 사마추현처럼 만성독을 주입시켰으니 어떻게 하지도 못할 것입니다."

"음… 그건 그렇고, 아직도 천마부의 천지쌍마로부터 연락이 없느냐?"

천지쌍마라면 혈마와 더불어 삼마에 속해 있으면서 천마부(天魔部)의 실질적인 주인이자 천마교의 교주이다.

"그렇습니다. 하지만 그들의 수족이나 다름없는 사대신마가 우리 곁으로 온 이상 곧 고개를 숙이고 들어올 것입니다."

"흐흐흐, 아무튼 늙은이들은 고집이 세서 탈이야. 아버님처럼 말이지."

사도천벽의 아버지라면 바로 천마사천회의 회주인 사도운이다.

"음… 아마 모든 것이 끝나고 나면 회주께서도 어쩌실 수 없을 것입니다. 그런데 소공녀께서 아무래도 눈치를 채신 것 같습니다. 이리저리 회주의 근황을 캐고 다니십니다."

"나영이가? <u>흐흐흐</u>, 그 녀석이 아버님을 찾는다고? 어쩔 수 없는 아이군. 이보게, 뇌마."

"예."

"그 아이가 무슨 짓을 하든 가만히 놔두게. 어차피 아무것도 찾을 수 없을 테니까. 그 녀석은 무극천주의 아들에게 보낼 녀석이기 때문에 천세처럼 죽이면 안 되거든."

"복명!"

뇌마는 사도천벽의 말에 다시 한 번 이마를 땅에 찧으며 외쳤다.

"그나저나 조사하라고 한 것은 어찌 되었는가?"

"그것이……."

이번만큼은 뇌마도 말을 얼버무려야 했다.

"그런 표정 지을 것 없어. 어차피 태극천주가 누군지는 아무도 모르니까. 그리고 태극천주의 본신분을 찾아 헤매는 것은 우리뿐만이 아니야. 무극천에서도 그런 눈치인 듯하던데… 어차피 결국은 밝혀지겠지."

사도천벽은 먼 곳을 응시하며 중얼거렸다.

"아가씨, 그자는 죄인입니다. 그런 자가 어찌 이 방으로 올 수 있겠습니까?"

사도나영은 자신의 시녀인 소만(小慢)의 만류를 들으며 짜증이 솟구쳤다.

"소만! 그자는 이미 만성지독에 중독된 자이다. 그리고 무공마저 폐지되었지 않느냐. 설마 내가 그런 자도 이기지 못할 것이라 생각하느냐?"

"아이고, 아가씨. 그것이 아니라… 만약 이 일을 다른 분께서 아시게 된다면 제가 죽습니다요."

소만은 울상을 지으며 계속해서 사도나영을 말리려 하였다. 하나 사도운의 고집을 이어받은 사도나영이기에 전혀 흔들림없이 자신의 생각대로 소만을 다그쳤다.

"어서 데려와. 이건 명령이야."

"아가씨……."

"진정 내 손에 죽고 싶으냐?"

"그건 아니지만… 알겠습니다. 데리고 오겠습니다."

소만은 울상을 지으며 방을 나섰다. 그녀를 보며 사도나영은 묘한 눈빛을 나타냈다.

"독고자인이라… 그자를 조사하는 동안 아버님의 행방을 찾아봐야겠어. 분명 폐관하신 게 아니야. 게다가 작은오라버니의 죽음조차 석연치 않은 구석이 많아. 그리고 천마부와 사천부가 언제부터 이렇게 반목을 하게 된 것이지? 정말 모르는 일이 많구나."

사도나영은 머리 속을 헤집는 여러 생각들 때문에 잠시 머리가 아팠다. 그러던 중 방문이 열리고 소만과 함께 두 명의 무사가 독고자인을 끌고 왔다. 그의 흑의는 이미 여기저기 찢겨 있었으며 자신의 피로 얼룩이 져 있었다.

"이자가 그 유명한 촉산혈성이로군요. 저기 의자에 앉히고 나가보세요."

사도나영은 무사에게 명령을 내리곤 독고자인의 얼굴을 쳐다보았다. 강인해 보이는 턱 선을 시작으로 굵게 뻗은 눈썹까지, 고문으로 인해 창백해 보이는 얼굴이지만 분명 굳은 심지가 엿보였다.

"소만, 너는 잠시 나가 있거라."

이윽고 방 안에는 독고자인과 사도나영만이 남았다. 그러나 독고자인은 아직 혼절해 있어 사도나영은 자신만의 세계에 빠져들었다.

"작은오라버니가 희생되었으니 분명 큰오라버니는 천마사천회의 힘을 이용하여 정도를 공격할 거야. 아, 아버님께서는 평소 정도와 마도는 공존할 수밖에 없다고 하셨는데 어찌 큰오라버니는 아버님의 말씀을 저버리려고 하시는 걸까?'

사도나영은 한동안 깊은 고민에 빠졌다. 그런 그녀를 다시 되돌린 것은 독고자인의 신음 소리였다.

"음……."

"아, 이제야 깨어났군요."

"여긴……."

독고자인은 불투명하게 보이는 시선으로 주위를 둘러보며 환경의 변화에 의아해했다. 분명 혼절하기 전에 있었던 곳은 감옥 안이었기 때문이다.

"여긴 제 방이에요. 저는 사도나영이라고 해요. 그쪽은 무림에 명성이 자자한 촉산혈성이시죠."

"음……."

독고자인은 다시 한 번 신음을 흘리며 자신이 왜 여자의 규방에 와 있는지 궁금해했다. 독고자인의 표정에서 그의 생각을 읽었을까?

"궁금해하실 필요 없어요. 저는 단지 몇 가지 사실을 알아내기 위해 당신을 이곳으로 모신 것이니까요."

"그랬군."

독고자인은 자신의 궁금증이 풀리자 다시 냉혹한 본모습으로 돌아갔다. 자신의 앞에 서 있는 사도나영의 목적이 무엇인지 알기 때문이었다.

"당신도 태현경이 필요한 모양이군."

"호호호, 마도의 무림인치고 태현경의 유혹을 빠져나갈 인간이 과연 몇이나 있을까요? 그것은 아마 정도의 무림인 역시 마찬가지일걸요?"

"그렇겠지."

"당대의 촉산혈성에 혈마의 무공까지 더해진다라… 당신의 무공은 무척이나 세겠군요."

사도나영은 호기심이 가득한 눈빛으로 독고자인을 쳐다보았다.

"물론 당신은 태현경에 대해 말하려 들지 않겠죠?"

"잘 알고 있군."

"호호호, 간단하게 말해 주니 정말로 고맙군요. 저도 쉽게 알아내고 싶은 마음은 없어요. 쉽게 얻은 물건에는 쉽게 싫증을 내는 편이라서. 부디 오래오래 숨기고 있다가 말해 주세요. 알겠죠?"

무림사화 중 하나인 흑화 사도나영의 웃음은 그야말로 만 개의 꽃이 만개(滿開)한 것 같았다. 하지만 그녀의 말은 섬뜩하기 그지없었다. 시간을 끌수록 불리하고 고통받는 것은 그녀가 아닌 독고자인이었다. 하나 사도나영으로서는 자신의 본래 의도를 위해서라도 시간을 끌 수밖에 없었다.

"그렇게 하지."

이번에도 독고자인은 간단하게 대답했다.

"참, 물이나 한 잔 주겠나? 목이 말라서 말이야."

"호호호, 당신 참 재미있는 사람이군요. 고문받으러 온 사람이 요구를 하다니."

독고자인의 말에 사도나영은 다시 한 번 웃어 젖혔다.

현무자 일행이 호천사정맹에 도착한 지도 벌써 사흘이 지났다. 그리고 집회에 있었던 모든 일의 경과를 구양 상인에게 보고했으며, 구양 상인은 제갈화영과 며칠 동안 회의를 하며 두문불출하였다.

그동안 청운은 현무자와 함께 별원에서 쉬며 수련을 하였다. 물론 청심과 함께.

"사매, 지금이라도 늦지 않았어. 지운은 아직 사매를 잊지 못하고 있어."

청운은 끊임없이 청심을 설득하고 있었다. 그녀의 본심을 알고 있으며 또한 지기의 마음을 알게 되었기 때문이다.

그러나 청심은 계속해서 고집을 부리고 있었다. 어릴 때부터 산에서 자라 오직 수양과 수련만을 벗삼은 청운은 이런 청심의 마음을 이해할 수가 없었다.

"사형, 이미 늦었어요. 이제는 돌이킬 수 없는 걸요."

"그게 무슨 말이야. 세상에서 가장 현명하다는 사매가 아니냐. 그런데 왜 그런 말을 하는 거지?"

답답한 마음에 청운은 언성을 높였다.

"후후후, 사형은 아직 여자를 몰라요."

청심은 쓴웃음을 지으며 힘없이 대답했다.

"그래, 난 아직까지 남녀 간의 애정이 무엇인지 몰라. 오직 할 줄 아는 것은 수련뿐이지. 하지만 이건 알아, 자신의 마음을 숨기면 안 된다는 것을. 봐, 사매도 아직 그를 그리워하고 있잖아."

청운의 눈이 가리키는 곳에는 청심의 부르르 떨리는 손이 있었다. 격앙된 자신의 마음을 표현하듯 그녀의 손은 하염없이 떨리고 있는 것이다.

"이제 시간이 얼마 없어. 얼마 있으면 그 친구는 완전히 떠나가 버린다고!"

청운은 청심의 손을 덥석 잡으며 소리쳤다.

"아, 정말 답답하구나."

"죄송해요."

"나에게 죄송할 것이 뭐가 있어. 죄송하다면 너 자신에게 죄송하지."

투정하듯 내뱉는 청운의 말에 청심은 갑자기 웃음이 새어 나왔다.

"쿡."

"이런, 지금 웃은 거야?"

"미안해요. 사형의 모습을 보니 웃음을 참을 수가 없어서요."

"뭐가?"

"도사인 사형의 입에서 이런 말이 나올 줄은 몰랐거든요."

"치."

미소를 짓는 그녀의 모습에 청운은 고개를 돌려 버렸다. 주위를 환하게 만드는 미소이지만 그 속에는 슬픔이 비쳐 있기 때문이었다. 그리고 그 슬픔의 연유를 알고 있는 청운이었기에 자신의 마음까지 슬퍼졌다.

'사매, 그거 알고 있어? 내가 가장 환속하고 싶어질 때가 바로 사매가 웃을 때라는 것을.'

청운은 결코 이 마음을, 자신의 본심을 청심에게 말하지 못하리라 생각했다. 자신이 아끼는 사매에게 또 다른 고민을 주기 싫어서라도 그렇게 할 수 없었다.

"사매, 다시 한 번 말하지만 속마음을 숨기지는 마. 누가 그러더군,

한 번뿐인 인생인데 자신까지 속이면 너무나 슬프지 않겠냐고."

"……."

"언제나 사매의 웃는 모습을 보고 싶어. 하지만 분명 이대로는 그럴수 없어."

"노력해 볼게요."

청심은 아련한 눈빛을 지으며 청운을 떠나갔다.

"그 친구의 말대로 이런 것이 사랑인 건가?"

청운은 진현과의 대화를 회상하였다.

"지운, 자네는 결국 태홍왕부로 갈 것인가?"

"그래야겠지."

"그렇다면 예전의 그 여인을 어떻게 할 것인가?"

청운의 말에 진현은 잠시 말을 하지 못했다. 그러다 진현의 입이 조금씩 열리기 시작했다. 그리고 작은 목소리로 이야기를 들려주었다.

"한 아이가 있었네. 힘이 없고 무척이나 약한 녀석이었지. 하지만 그 아이의 집은 무척이나 컸다네. 모든 사람들이 부러워할 정도로. 그런데 그 힘없고 약한 녀석이 죽을 고비를 맞은 걸세. 누구도 고치지 못할 병에 걸린 것이네."

청운은 갑작스런 진현의 이야기에 어리둥절했지만 곧 그것이 그 자신의 이야기임을 알 수 있었다.

"그때 한 소녀가 나타났네. 그리고 소년의 병을 고쳐 주었지. 물론 그 소녀 역시 소년의 집을 보고 고쳐 준 것이었다네. 그래서인지 소년은 소녀의 손을 거부하려고만 하였네. 소년에게는 또 다른 이유가 있었거든. 아무튼 소년의 집에서도 잡아주는 소녀의 손을 소년은 잡지 않았어."

"음."

"후후후, 하지만 소녀는 무척이나 끈질겼지. 그래서 결국 소년은 소녀의 손을 잡고 말았다네. 소년의 집을 위해서 뻗었던 손이 나중에는 소년을 위해서 뻗은 손이라는 것을 알게 되었기 때문이지."

"아!"

청운은 진현의 이야기에 탄성을 내질렀다.

"소년은 자신이 잡은 소녀의 손을 결코 놓지 않았네. 조금 전에 소년에게 소녀의 손을 잡지 않은 또 다른 이유가 있다고 했지? 그것은 바로 소년에게는 아픈 기억이 있기 때문이었네. 힘이 없어서 자신이 아끼던 사람의 손을 놓아야만 했던 기억. 그래서인지 소년은 더욱 소녀의 손을 놓지 않았어. 한데 세상일이라는 것이 어찌 생각대로 되겠는가. 두 사람에게 결국 손을 놓아야만 하는 시간이 찾아온 걸세."

"저런……."

청운은 진현의 이야기를 들으며 그 이야기에 빠져드는 자신을 느꼈다. 문득 지금 당장이라도 진현을 데려다 보여주고 싶은 사람이 있었다. 하지만 생각은 생각으로만 그쳤고 다시 진현의 이야기에 경청했다.

"하지만 두 사람은 다시 손을 잡을 때를 생각하며 쉽게 손을 놓을 수 있었네. 그리고 그때를 생각하며 각각 열심히 생활했지. 특히 소년은 아픈 기억이 있어서인지 그때부터 힘을 기르기 시작했네. 다시는 힘이 없어 사랑하는 사람의 손을 놓지 않기 위해서."

진현은 말을 하다 문득 시야가 언제부터인지 뿌옇게 변해 버린 것을 알게 되었다. 그래서인지 슬며시 소매를 들어 눈가를 훔쳤다. 그러자 사방에 흩어지는 흙먼지와 함께 작은 이슬들이 흩날렸다.

"험, 미안하네. 눈에 먼지가 들어가서 말이지. …소년의 하루하루는 고달팠네. 워낙 약한 아이라서 말이지. 하지만 그 순간까지도 즐거웠네. 전혀 괴롭지 않았어. 얼마 있으면 소녀의 손을 잡을 수 있다는 생각에 힘든 줄도 몰랐지. 한데 어느 날 소년에게 슬픈 소식이 들려왔네. 다시는 소녀의 손을 잡을 수 없다는 소식이었지."

"아!"

"소년은 믿을 수가 없었네. 왜 그녀의 손을 잡을 수 없다는 것인지 이해가 가지 않았어. 하지만 결국 인정할 수밖에 없었네. 그때 소년은 생각했지. 이 모든 것이 자신의 힘이 부족해서 일어난 일이라고. 결국 소년은 다시 한 번 아픈 기억을 가슴에 새겨야 했네."

"그래서 소년은 소녀를 잊었다는 말인가?"

"아니네, 절대 아니네. 소년은 소녀를 결코 잊지 못하네. 그녀의 손에서 전해져 온 온기가 아직까지도 남아 있기 때문이지."

"그렇다면 왜 그 소년은 그 소녀가 아닌 다른 소녀의 손을 잡으려 하는가? 그 소녀가 보이지 않아서? 아니면 다른 소녀의 손이 더 따뜻해서?"

청운은 진현에게 다그치듯 몰아붙였다.

"후후후, 어찌 그럴 리가 있겠는가. 소년에게 있어 가장 소중한 것은 소녀의 손이고 소녀의 마음일세."

"그런데 왜?"

청운은 아마도 진현이 왜 말과 달리 행동하는지에 대해서 따지고 싶었을 것이다.

"이상하게 들리겠지만 소년에게 있어서 중요한 것은 바로 그 소녀의 손이지 다른 소녀의 손이 아닐세. 다른 누군가가 소년의 손을 묶고 있다 하여도 소년은 그 소녀의 손만을 잡을 준비가 되어 있다네. 내 말이 무슨 말인지 이해하겠나?"

"……."

청운이 오묘한 남녀 사이의 일을 알 리가 없었다. 그저 마음으로 느끼고 있을 따름이다.

"미안하네."

"뭐가 미안한가?"

"자네를 힘들게 해서……."

"아닐세. 힘들 것이 뭐가 있는가, 소년처럼 나 역시 소녀의 손을 기다리면 되는데."

"음."

"그건 그렇고 자네는 왜 이 일에 관심을 보이는 것인가?"

친구 사이의 관심이라고 하기엔 너무 지나칠 정도였으며, 더구나 오늘 처음 보는 사이라면 더욱 그러했다.

그러나 청운은 진현의 어리둥절한 표정을 짓고 있는 얼굴을 보며 쓴웃음을 지을 뿐 대답하지 않았다.

"오늘은 말해 주실 건가요?"

"내가 그럴 거라 생각하나?"

"아니에요."

"그럼 잘 보았네."

오늘도 역시 사도나영과 독고자인의 대화는 간단하게 끝이 나버렸다. 며칠째 기이한 동거를 시작한 그들의 일과는 이렇게 시작되었다.

의자에 앉아 있는 독고자인에게 몇 마디 말을 한 사도나영이 금세 자신의 세계로 돌아가 버리자 독고자인 역시 입을 다물 수밖에 없었으니 방 안에는 침묵만이 감돌고 있었다.

'알 수 없는 여인이군.'

독고자인이 내린 사도나영에 대한 평가다.

"이봐, 물이나 한잔 줘."

독고자인은 사도나영에게 말을 걸었다. 이것 역시 하루 일과 중에 포함된 일이다. 고문할 때는 시전자가 피시전자에게 말을 걸어오지만, 기이하게도 이곳에서만큼은 독고자인이 먼저 말을 건 것이다.

"여기 있어요."

"먹여줘야지."

"당신은 참 성가신 사람이군요."

"이런, 그대들이 나의 혈을 폐하지만 않았다면 이럴 리가 있겠는가?"

"호호호, 그건 또 그렇군요. 그럼 입이나 벌려요."

사도나영은 열려진 독고자인의 입으로 물을 흘려주었다.

"참, 물어볼 것이 있어요."

"태현경에 관한 것인가?"

"아니에요. 다른 것에 대해 알고 싶은 것이 있어요."

"그럼 물어봐."

"혹시 좋아하는 사람 있나요?"

"풋."

난데없는 질문에 독고자인은 입 안의 물을 뱉고 말았다. 그러자 사도나영은 투덜거리면서 소매를 들어 독고자인의 입가를 닦아주었다.

"이게 뭐예요? 어린아이도 아니고."

"…왜 그런 질문을 하는 거지?"

"만약 당신에게 좋아하는 여인이 있다면 분명히 저에게 이렇게 대하진 않을 것 같아서요."

"그럼 당신을 어떻게 대해야 하는데?"

"여자를 대할 때는 아주 부드럽게 대해야 해요. 아시겠어요?"

"자신을 고문할 여자에게도?"

"엥? 제가 언제 고문했나요? 전 그런 기억이 없는 것 같은데?"

"그건 또 그렇구먼. 그래, 너는 나를 고문한 적이 없지."

"그럼 이제부터 저를 어떻게 대해야 하는지 아시겠죠?"

"내가 왜 그래야만 하지?"

"그렇지 않으면 고문할지도 모르니까요."

"음……."

독고자인은 정말 사도나영이 알다가도 모를 존재라고 생각했다. 하지만 지금까지 보아온 여인들과는 전혀 다른 매력을 가진 여자라고 생각했다.

"왜요? 무섭나요?"

"하하하, 내가 그럴 거라고 생각하나?"

"아뇨. 당신은 어떤 고통도 견딜 거라는 것을 알아요. 하지만 죽음을 견딜 수 있을까요?"

"음, 죽음이라… 그것도 해볼 만하겠지."

"호호호, 당신은 정말로 못 말릴 사람이군요."

"잘 봤어."

"그럼 볼일은 끝났으니 이만 죽어줘야겠어요."

말이 끝나기가 무섭게 사도나영은 독고자인을 향하여 손을 뻗었다.

"윽!"

"아마 두 시진 후에 깨어날 거예요. 그때까지 잠이나 자요."

들을 수 없는 독고자인을 향하여 말을 마친 그녀는 다시 신형을 돌려 자신이 하던 일을 계속하였다.

"외총관, 이게 어찌 된 일이오?"

호천사정맹의 군사이자 기왕이라고 칭해지는 제갈화영은 그답지 않게 당황하며 소리쳤다.

"저… 그게……."

"아니, 말을 해보시오. 왜 말을 안 하는 것이오?"

제갈화영은 눈앞의 시체를 바라보며 혁리운을 다그쳤다. 분명 시체의 얼굴은 어제까지도 같이 회의를 하던 내총관 단목자성이기 때문이다.

"맹주께서는 아시오?"

"그것이……."

"아직 말을 못하였소?"

호천사정맹의 외총관인 자하경혼도(紫霞驚魂刀) 혁리운(赫理雲)은 계속해서 말을 하지 못했다.

"저… 그것이… 군사께서 내총관의 상흔(傷痕)을 한번 보십시오."

결국 혁리운은 제갈화영에게 말을 하지 못하고 제갈화영 자신이 진실을 알게 하였다. 그러자 제갈화영은 혁리운의 말대로 단목자성의 시체를 살펴보았다.

"헛!"

제갈화영은 크게 놀라며 헛바람을 집어삼켰다. 단목자성의 상흔에서 상대방의 수법을 알 수 있었기 때문이다. 그리고 그 역시 말을 더듬을 수밖에 없었다.

"이, 이것은……."

"예, 갑작스런 일이었습니다."

"음."

"우선 맹주께 보고를 하겠네. 시신을 수습하도록 하게."

"예, 알겠습니다."

제갈화영은 앞으로 닥칠 일들에 대하여 걱정하듯 머리를 부여잡았다. 하나 손에 가려진 그의 두 눈은 전혀 그런 눈빛이 아니었다.

"그게 정말이오?"

"예, 그렇습니다. 저도 처음에는 믿기 힘들었지만 사실이었습니다."

"허어, 어찌 사형께서……."

구양 상인은 제갈화영이 틀린 말은 하지 않는다는 것을 알지만 이번만큼은 그러길 바랬다.

"우선 일월각(日月閣)에서 조사를 할 것입니다. 조사가 마치는 즉시 상세하게 다시 한 번 보고드리겠습니다."

"이렇게 불안한 시국에 어찌 이런 일이 생길 수 있단 말인가."

구양상인은 탄식을 하며 나직하게 중얼거렸다. 하지만 제갈화영이 못 들을 리 없었다.

"그러게 말입니다. 이번 사건으로 사대세가의 무리들은 맹주께 책임을 물으려 할 겁니다."

"책임질 일을 했다면 책임을 져야 함이 마땅하오. 하나 이것으로 인해 사파와 사대세가 간의 분열이 있을까 그것이 염려되오."

"아마 단목자성의 본가인 단목세가보다 남궁세가와 상관세가에서 더욱 크게 일어날 것입니다."

"어찌하면 좋단 말이오. 아직 칠성(七星)의 무공도 완성되지 못한 형편인데 분열이라니… 만약 그렇게 된다면 칠성 중 삼성(三星)이 떠나갈 것이오."

칠성이라 함은 칠대무서에 속하는 신공으로 칠요(七曜)라고도 불린다. 진(辰), 태백(太白), 형혹(熒惑), 세(歲), 진(鎭)의 오성과 일월을 합하여 칠요라 부르는 것으로 하나의 성마다 각기 다른 무공이 숨겨져 있었다.

천문 도인(天文道人)의 손에서 탄생된 것으로 알려진 칠성칠요공(七星七曜功)은 그 안에 이십팔수(二十八宿)가 포함되어 있었다. 하나의 성(星)마다 칠숙(七宿)이 포함되어 있어 말 그대로 천문도의 행로와 틀림이 없었다.

지난날 구양 상인은 칠성동을 열고 사마세가를 제외한 사파와 사가에서 한 명씩의 기재들을 모아 칠성칠요신공을 익히게 하였다. 그리하여 그날부터 일곱 명의 기재들은 폐관을 하여 자신에게 부여된 성(星)의 무공을 익히게 되었던 것이다.

그런데 사가와 사파가 분열한다면 사가를 근원으로 한 세 명의 기재는 따로 분리될 것이 자명한 일이었다.

구양 상인은 바로 그것을 걱정하는 것이다.

"군사, 단목세가에도 이 소식을 전했는가?"

"예, 그렇습니다. 아마 지금쯤 소식이 전해졌을 겁니다. 그리고 나머지 세가들 역시 알게 될 것입니다."

"음… 안 되겠어. 내가 직접 사형을 만나보아야겠네."

구양 상인은 자신의 사형이자 이번 사건의 당사자인 현무자를 만나기 위해 대청을 나섰다.

"흐흐흐, 이제 무극천에서 마무리하는 일만 남았군. 구양 맹주, 이제 당신의 시대는 갔소. 사도운 역시 당신과 같은 신세이니 그리 불만은 없을 것이오."

구양 상인이 사라진 대청 안에는 분명 제갈화영만이 남아 있으니 이 목소리의 주인은 제갈화영일 것이다.

"아무리 현무자라 하여도 탈심고(奪心蠱)를 복용한 이상 색혼대법(素魂大法)을 피할 수가 없지. 현무자여, 이제 그대에게는 마지막 일만이 남았네. 수고해 주게나. 푸하하하!"

제갈화영의 웃음소리는 대청 안으로 울려 퍼졌다.

현무자는 기존에 거주하던 별원이 아닌 뇌옥에 갇혀 있었다. 물론 무공을 전폐한다던가 쇠사슬로 묶진 않았지만 그를 둘러싼 것은 분명 쇠창살임에 틀림이 없으니 뇌옥에 갇혀 있었다라고 말해야 했다.

그리고 그런 현무자의 앞에는 구양 상인이 서 있었다.

"사형, 이게 어찌 된 일입니까?"

"할 말이 없네."

"사형!"

인정하는 듯한 현무자의 말에 구양 상인은 현무자의 어깨를 부여잡았다. 하나 현무자는 체념한 듯 고개를 숙이고 앉은 그대로 벽에 기대어 버렸다.

"이럴 수가! 그렇다면 진실로 사형께서 하신 일이라는 말씀입니까?"

"그렇네. 분명 내 의지와는 상관없이 일어난 일이지만 결과를 본다면 내가 한 일이지."

"어떻게 이런 일이… 그런데 의지와는 상관없이 일어난 일이라뇨?"

구양 상인은 탄식을 하다 현무자의 말을 떠올리곤 급히 물었다.

"나도 잘 모르겠네. 분명 내총관을 보고 인사를 나눈 것까지는 내 의지대로 몸이 움직였는데 그 다음부터는 마치 다른 사람에 의해 조종되는 듯한 느낌이었네."

"음, 그렇다면 분명 이번 사건에는 다른 무언가가 있을 겁니다."

"아냐, 없어. 내가 한 거야. 내가 죽였어! 내가 죽였다고!"

현무자는 갑작스레 고개를 쳐들고 일어나 난동을 부렸다. 시뻘건 두 눈은 광기로 물들어 있었다.

"사형, 진정하십시오. 정신 차리세요!"

구양 상인은 급히 현무자의 두 팔을 잡아 진정시키려 하였다. 하지만 현무자는 이성을 잃은 듯했다.

"내가… 죽였어. 내가 죽인 거야. 모두 죽어야 해. 흐흐흐. 나를… 가로막는 자는 모두… 죽여 버릴 거야."

구양 상인은 두 팔에서 전해오는 현무자의 괴력에 적지 않게 당황했다. 구양 상인에게 제압당한 상태에서도 현무자의 폭주는 멈추지 않았다. 온몸을 부르르 떨며 몸 안에서 날뛰는 기운들을 막지 못하고 있었다.

"사형… 잠시만 참으세요."

구양 상인은 서둘러 현무자의 혈도를 제압했다. 그러자 계속해서 난동을 부릴 것 같던 현무자의 몸이 서서히 진정되며 자리에 주저앉았다.

"으으음……."

"사형, 이제 정신이 드십니까?"

구양 상인은 힘없이 늘어진 현무자의 몸을 안으면서 물었다.

"아… 또다시……."

현무자의 이성은 구양 상인이 이곳에 올 때부터 계속해서 깨어 있었다. 그렇기에 당연히 좀 전의 폭주 상태 때에도 의식을 가지고 있었다. 구양 상인은 현무자의 표정과 말투를 보고 그 역시 짐작할 수 있었다. 좀 전의 현무자는 단목자성을 죽일 당시의 현무자인 것을.

"도대체 무엇이 사형을 이렇게 만든 것이지요?"

분명 어떤 매개체가 현무자의 몸을 이렇게 만든 것이라 생각한 구양 상인은 자신이 알고 있는 사술(邪術)을 떠올려 보았다.

"아! 이런 경우에는 군사가 더 많이 알 것입니다. 사형, 조금만 기다리세요."

구양 상인은 현무자의 수혈(睡穴)을 짚고 뇌옥을 나섰다. 하지만 그럴 필요가 없었다. 어느새 제갈화영이 뇌옥 앞에 서 있었기 때문이다.

"아! 군사, 어서 오시구려. 사형을 좀 봐주시겠소?"

구양 상인은 좀 전의 상황과 현무자의 말을 제갈화영에게 전해주었다.

"아니, 그런 일이 있었습니까?"

"그렇소. 아무래도 사형께서는 사술에 걸리신 것 같은데, 나는 그쪽으로는 문외한이니……."

"음……."

제갈화영은 현무자의 몸을 뒤적이며 기를 불어넣었다. 그리고 현무자의 몸 안을 살펴 이상을 찾아내려 하였다.

"아!"

"군사, 알아낸 것이 있소?"

제갈화영의 탄성에 구양 상인은 급히 물었다. 제갈화영은 현무자의 몸에서 자신의 손을 거두며 구양 상인을 쳐다보았다.

"역시 맹주의 말씀대로 사술에 걸리셨습니다."

"그게 사실이오?"

구양 상인은 재차 확인하였다.

"예. 아마 남만에서 산다고 하는 탈심고를 복용하신 것 같습니다."

"탈심고? 그게 무엇이오?"

"송대에 남만에서 활동한 최혼음마(催魂陰魔)가 쓰던 고의 이름입니다. 고를 복용한 피시전자의 이지를 빼앗아 수족처럼 부릴 수 있게 만든 것으로 유명하였던 자입니다."

"그렇다면 사형께서 그자의 수법에 당하셨다는 말이오?"

"예, 누군가가 현무자의 몸에 고를 주입시키고 뒤에서 사술을 펼쳤습니다."

"음… 그렇다면 사형의 몸에 주입된 탈심고는 어떻게 해독시킬 수 있소?"

"간단합니다. 일단 탈심고가 복용된 것이 발견된다면 다른 사람이 삼매진화(三昧眞火)로써 불태워 버리면 됩니다."

"그렇다면 일단 사형을 대청으로 옮깁시다. 그곳에서 호법을 두고 사형을 치료하도록 합시다. 그리고 이제 원인이 밝혀졌으니 사가에서도 아무 말 하지 못할 것이오. 이제 남은 일은 범인을 찾는 일이오!"

구양 상인의 두 눈은 자신의 사형을 이렇게 만든 범인에 대한 분노로 인해 불타오르고 있었다.

이미 창천전(蒼天殿) 주위는 이번 일로 인해 많은 사람들이 모여들어 사태를 주시하고 있었다. 일월성신천지호천(日月星辰天地護天)의 각 각주들이 보였고 총순찰인 구류검(九流劍)의 모습도 보였다.

그들의 눈은 창천전을 바라보고 있으며 안의 상황을 기다리고 있었다. 그러면서 그들은 서로서로 의견을 나누며 이번 사건이 있은 후의 일을 예상하고 있었다.

많은 사람들이 지켜보고 있는 창천전에는 단 세 사람만이 존재하고 있었다. 두 명은 가부좌를 틀고 마주 보고 있었으며, 나머지 한 명은 그 곁에서 지켜보고 있었다.

"맹주, 탈심고는 여간해서 잡히지 않습니다. 눈치가 매우 빨라 한번 실패하면 다시 기회를 잡기 어렵습니다. 그러니 한 번에 잡으셔야 합니다."

"알겠소이다. 그럼 시작하겠소."

구양 상인은 두 손을 뻗어 현무자의 두 손에 맞잡았다. 그리고 천천히 공력을 끌어올려 현무자의 몸에 주입시켰다.

그러자 현무자의 몸이 팔짝팔짝 뛰었다. 불안정한 그의 내부에 낯선 기운이 들어왔기 때문이다. 그러나 곧 자신과 친숙한 기운임을 알고 얼마 가지 않아 고분고분해졌다. 현무자와 구양 상인이 같은 류의 내공을 수련했기 때문이다.

구양 상인은 우선 임독양맥을 비롯한 대맥을 살펴보며 탈심고를 찾으려 하였다. 하지만 영악한 탈심고의 모습은 쉽게 찾을 수가 없었다. 고독의 경우가 그러하듯 탈심고 역시 아주 미세한 가루 같았기에 현무자의 몸에서 탈심고를 찾기란 매우 어려운 일이었던 것이다.

한 시진이나 흘렀을까?

구양 상인의 이마엔 어느새 땀이 송골송골 맺히고 있었다. 계속되는 진기의 소모에 그 역시 버거웠던 것이다.

'아!'

구양 상인은 드디어 신궐혈(神闕穴)에서 탈심고의 흔적을 찾을 수 있었다. 간과 배꼽 사이에 있는 신궐혈은 장부(腸部)가 횡으로 연결된 곳에 위치한 혈도로 사혈에 속했다. 탈심고가 숨기엔 더할 나위 없이 좋은 은신처였다.

구양 상인은 조심스럽게 신궐혈에 진기를 주입시키며 살펴보았다. 자칫하면 현무자의 목숨이 위태롭기 때문에 매우 긴장하였다.

'찾았다!'

구양 상인은 현무자와 자신의 진기가 아닌 이물질을 발견할 수 있었다. 여간해선 벽곡단으로 식사를 하는 현무자이기 때문에 한 번에 그 이물질이 탈심고임을 알 수 있었다. 그러나 구양 상인은 서두르지 않고 다가갔다. 그리고 서서히 진기의 강도를 더해 현무자의 몸에서 불을 지폈다. 그 불은 시간이 갈수록 커져 갔다.

'됐다.'

구양 상인은 탈심고를 태울 만한 삼매진화를 피웠음을 알고 바로 탈심고를 위한 그물을 만들었다.

그러는 동안에 구양 상인의 이마에선 땀이 비 오듯 흘러내렸다. 공력이 심후한 그이지만 이번 일로 인해 소모되는 심력과 공력이 너무나 크기 때문이다.

'잡았다!'

구양 상인은 자신의 그물 속으로 탈심고가 들어왔음을 알았다. 이제 남은 것은 삼매진화로 탈심고를 태우는 일뿐이었다.

이때 구양 상인을 지켜보던 제갈화영의 두 눈에 빛이 났다. 그리고 오른손의 검지와 엄지를 문질러 미세한 양의 가루를 흘렸다. 그 가루는 제갈화영의 손을 떠나자마자 구양 상인이 만든 기류에 휘말려 구양 상인의 코로 흡수되었다.

평상시 같았으면 구양 상인의 무공으로 보아 어림도 없는 일이지만 지금은 현무자에게 너무도 많은 신경을 쓰고 있는 상태라 알아챌 수 없었다.

'흐흐흐, 타인의 탈심고를 불태우면서 정작 자신은 탈심고에 중독 되다니… 정말 우스운 일이군.'

제갈화영의 입에는 득의의 웃음이 그려져 있었다.

구양 상인과 현무자를 주축으로 거대한 기류가 흐르고 있었다. 드디어 이번 시술이 막바지에 이르렀다는 증거였다.

"휴우……."

구양 상인은 현무자의 손에서 자신의 두 손을 거두고는 길게 한숨을 내쉬었다. 그의 얼굴에는 피곤함이 역력했다.

"맹주, 수고하셨습니다."

제갈화영은 어느새 기뻐하는 표정으로 구양 상인을 맞이했다.

"역시 군사의 말대로 어려운 일이었소. 군사의 말을 듣지 못했다면 아마 실패했을 것이오."

"과찬이십니다. 밖에 많은 사람들이 기다리고 있습니다."

창천전 밖에서 기다리고 있을 각주들과 총순찰을 떠올리며 제갈화영은 구양 상인이 밖으로 나설 것을 종용했다.

제36장
떨어지는 거성(巨星)

떨어지는 거성(巨星)

호천사정맹의 수문부(守門部)는 밀려드는 인파로 인해 몸살이 날 지경이었다. 며칠 전에 있었던 단목자성의 죽음으로 인해 임시 회동을 열었기 때문이다.

곳곳에 호천각의 호천맹룡대와 호천맹호대의 무사들이 배치되어 있었으며 철통같이 방비하고 있었다.

이미 대전에는 많은 인원들이 들어와 웅성거리고 있었다. 더구나 사대세가의 사람들은 매우 격앙된 표정으로 서 있었다.

"맹주께서 나오십니다!"

누군가의 외침과 함께 휘장이 걷히고 구양 상인이 나타났다. 그러자 모두 고개를 숙이며 포권을 하였다.

"삼가 맹주를 뵈옵니다."

"먼 길을 오느라 수고가 많으셨소."

구양 상인 역시 포권을 하며 인사하였다. 하지만 그의 시선에 불편한 기색으로 서 있는 사대세가의 사람들이 들어오자 쓴웃음을 지을 수밖에 없었다.

"본인이 여러분들을 이곳으로 부른 이유는 다들 잘 알고 계실 것이오."

"맹주, 이게 어떻게 된 일이오! 어찌 무당파에서 이런 일을 저지를 수 있단 말이오?"

지난날 악양집회에서 모습을 보였던 단목산청은 호통을 치듯 목소리를 높이며 구양 상인의 말을 잘랐다. 하지만 그의 말을 받는 사람이 있었으니 바로 청운이었다.

"단목 가주! 어찌 하나의 사건으로 본 파를 매도하는 것입니까! 게다가 사백님께서는 누군가의 암수에 의해 그리된 것입니다."

"암수? 그것은 또 무슨 말이오? 맹주께선 시원하게 설명해 주시오."

"나의 사형께서는 최혼음마의 탈심고라는 고독에 당하셨소. 즉, 사술에 의해 조종당하셨다는 말이오."

"탈심고?"

단목산청은 고개를 갸우뚱거리며 되물었다. 그로서는 탈심고라는 말을 처음 들어보기 때문이다.

"남만에서 사는 고독으로 피시전자의 이지를 빼앗아 수족으로 만들어 버린다고 하오."

"아, 그러니까 고독에 의해 조종되었다는 말이오?"

"그렇소."

구양 상인은 당연하다는 듯 고개를 끄덕였다. 즉, 그의 말은 현무자 역시 피해자라는 것이었다.

"하나 그 말을 어떻게 믿소이까?"

이제까지 가만히 있었던 모용황이 나서며 구양 상인에게 물었다. 그런데 그의 말은 많은 의미를 포함하고 있었다.

"설마 본인을 믿지 못하겠다는 말이오?"

"그것은 아니지만 혹시 모르지 않소? 구양 맹주께서 사문의 사형을 살리기 위해 거짓말을 하는지도."

"흥! 만약 그렇다면 나는 이 자리에서 물러나겠소!"

구양 상인은 모용황의 말에 냉랭히 외쳤다. 하지만 모용황 역시 차가운 눈빛을 거두지 않았다.

"단목 가주, 모용 가주, 이번 사건에는 군사께서도 지켜보고 계셨소. 군사께 확인해 보시면 알 것 아니오?"

답답한 마음에 청운이 제갈화영을 들먹이며 외쳤다.

"흥! 초록은 동색이라고 군사께서도 맹주와 같은 심정일지 누가 또 알겠소!"

"어허, 듣자 하니 말이 심하시구려."

좀 전의 모용황처럼 사태를 주시하고 있던 매양 산인은 도저히 참지 못하겠다는 듯 그를 힐책했다. 그로서는 모용황의 태도가 이해가 가지 않았기 때문이다. 단목산청이야 죽은 단목자성과 함께 단목세가의 사람이라 그렇다 치지만 평소 사려가 깊은 것으로 알려진 모용황의 태도는 분명 지나침이 있었기 때문이다.

"매양 산인, 그대가 낄 자리가 아니오."

"그런 논리라면 여기서 발언권이 있는 사람은 오직 무당파와 단목세가뿐이오!"

자신을 무시하는 처사에 매양 산인은 모용황에게 소리쳤다. 하지만 모용황은 눈 하나 깜짝하지 않으며 오히려 도발적인 표정을 지었다.

이로써 장내의 분위기는 급진적으로 냉랭하게 얼어붙었다. 자칫하여 조그마한 계기라도 있으면 사파와 사가의 싸움이 일어날지도 모르는 일이었다.

하지만 이때 장내를 뒤흔드는 외침이 있었다.

"모두 자중하시오!"

구양 상인의 진기가 실린 목소리에 흥분된 중인들은 일단 진정이 되었다.

"모용 가주께서 그리 말씀하신 이유는 분명 본인이 맹주 직에 임하면서 무당파에 편을 들까 염려한 때문이라 생각되오. 물론 본인 역시 본 파의 잘못을 덮어주고 싶을 때가 있소. 하지만 지금 이 순간만큼은 절대 그렇지 않소. 어찌 한 식구의 생명이 사라졌는데 내 이득만을 챙기려 하겠소. 하지만 분명히 이번 사건은 본인이 말한 것처럼 누군가의 사술로 인해 일어난 일이오. 그것을 알아주셨으면 하오."

모용황을 보며 한 말이지만 결국 단목산청에게 들려주는 말이었다.

"강호의 동도들에게 다시 한 번 맹세하겠소. 만약 내 말에 한 치의 거짓이라도 있다면 나는 이 자리에서 물러나겠소."

구양 상인이 이 정도까지 말하자 사대세가의 사람들도 어느 정도 수긍을 하는 눈치였다. 하지만 단 한 사람 단목산청만큼은 그렇지 못했다.

"구양 맹주의 말씀은 알겠소이다. 하지만 그것이 더욱 세가의 명예를 더럽히는 것이오. 정상적으로 비무나 대결을 통해 죽었다면 할 수 없는 일이지만, 정상인도 아닌, 타인에게 조종당한 이에게 죽었다는 것은 결코 참을 수 없는 모욕이오."

"음."

구양 상인은 그것까지 생각하지 못했지만 단목산청의 마음을 십분 이해할 수 있었다. 그러나 단목산청이 바라는 대로 해줄 순 없는 노릇이었다.

"단목 가주, 다시 한 번 생각해 보시구려."

"설마 맹주께서는 사문의 사형은 중요하고 본 세가의 사람은 중요하지 않다는 말씀이오?"

"허참, 어찌 그렇게 생각하시는 거요? 다만 내총관의 목숨이 아까운 만큼 사형의 목숨도 아쉽다는 말이오. 특히 이런 시국에 고수 한 명을 잃는다는 것은 너무나도 안타까운 일이 아니겠소."

"두말할 것 없소. 강호에서는 피는 피로써 갚는다고 했소이다. 사정이 어찌 되었든 현무자의 목숨을 내놓기 바라오!"

구양 상인은 속이 바짝 타 들어감을 느꼈다. 맹주로서 어느 한쪽으로도 편들지 않겠다고 말은 했지만 그로서는 현무자를 이대로 죽게 할 수가 없었다.

"그럼 이렇게 하는 것이 어떻겠소? 아무리 피는 피로써 갚는다고 하지만 무림인에게 가장 중요한 것은 바로 자신의 무공이오."

"그렇다면 현무자의 무공을 전폐시키기라도 하겠다는 말이오?"

"그렇소."

구양 상인은 현무자의 무공보다 그의 목숨이 더욱 소중했기에 마지막 수단으로 단목산청을 달래려 하였다. 하지만 그럴 수 없었다.

단목산청이 아닌 현무자로 인해.

"사제, 그럴 것 없네."

"아니, 사형!"

갑작스런 현무자의 출현에 가장 놀란 이는 구양 상인이었다. 탈심고를 태우는 시술이 끝난 후 현무자는 창천전에서 요양하고 있던 처지였다. 그리고 괜히 이번 회동에 참가했다가 무슨 봉변을 당할지 몰라 회동이 있다는 것조차 숨기고 있었던 구양 상인이었다.

현무자의 눈은 어느새 구양 상인이 아닌 단목산청에게 있었다.

"단목 가주, 맹주를 그만 괴롭히시구려. 그대가 원하는 것은 이 늙은이의 목숨이 아니오? 자, 이 늙은이의 목숨을 가져가시구려."

며칠 사이에 너무도 늙어버린 현무자의 모습은 초췌하기 이를 데 없었다. 단목산청은 막상 현무자의 모습을 보자 아무 말도 할 수 없었다. 괴로워하는 눈빛과 파삭 늙어버린 모습은 너무도 애처로워 보였기 때문이다.

"도장, 도장의 모습을 보니 내가 너무 심했다고 생각되는구려."

"아!"

구양 상인과 청운은 부드럽게 입을 여는 단목산청을 보며 한 가닥 기대를 걸었다. 하지만 그 기대는 다음에 이어지는 단목산청의 말에 의해 산산이 부서졌다.

"하지만 이번 일만큼은 어쩔 수가 없소. 자성은 비록 친동생은 아니지만 누구보다 아끼던 아이였소. 조금 전 그 녀석을 보고 왔소이다. 그때 내가 무얼 하고 온 줄 아시오? 너를 죽인 현무자의 머리를 가져와 혼을 달래겠다고 했소."

"허허허, 단목 가주의 마음은 십분 이해가 가오. 그러니 어서 나의 목숨을 취하시구려. 이미 준비는 하고 있었소이다."

단목산청은 현무자의 너털웃음에 결의가 또다시 흔들렸다. 웃음에 담긴 애환을 모를 그가 아니었기 때문이다. 하나 마음을 다잡으며 한 발짝씩 현무자의 곁으로 다가갔다.

"용서하시오."

단목산청의 팔이 하늘을 향해 치솟았다가 번개같이 현무자의 머리를 향해 떨어졌다.

"헛!"

단목자성의 손이 현무자의 머리 한 치 위에서 멈추자 청운은 놀란 가슴을 부여잡았다. 이 순간만큼은 그의 수양도 소용이 없었다.

"아, 맹주의 말이 맞소. 어찌 내 식구만 중요하고 남의 목숨은 중요하지 않다는 말이오. 구양 맹주, 좀 전 맹주께서 말한 대로 처리해 주시구려."

단목산청의 결정은 구양 상인으로서는 반가운 소식이지만 정작 단목산청의 마음은 이루 표현할 수 없을 정도였다. 슬픔과 분노가 교차된 듯한 단목산청의 얼굴은 수많은 말을 하고 있었지만 모든 것을 뒤로하고 자신의 자리를 향해 발걸음을 옮겼다.

그때 단목산청의 귀로 들려오는 외마디 외침이 있었다.

"사형!"

"사백님!"

급히 뒤를 돌아보는 단목산청의 시선에 들어온 것은 백회혈(百會穴)에서 피를 내뿜고 쓰러져 있는 현무자의 모습이었다. 그리고 쓰러진 현무자를 구양 상인이 안고 있었다.

구양 상인은 급히 현무자의 몸에 진기를 불어넣었다. 코끝으로 숨결이 내쉬는 것을 보아 아직까지는 살아 있었다.

"사형, 왜 이러셨습니까?"

"아… 아직 죽지… 않았는가……. 보잘것없는 목숨이 길기도 하구먼……."

"사형!"

구양 상인은 계속해서 현무자의 몸에 진기를 불어넣었다.

"사제… 쓸데없는… 짓이야……. 단목… 가주… 이로써 단목세가에 대한… 빚을 갚았네그려."

현무자는 계속해서 주입되는 구양 상인의 진기에도 불구하고 몸 안의 생기가 꺼져 가고 있음을 느꼈다.

"사제… 정도무림을… 지켜주게나……."

현무자의 마지막 생전의 말이었다. 그 말을 끝으로 그의 고개는 힘없이 꺾여졌고 몸이 식어갔다.

"사형!"

"사백!"

구양 상인과 청운은 동시에 소리를 질렀다. 오열하는 청운과는 달리 구양 상인은 현무자 앞에 꿇어앉은 그 모습으로 어깨를 들썩거릴 뿐이다.

하지만 움켜쥔 두 주먹에서 피가 나오는 것을 보니 심중의 슬픔은 표현할 수가 없을 정도인 듯했다.

단목산청은 현무자의 자결에 잠시 당황했으나 구양 상인의 외침에 정신을 차릴 수 있었다.

'아, 결국 이렇게 되어버렸구나.'

그는 비록 자신이 바라던 일이었으나 막상 결과로 나타나니 심중의 분노는 사라졌지만 허탈감과 구양 상인에 대한 미안함이 대신하고 있었다. 하지만 쉽게 구양 상인에게 말을 걸지 못했다. 좀 전의 그가 바로 지금의 구양 상인과 같았기 때문이다.

장내는 모두가 경악한 가운데 쥐 죽은 듯이 조용했다.

"맹주……."

단목산청은 구양 상인을 불러보았다. 처음의 외침을 제외하고는 너무도 조용한 그이기에 걱정되지 않을 수 없었다.

그리고 그 조용함이 결국 분노로 이어질 것이라는 것을 알고 있었다. 만약 단목산청이 현무자의 말대로 그의 목숨을 취했다면 구양 상인의 분노가 이처럼 크지는 않았을지도 모른다. 그러나 자결을 해야만 하는 상황과 그 상황을 만든 단목산청을 생각한다면 지금의 분노는 당연할 것이다.

"맹주……."

단목산청은 다시 한 번 구양 상인을 불렀다. 이번에는 그의 어깨에 손을 올리면서 불렀지만 역시 대답은 없었다. 그러나 단목산청의 손으로 구양 상인의 분노가 전달되어 왔다. 미세한 떨림이 그것을 말해 주고 있었다.

"맹주의 마음은 알겠지만 이제 진정하시는 것이… 컥!"

단목산청은 말을 끝내지 못하고 외마디 비명을 질렀다. 그의 배를 관통하는 타인의 손이 있었기 때문이다. 그리고 그 타인이란 구양 상인이었다.

시뻘건 두 눈, 그리고 쉴 새 없이 떨리는 몸의 경련은 영락없이 폭주했을 때의 현무자였다.

"이런……!"

단목산청은 이번에도 역시 말을 끝내지 못했다. 목이 꺾인 자가 어떻게 말을 하겠는가.

구양 상인은 오른손으로 단목산청의 목을 움켜쥐고는 서서히 몸을 일으켰다.

"아니, 맹주! 이게 무슨 짓이오!"

경악하는 중인들 가운데서 제일 먼저 달려든 것은 단목산청의 아들인 단목무였다. 하지만 그 역시 자신의 아버지와 같은 신세가 되고 말았다. 결국 두 부자가 구양 상인의 손에 매달린 꼴이 되고 만 것이다.

"사숙!"

구양 상인의 갑작스런 변화에 청운은 놀라지 않을 수 없었다. 구양 상인의 마음이 그의 마음과 같기에 충분히 이해하고 있었지만 이런 식으로 표출될지는 전혀 예상하지 못했다.

"이게 무슨 변고인가!"

처음 같은 사파의 일원으로서 무당파의 편을 들던 매양 산인조차 눈이 휘둥그레졌다. 비록 소림파가 빠진 자리이긴 하지만 사파의 주축이 모여 있는 곳이다. 하지만 이 순간만큼은 구양 상인의 손을 들어줄 수가 없었다.

"크흐흐흐, 다 죽여 버릴 거야. 나를 막는 자는 다 죽일 테다!"

'내 몸이 왜 이러지? 왜 의지와는 상관없이 몸이 움직이는 건가!'

구양 상인은 자신의 생각과는 달리 몸이 움직이자 크게 당황하였다. 하지만 이런 순간에도 그의 두 손은 피를 묻히고 싶어했다.

"흐흐흐."

구양 상인은 사이(邪異)한 웃음을 지으며 그의 주위에 시체로 작은 산을 만들려 했다. 산을 만들 제물이 없으면 그가 찾아가서 제물을 구해왔다.

그가 펼치는 무공이 태극혜검은 아니지만 태극을 본 자답게 그의 곁에는 수월하게 시체들의 산이 만들어져 갔다.

"윽!"

"맹주… 으악!"

곳곳에서 비명이 터져 나오며 사람들이 쓰러져 갔다. 그중에는 청운 역시 포함될 뻔하였다.

"사숙, 왜 이러십니까?"

청운은 구양 상인의 손을 피하며 큰 소리를 외쳤지만 별 도리가 없었다.

"사숙!"

고작해야 청운이 할 수 있는 일이라곤 계속해서 애타게 구양 상인을 부르는 것과 곁에 있는 청심을 보호하는 일뿐이었다. 그러면서도 구양 상인의 정신을 되돌리려는 노력을 중단하지 않았다. 하지만 그의 두 눈동자를 본 순간 포기할 수밖에 없었다. 마치 구양 상인이 폭주한 현무자의 눈동자를 보고 그러했던 것처럼.

청운은 어렵지 않게 구양 상인의 손을 피할 수 있었으나 다른 사람들은 그러하지 못했다. 결국 피의 제물이 되고야 말았다.

모두가 자신의 병기를 뽑아 방어도 해보고 공격도 해봤지만 워낙 높은 공부를 가지고 있는 구양 상인이기에 통할 리가 없었다.

'아! 이게 바로 탈심고가 아닐까?'

폭주된 실혼인처럼 움직이는 몸과는 달리 선명한 의지를 가지고 있었던 구양 상인은 자신의 몸 상태가 현무자의 폭주와 비슷하다는 것을 깨달았다.

'이렇게 되어선 안 돼! 이 사실을 알려야만 한다. 아! 누가 나에게 탈심고를 중독시켰다는 말인가. 이렇게 되면 나뿐만 아니라 사문이 위험해진다.'

하지만 구양 상인의 생각은 생각으로 그칠 뿐 그 누구도 알아주지 못했다.

"안 되겠소. 맹주는 현무자의 죽음으로 인해 미친 것 같소이다! 그를 빨리 제압해야 하오!"

이제까지 방관만 하고 있던 남궁선이 홀연히 앞으로 나서더니 외쳤다. 그와 동시에 손을 뻗어 구양 상인을 제압하려 들었다.

"고목산수(枯木散手)."

오행결 중 목에 속한 무공이다. 을목신공과 함께 목의 기운을 뿜어내는 무공으로 모든 것을 뚫고 나가려 하는 특성이 있었다. 하지만 그는 차마 구양 상인의 몸에 해를 가할 수 없었다. 어찌 되었든 그가 모시던 맹주이며, 그가 만약 맹주를 죽였을 시 이만저만한 사건이 아닐 수 없기 때문이다.

그래서일까?

악양집회에서 보여준 후토신공과 함께 고목산수를 병행했다. 오행의 기운을 포괄하는 후토신공인지라 목의 기운을 가진 무공이라 할지라도 운용하는 것에 어려움이 없었다.

"아!"

누군가 남궁선의 모습을 보고 탄성을 내질렀다. 지금 그의 모습은 마치 산책을 나온 것처럼 아주 편안하게 보였으며 수월하게 구양 상인의 공격을 막아내고 있었기 때문이다.

"아니, 악양집회에서 짐작은 하고 있었지만 남궁 대협의 무공이 저 정도일 줄이야… 전혀 예상하지 못했군."

매양 산인 역시 남궁선의 무위에 놀라지 않을 수 없었다. 그가 생각하기엔 이지를 상실한 것처럼 보이는 구양 상인이라 할지라도 자신이 맞설 수 없는 경지라고 생각했기 때문이다.

'합!'

남궁선은 외마디 기합과 함께 구양 상인의 몸에 고목산수의 마지막 초식인 고목휘지(枯木揮支)를 펼쳤다. 그러자 그의 팔이 순식간에 불어나 구양 상인의 여덟 대혈(大穴)을 모조리 제압했다.

"휴우, 이제 끝났군."

남궁선은 대혈이 제압된 상태에서도 끊임없이 몸을 떠는 구양 상인을 뒤로하고 신형을 돌렸다. 장내의 상황을 정리하기 위해서였다. 하지만 그의 뒤에서 맹렬하게 다가오는 기운을 느끼고는 다시 신형을 돌릴 수밖에 없었다.

바로 남궁선에게 제압당했던 구양 상인이었다. 하지만 그가 신형을 돌리려는 사이 벌써 구양 상인의 손은 남궁선의 목에 다다랐다.

"윽!"

결국 신음 소리와 함께 한 사람이 쓰러지고야 말았다. 구양 상인이었다. 찬란한 빛을 뿜내고 있는 보검이 그의 복부에 박혀 있었다.

그리고 그 보검이 날아온 방향에는 한 사람이 서 있었다. 상관세가의 가주인 상관영소(上官靈沼)였다.

"남궁 대협, 괜찮으시오?"

"덕분에 괜찮소이다."

남궁선은 좀 전의 상황이 아직도 아찔한 듯 몸을 부르르 떨었다. 자칫했으면 쓰러져 있는 사람은 구양 상인이 아닌 자신이라는 것을 잘 알기 때문이었다.

구양 상인의 복부에 박힌 보검 사이로 피가 흘러나오는 것을 본 남궁선은 그제야 안심하였다.

"이제 더 이상 발작하지 않을 것이오."

"이게 대체 어찌 된 일이오?"

"나도 잘 모르겠소. 조금 전만 하여도 그토록 위엄에 찬 맹주이셨거늘……."

남궁선은 묘한 눈빛을 띠며 안타깝다는 듯 탄식을 내뱉었다.

"이게 무슨 조화지? 웬 거지 떼들이 이렇게 모여드는 거야?"

숭산에서 사냥을 하며 살고 있던 맹찬(孟贊)이다. 사십 평생 이토록 많은 거지들을 본 적은 아마 오늘이 처음일 거라 생각했다.

"얼마 전에는 무림인들이 떼를 지어 몰려가더니 이제는 거지 떼들도 몰려가는군. 무슨 잔치라도 하는 건가?"

맹찬은 호기심 어린 눈으로 그들을 쳐다보았다. 하지만 곧 그들의 허리춤에 매어진 매듭을 보고는 그들이 누구인지 알 수 있었다.

"알고 보니 개방의 무리였군. 보아하니 대석평으로 가는 것 같은데 무슨 일이 있는 것인가?"

대석평이라면 호천사정맹의 총단이 있는 곳이다.

"어라, 저 사람은 거지도 아니잖아. 그런데 왜 저들과 어울리는 것이지? 그나저나 덩치 한번 크군."

과연 맹찬이 바라보고 있는 곳에는 커다란 체격의 청년이 있었다. 두 눈에는 신광(神光)이 뻗어 나오고 있었으며 온몸에서 위엄이 흘러나왔다. 신화에서나 나올 법한 신장(神將)의 모습이었다.

언무청은 주위의 거지들 중에서 매듭이 일곱 개가 묶여진 자를 찾아 물었다.

"전공장로, 소식이 왔소이까?"

"아직 소식이 없습니다."

언무청의 물음에 전공장로인 무영개(無影丐)는 황급히 몸을 숙이며 대답했다. 개방의 제일 큰어른인 개왕(丐王)의 제자이자 태상호법인 언무청이기에 나이가 적고 많음을 떠나 예를 갖추어 대해야 했기 때문이다.

"음… 아직도 소식이 안 왔다는 말인가. 그 친구가 그럴 사람이 아닌데."

"그것보다 더욱 급한 일이 있습니다."

"그것이 무엇이오?"

"다름이 아니라 집법장로가 기어코 이곳을 향해 떠났다는 소식이 들어왔습니다."

"헉! 그녀가 이곳으로 온다는 말이오?"

언무청은 덩치에 맞지 않게 몸을 떨며 크게 놀랐다. 무영개가 말하는 집법장로의 정체를 아는 사람은 모두 언무청과 같은 반응을 보일 것이다.

"방주의 곁에 있으라고 그리 신신당부했건만."

언무청은 손으로 머리를 부여잡으며 한숨을 내쉬었다.

"그럼 그녀가 언제 떠났다는 말이오?"

"그게… 집법장로가 떠난 지 이미 나흘이 지났다고 합니다."

"아니! 그렇다면 벌써 이곳에 도착했을지도 모르는 일이 아니오?"

언무청은 더욱 놀라 부르짖었다.

강호에 명성이 자자한 꽃이 네 송이가 있으니 사람들은 그녀들에게 무림사화라는 별호를 붙여주었다.

그중 하나가 바로 해어화 사마화련이고 구중화성 주설란과 흑화 사도나영 역시 포함되어 있었다. 마지막 남은 꽃이 바로 흑화 사도나영과 함께 구대신성 중 일 인인 철화(鐵花) 사공혜(司空惠)였다.

개방의 현 방주인 사공릉(司空凌)의 딸인 그녀는 일신의 외모뿐만 아니라 재지도 무척이나 뛰어나 개방의 집법장로에 봉해져 있었다. 그뿐 아니라 철화라는 별호답게 개방의 무공을 이어받아 무공 또한 뛰어난 여걸이었다.

다만 한 가지 흠이라면 성격에 문제가 있다는 것. 그렇기에 언무청이 머리를 부여잡으며 한숨을 쉬는 것이다.

"그럼 서두르도록 합시다. 그녀가 오기 전에 서둘러 맹에 도착해야 하오."

"그렇다면 왕부의 전갈은?"

"아이고, 내 코가 석 자인데 어찌 그 친구까지 챙길 수 있겠소이까. 어서 빨리 이곳을 떠나도록 합시다그려."

언무청은 사공혜가 벌써 도착했을지도 모른다고 생각하며 서둘러 떠나려 하였다. 하지만 그때 갑자기 들려오는 웃음소리는 언무청의 어깨를 축 처지게 만들었다.

"호호호. 무청, 뭘 그리 서두르는 거예요? 혹시 무청 다듬을 일이 있나요?"

언무청 앞에서 그의 이름 가지고 장난친 사람치고 멀쩡한 이는 사공혜밖에 없을 것이다.

"아니… 그게 아니라……."

"전공장로, 당신이 말해 보세요. 뭘 그리 서두르는 거죠?"

"아, 그저……."

무영개 역시 언무청처럼 말을 제대로 할 수 없었다. 어찌 그녀를 피하기 위해 서두른다고 말할 수 있겠는가. 목숨이 두 개가 아닌 이상 말이다.

"혜 누이, 사실은 누이가 온다는 전갈을 이제야 받았지 뭐야. 그래서 혜 누이를 마중하려고 서두른 거지. 그렇지 않소?"

"맞습니다. 당연히 그런 것이지요."

"호호호, 그랬던 거였나요? 난 또 이 근처 객잔에서 무청을 다듬는 일이 있나 싶었죠."

빠직.

언무청은 두 주먹을 꽉 쥐었으나 차마 그 모습을 사공혜에게 보여줄 수 없었다. 무슨 봉변을 당할지 모르기 때문이다.

'아이고, 내 팔자야. 귀신은 뭐 하나 몰라, 저것을 잡아가지 않고.'

언무청은 애꿎은 귀신에게 한탄하며 그녀에게 다가갔다. 물론 입가에 가증스럽게도 웃음을 한 가득 달고서.

"혜 누이, 먼 길을 오느라 고생이 많았지?"

"고생은 별로 없었어요. 사람들이 어찌나 친절하게 대해주는지."

언무청은 보지 않아도 눈에 선했다. 그의 뇌리에 분명 사공혜의 미모에 반해 수작을 걸다 몇 배가 되는 괴롭힘을 당하는 불쌍한 청년들이 스쳐 지나갔다. 그 역시 사공혜의 외모를 보고 얕보았다가 얼마나 고생을 하였던가.

"벌써 시작했겠죠?"

조금 전까지 장난기 어린 그녀의 모습이 아니다.

"그렇겠지. 무극천이 이 좋은 기회를 놓칠 리가 없을 테니까."

"결국 이번에도 많은 사람들의 희생이 있겠군요. 물론 그 사람들은 사파(四派)의 사람들일 테고."

사공혜의 얼굴에는 어둠이 깔렸다.

"세작의 정보에 의하면 무극천에서 이번 거사를 위해 마영천뢰(魔影天雷), 파천연환노(破天連環弩), 구독봉황침(九毒鳳凰針), 오독신무(五毒神霧)를 준비했다고 하더군."

언무청이 말한 것들은 모두 무서운 암기와 독이었다.

"참으로 무서운 사람들이에요. 어찌 자신의 형제를 희생시켜 기회를 만들려 하는 건지."

"하지만 더욱 무서운 것은 다른 곳이야. 바로 황극천과 무극천을 제외한 삼원천(三元天)의 수좌인 태극천(太極天)이지. 아니, 금성(禁城)이라고 해야 하나?"

"하지만 결코 그들 뜻대로 되지 않을 거예요. 천하제일가와 개방의 힘이 합친다면 충분히 그들의 힘을 막을 수 있을 거예요."

자신있게 말하는 사공혜와는 달리 언무청의 얼굴에는 수심이 가득했다. 아무리 삼원천의 도발을 막아낸다 하여도 분명히 희생자는 속출할 것임에 틀림없기 때문이었다.

아무 말도 없는 언무청의 얼굴을 본 사공혜는 충분히 그의 생각을 읽을 수 있었다.

"어쩔 수 없잖아요. 그저 우리가 할 수 있는 일은 더 많은 희생자가 생기지 않도록 하는 것일 뿐이에요."

"그래."

사공혜의 말을 이해하고 있었지만 그의 얼굴에서 수심이 떠나지 않았다. 그러자 사공혜는 드디어 그녀의 본성을 드러내며 앙팡지게 소리쳤다.

"무청! 내 말을 뭐로 듣고 있는 거예욧!"

"헉! 아니… 그게 아니라……."

사공혜의 표정에 언무청은 다시 한 번 말을 더듬으며 변명하기에 바빴다. 그리고 그리 멀지 않은 곳에서 그들을 바라보는 무영개의 입가에는 슬며시 웃음이 걸려 있었다.

"어차피 구양 맹주는 맹주로서의 자격을 상실했소!"

모용황은 매양 산인을 향해 큰 소리로 말했다. 대전에는 이미 좀 전에 있었던 참사의 흔적들이 치워져 있었다.

제갈화영을 비롯한 맹의 인사들이 한 부류를, 그리고 사파와 사대세가가 각각 무리를 지어 나누어져 있었다.

"아무리 그렇다고 하지만 아직 구양 맹주께선 혼절한 상태요. 정신을 차리고 난 뒤에 해도 늦지 않소이다."

매양 산인은 구양 상인이 맹주에서 물러나게 되면 분명 사파의 입지가 작아질 것임을 알고 있었다. 그래서 더욱 구양 상인을 옹호하려 들었다.

하지만 모용황은 벌써 매양 산인의 속을 꿰뚫고 있었다.

"흥! 당신의 속셈을 모를 것 같소? 어찌 명문정파를 자처하는 자가 고작 자신의 이익을 위해 행동하는 것이오?"

모용황의 말에 매양 산인은 뜨끔했으나 결코 내색할 수 없었다.

"그게 무슨 말이오! 본인 역시 구양 맹주의 퇴출은 어쩔 수 없다고 생각하고 있소. 하지만 이렇게 서둘러 맹주를 선출할 수 없다는 말이었소."

"그렇다면 천마사천회의 침공이 언제 있을지 모르는 시국에 우리를 이끌어가야 할 맹주의 자리를 비워둔다는 말이오?"

"물론 비워둘 수는 없소이다. 하지만 현재 이 자리에는 사파의 장문인 대신 다른 이가 대표로 왔소. 게다가 남궁세가에서도 가주가 참석하지 않았소. 이런 상황에서 누굴 맹주로 선출한다는 것이오?"

매양 산인의 말에 사파의 사람들은 모두 동의하는 기색이었다. 사파에 비해 사대세가의 경우 남궁세가를 제외한 나머지 세가의 가주들이 이 자리에 있기 때문이었다. 그것은 곧 사대세가에서 맹주가 선출될 가능성이 많다는 것을 의미했다.

하지만 모용황은 매양 산인의 말에 불만이 있는 표정이었다.

"산인의 말은 이번에도 역시 틀렸소."

"뭐가 틀렸다는 것이오?"

말끝마다 토를 다는 모용황에게 매양 산인은 더 이상 참지 못하고 화를 내버렸다. 이에 모용황은 득의의 웃음을 지으며 그 이유를 설명해 주었다.

"산인의 말은 지금 이 자리에 사파의 각 장문인이 참석하지 않았으니 맹주를 선출할 수 없다는 것이 아니오? 그 말은 즉, 사파의 장문인 중에서 맹주가 선출되어야 한다는 말인데, 그것이 어찌 틀린 말이 아니라는 것이오?"

"도대체 뭐가 틀렸는지 그 이유를 설명해 보시오!"

"그럼 먼저 소림파부터 봅시다. 아무리 소림파 역시 사파의 일원이고 호천맹의 일원이라 하더라도 지난날 칠성동에 들어간 선룡 명진이 운남에서 흑건대주였던 오산평과 흑건대를 사로잡은 것을 제외하고는 이렇다 할 활동이 없지 않소. 그리고 이번 회동 역시 그 모습을 보이지 않고 있지 않소. 그 사정은 아미파 역시 마찬가지라 사료되오. 그렇다고 설마 무당파에서 또다시 맹주가 선출될 리는 없지 않소?"

"그렇다면 왜 본 파는 안 된다는 것이오?"

"흥! 정말 몰라서 묻는 것이오? 천마사천회의 침공을 만들어낸 원인이 그쪽에 있지 않소?"

"또 그것을 들먹이는 것이오? 이미 지난 일이지 않소!"

걸핏하면 한서린의 이야기를 꺼내는 사대세가의 사람들이 매양 산인으로서는 얄미웠다. 이런 그의 심정과는 무관하게 모용황의 이야기는 계속되었다.

"이에 반해 사대세가의 경우 맹에 대한 공로가 아주 크다 할 수 있소. 지난날 복마대를 만들었던 이도 사대세가이며 맹의 손발이 되었던 것도 사대세가요."

"음."

매양 산인으로서는 모용황의 말에 반박할 말이 없었다. 그의 말이 틀리지 않기 때문이다. 비록 사파에서도 각 파의 제자들을 차출하여 맹의 요원으로 보내고 있지만 사대세가에 비해 월등히 적은 편이었다.

이때 매양 산인을 대신하여 나서는 이가 있었다.

"과연 그럴까요?"

"오호, 너는 일전에 보았던 청심이란 아이구나."

"사대세가는 과연 맹을 위해서 움직였나요?"

청심은 차갑게 얼어붙은 두 눈으로 모용황에게 물었다. 그러자 모용황은 어이가 없다는 듯 되물었다.

"그렇다면 무엇을 위해 움직였다고 생각하느냐?"

"맹이 존재하는 취지는 의(義)와 협(俠), 이 두 자를 위해서예요. 한데 지난날 사대세가의 활약을 본다면 과연 그러했는지 의문스럽군요."

"하하하, 어린 여협께서 말을 아주 재밌게 하시는군. 계속해 보거라."

모용황은 청심의 이야기가 매우 흥미롭다는 듯 미소를 지었다. 그의 얼굴에는 언제든지 청심의 말을 짓밟을 수 있다는 자신감이 묻어 있었다.

"복마대가 활동할 당시 금성과 관련된 무리를 찾기 위함도 있었지만 사대세가에 반하는 문파를 제거하기 위한 이유도 있었다는 것으로 알고 있어요. 몇 가지 추측만으로 사라져 간 중소문파들이 부지기수였죠. 이래도 의와 협을 위해서 움직이신 건가요?"

"흐흐흐. 그래, 분명히 그 속에는 실수도 있을지 모른다. 하지만 그 정도 실수는 어쩔 수 없다. 설마 구더기 무서워 장을 못 담그냐는 말을 듣지 못한 것은 아니겠지?"

"제가 말하는 것은 실수가 아니라 당신들의 의도예요! 분명 당신들은 맹을 위해서가 아닌 당신들을 위해서 활동한 것이고, 오래전부터 준비한 것이지요."

"음."

청심의 목소리는 갈수록 힘이 들어가고 있었다.

"조금 전에 남궁 대협께서는 분명 오행결의 목과 토의 무공을 보여주셨어요. 한데 그 신공들은 분명 맹에서 상관세가로 넘어간 비급들에서 나온 무공이에요. 한데 어찌하여 남궁세가의 사람이 익히고 있는 것일까요? 게다가 맹에서 상관세가로 비급이 넘어간 것은 불과 육 년 전이에요. 그사이에 남궁 대협께서 두 가지 신공을 모두 완성하실 수 있으리라고 생각하시나요? 특히 토의 기운을 담은 후토신공은 오행결 중 가장 수련하기 어렵고 위력이 뛰어난 신공이에요."

"하하하하!"

청심의 날카로운 지적에 모용황은 대소를 터뜨렸다.

"왜 웃는 거죠?"

"하하하, 과연 대단하구나. 모든 것을 정확히 볼 줄이야. 넌 도대체 누구지? 무당에 이런 기재가 있다는 말은 듣지 못했는데?"

"전 당신이 알고 있는 그대로 청심이라는 도호를 가지고 있어요."

"흐흐흐, 나를 속일 생각 하지 마라. 무당의 청 자 항렬에는 청심이 란 도호를 가진 여제자는 없었다. 그런데 너는 태흥왕부에서 갑작스레 나타났다. 분명 본래의 신분이 있는 것이겠지?"

"전 그 질문에 대답할 의무가 없다고 생각해요."

청심의 두 눈동자는 더욱 차갑게 얼어붙었다.

"아니, 그렇다면 이 모든 것이 그대들의 음모라는 것이오?"

매양 산인은 이제야 눈치 챌 수 있었다. 하지만 모용황은 그에게 신 경 쓰지 않았다. 오로지 그의 두 눈은 청심을 쫓고 있었다.

"언제부터 알고 있었느냐?"

"저도 안 지 얼마 되지 않아요. 더구나 확신을 가지게 된 것은 조금 전이구요."

"흐흐흐, 참으로 아까운 기재로구나. 오늘 이곳에서 죽어야 한다니 참으로 안타까운 일이군."

모용황의 말에 제갈화영과 사대세가의 사람을 제외한 모두가 깜짝 놀랐다.

"경거망동하지 마라. 이곳에는 이미 마영천뢰와 파천연환노가 설치 되어 있다. 조금이라도 섣부른 짓을 한다면 기관을 작동시킬 것이다."

"흥! 난 그 말을 못 믿겠다!"

매양 산인은 격앙된 목소리로 외치며 모용황에게 달려들었다. 그는 분위기를 보아 모용황을 반역의 수괴로 여겼기 때문에 그를 인질로 잡는다면 상황이 달라질 것이라 생각한 것이다.

파파팟!

하지만 그에게 돌아온 것은 커다란 철노(鐵弩)와 수많은 침들이었다.

"윽!"

순간적인 대응으로 암기와 철노를 쳐내려 하였으나 결국 몇 개는 몸에 허용하여 바닥에 쓰러질 수밖에 없었다.

"사숙!"

악양집회에 매양 산인과 함께 참가하였던 화산오수는 저마다 매양 산인을 부르며 달려들었다.

"흐흐흐, 경고를 무시하면 벌을 받게 되는 법이지. 그리고 참고로 오독신무 또한 준비되어 있다."

사파의 사람들은 모용황의 말에 더욱 힘이 빠졌다. 하지만 청심은 더욱 앙칼진 목소리로 모용황에게 따졌다.

"이번 일에 사대세가 모두가 참가한 일인가요?"

"흐흐흐, 그거야 당연한 것이 아니겠느냐. 하지만 단목세가의 경우는 조금 다르다. 단목세가의 가주인 단목산청은 이번 거사에 참가하는 것을 거부하려고 들었지."

"그럼 저분은?"

"그렇다. 여기 있는 단목 가주는 그의 화신(化身)이다. 진짜는 감금되어 있지."

"지난날 사마세가 역시 그래서 멸문시킨 건가요?"

"흐흐흐, 사마세가라… 사마추현 그자는 너무도 고집이 세었다. 몰락한 가문을 이끄는 주제에 자존심이 너무도 강했어. 그래서 할 수 없었지."

모용황의 말에 청심의 눈동자는 크게 흔들렸다. 하지만 그것도 잠시 다시 예전의 차가운 모습으로 돌아왔다. 마치 상대방을 얼어버리게 만들 것 같은 냉기를 포함한 채.

"하나만 더 물어보겠어요. 누구를 맹주로 선출하실 건가요?"

"흐흐흐, 그것을 알고 싶은 것이냐? 곧 죽을 녀석이 궁금한 것도 많구나. 하지만 특별히 알려주도록 하지. 호천사정맹의 새로운 주인은 바로 남궁세가의 노가주이신 남궁천추(南宮千秋) 남궁 대협이시다."

청심은 드디어 자신이 복수할 대상이 누군지 알게 되었음을 기뻐했다. 하지만 그 기쁨은 그녀가 이곳을 빠져나가야만 비로소 효력을 나타내는 것이다.

이때 모용황을 제치고 앞으로 나선 이가 있었다. 그리고 모용황은 그자를 보고 서서히 뒤로 물러났다. 바로 남궁선이었다.

"한 가지 제안을 하겠소. 본인은 피를 흘리는 것을 매우 싫어하오. 어차피 구양 맹주는 회복 불능의 상처를 입었소이다. 그리고 적지 않은 사람들을 죽인 죄를 지었소. 그런 구양 맹주를 따를 것이오, 아니면 새로운 맹주를 따를 것이오? 이 자리에서 결정하시오."

즉, 자신과 한편이 된다면 살려줄 터이나 반대의 입장에 선다면 죽음을 피하지 못하리라는 협박이었다.

"열을 세겠소. 새로운 맹주를 따르겠다는 분들은 이쪽으로 와주시오. 그렇지 않으면 분간이 안 되어 모두 죽일 수밖에 없소이다그려."

인자한 얼굴에서 섬뜩한 말이 서슴없이 흘러나왔다.

남궁선의 제안에 사파와 호천맹의 무리에서는 동요가 일었다. 그리고 몇몇의 사람들이 무리를 이탈해 사대세가의 곁으로 다가갔다.

그러자 그들을 욕하는 사람, 그들을 따라 자리에서 떠나려는 사람, 또 그들을 말리는 사람으로 인해 혼잡해졌다. 이때 남궁선의 목소리가 다시 한 번 장내에 흘렀다.

"다시 한 번 열을 세겠소. 이번에 결정해 주시오."

그러자 결정을 내린 사람들은 서둘러 자신의 결정대로 움직였다. 그리고 얼마 가지 않아 윤곽이 드러났다.

제갈화영과 함께 사대각주(四大閣主), 그리고 사파의 사람들을 포함하여 근 오십 명이 자신의 자리를 지키고 있었다. 한데 제갈화영이 이 속에 포함되어 있다는 것은 의아스러운 일이었다.

마지막 기회가 지나가고 남궁선의 웃음이 흘러나오자 장내에는 긴 장감이 흘렀다.

"흐흐흐, 굳이 벌주를 마시겠다니 할 수 없군."

남궁선의 오른팔이 하늘을 가리켰다. 아마 그의 팔이 땅을 향하는 순간 조금 전 매양 산인을 다치게 하였던 암기들이 이들을 향해 발사될 것임이 자명했다.

이때였다.

순간 대전 밖에서 병장기가 부딪치는 소리가 들리고 곧 이어 일단의 무리들이 대전 안으로 들어왔다.

"벌써 잔치가 시작된 것이오? 이런, 조금 늦었구먼."

목소리의 주인공은 바로 언무청이었다. 이미 세작을 통해 이번 거사의 전모를 알고 있었던 그는 만반의 준비를 하고 있었으나 한발 늦었던 것이다.

"아니, 너희들은 누구냐!"

남궁선은 갑자기 나타난 언무청과 사공혜를 보며 외쳤다. 하나 곧이어 이들의 정체를 알 수 있었다. 언무청의 뒤로 나타난 거지들을 보았기 때문이다.

"개방이 이곳에는 무슨 일로 온 것이냐!"

"하하하, 잔치가 있으면 거지가 가는 것은 당연한 일 아니겠소. 더구나 성대한 잔치라면 꼭 가야지."

"그럼요. 부지런한 거지만이 배부르게 얻어먹을 수 있는 법이에요."

사공혜는 언무청의 말에 동의하며 남궁선을 바라보았다. 이에 남궁선은 자신들의 계획에 차질이 생겼음을 알 수 있었다. 하나 지금 와서 되돌리기엔 너무 늦었다.

"흐흐흐. 그래, 너희들도 죽고 싶다면 죽여주도록 하겠다. 거지들 몇 놈 죽인다고 해서 큰일이 일어나는 것도 아니니."

"하하하. 마영천뢰와 파천연환노, 구독봉황침, 그리고 오독신무(五毒神霧)를 믿는 것이라면 포기하시는 것이 빠를 것이오. 이미 내 친구가 위험한 장난감들은 다 치워 버렸소이다. 그렇지 않나, 친구?"

언무청은 밖을 쳐다보며 외쳤다. 그러자 과연 밖에서 대답이 들리며 서서히 대전 안으로 그 모습을 드러냈다.

"그 장난감들이야 다 압수해 버렸지. 아, 남궁 대협, 고맙소이다. 재밌는 장난감을 주셔서."

"이, 이런……."

남궁선은 밀려드는 분노를 참지 못하고 몸을 떨어야 했다. 그리고 그의 두 소매가 풍선처럼 부풀어지며 주위의 기류가 소용돌이쳤다.

하지만 대전에 나타난 청년은 남궁선을 무시하며 사파의 사람들이 있는 쪽을 바라보았다.

"아, 청운. 거기 있었군. 자네의 친구가 왔네."

"아, 지운!"

언무청과 함께 나타난 이는 바로 진현이었다.

〈4권 끝〉